united p.c.

Alle Rechte der Verbreitung, auch durch Film, Funk und Fernsehen, fotomechanische Wiedergabe, Tonträger, elektronische Datenträger und auszugsweisen Nachdruck, sind vorbehalten.

Für den Inhalt und die Korrektur zeichnet der Autor verantwortlich.

© 2014 united p.c. Verlag

Gedruckt in der Europäischen Union auf umweltfreundlichem, chlor- und säurefrei gebleichtem Papier.

www.united-pc.eu

Walter Strebinger

Erlebnisse eines Gendarmen

Tatsachenberichte über
Amtshandlungen und Kriminalfälle
1974-2010

Vorwort

Mit diesem Buch möchte ich die Erlebnisse während meiner Exekutivdienstzeit schildern und auch anderen Menschen nahe bringen, was sich im Leben eines Gendarmen alles ereignete.

Alle Namen noch lebender Personen im Text wurden geänderte und die Begebenheiten sind nicht chronologisch geordnet, da sie sonst für den Leser eintönig gewirkt hätten. Manchmal gab es mehrere gleichartige Vorfälle in unregelmäßigen Zeitabständen hintereinander. Solche Beschreibungen wollte ich nicht aneinander reihen. Während meiner Dienstzeit legte ich alle Zeitungsberichte, die sich auf unsere Tätigkeiten im Rayon bezogen, in einem Ordner ab. Diese Artikeln und die Chronik des Gendarmeriepostens dienten mir als Gedächtnisstütze für dieses Buch.

Alle beschriebenen Begebenheiten haben sich tatsächlich so ereignet.

Ich wollte auch die Vielfältigkeit des Berufes zeigen und die Gefühle erklären, die während der unterschiedlichsten Amtshandlungen in meinem Inneren erzeugt wurden.

Ich war insgesamt 37 Jahre im Staatsdienst und verbrachte meine Dienstzeit sowohl im Verkehrs-, als auch im Kriminaldienst, wo ich zahlreiche Erfolge verbuchen konnte.

Im Jahr 2006 erhielt ich den Sicherheitsverdienstpreis zugesprochen.

In der Gendarmerieschule

Am 01. Juni 1974 wurde ich nach erfolgreicher Aufnahmeprüfung auf den Schulposten St. Veit an der Gölsen einberufen. Dort verbrachte ich mit meinem Kollegen Gerhard Pichler eine zweimonatige Ausbildungsphase. Wir mussten Aufsätze schreiben und zahlreiche Gesetzestexte auswendig lernen. Unsere Arbeiten beurteilte der Postenkommandant und schrieb unsere Fortschritte in einem Bericht zusammen.

Texte schreiben machte mir nicht viele Schwierigkeiten, da ich gerne redete und dies sicherlich gute Voraussetzungen für nachfolgende Schreibarbeiten waren.

Wir folgten den Beamten bei ihren Dienstverrichtungen auf Schritt und Tritt, trugen aber keine Waffen und durften auch keine Amtshandlungen führen.

Auf den Schulposten konnten die Kommandanten bereits beurteilen, ob jemand für diesen Beruf geeignet war, oder nicht.

Nach der Praxisausbildung wurde ich in die Gendarmerieschule nach Wien, in die Meidlinger Kaserne einberufen.

Bereits in den ersten Tagen machte uns Bezirksinspektor Neuwirth darauf aufmerksam, dass die meisten Schüler für den Beruf eines Gendarmen nicht geeignet sind. Am ersten Schultag, wo alle Gendarmerieschüler noch in Zivil auf den Schulbänken saßen und sich das Lehrpersonal sehr kameradschaftlich zeigte und sich bei uns mit Namen und Lehrgegenstand vorstellte, kam eine völlig unerwartete Situation auf uns zu. Ein uniformierter Gendarm im Rang eines Bezirksinspektors — der eingangs erwähnte Neuwirth — kam in die Klasse und teilte uns mit, er würde unser Deutschlehrer sein. Kaum hatte er uns mit eisigem Gesichtsausdruck begrüßt, begann er bereits für uns völlig unvorbereitet mit dem Unterricht. Er sagte seinen Namen und trug uns auf, Papier und Schreibzeug zu nehmen.

Daraufhin diktierte er uns, wir sollen rechts oben das Datum einsetzen und als Überschrift „Erstes Diktat" einfügen. Danach begann er rasch ein mehrseitiges Schreiben zu diktieren. Bei uns flogen in allen Reihen die Fetzen und wir hatten Mühe, Kugelschreiber und Papier auf die Tische zu legen. Auf einen solchen Empfang war keiner von uns vorbereitet.

Beim Schreiben verspürte ich schon, wie meine Finger vom Angstschweiß feucht wurden und ich malte mir die anschließenden Schikanen des Lehrers in meiner Phantasie aus.

Natürlich wollte uns der Mann sofort den Wind aus den Segeln nehmen und uns auf unsere Belastbarkeit und Reaktion testen.

Als wir die schriftlichen Arbeiten nach einigen Tagen zurück bekamen, sahen meine Mitschüler und ich, wie schlecht wir eigentlich waren.

Es gab bei ca. 30 Schülern nur zwei Noten der Bewertung Vier.

Die anderen Arbeiten wurden mit einer Fünf ausgezeichnet, weil sie so schlecht waren oder der Verfasser erst zu spät mit dem Schreiben begonnen hatte. Kein Wunder nach der brutalen Vorstellung des Lehrers. Meinem Sitznachbarn, der bei dem Diktat so schlecht abgeschnitten hatte wie ich, sagte der Lehrer unmissverständlich, dass er für den Beruf eines Gendarmen unfähig sei und er seinen Austritt erklären möge.

Mein Kollege Manfred Heller war durch diese Aussage sehr deprimiert und niedergeschlagen. Ich munterte ihn auf und erklärte, dass ich auch einen Fünfer erhalten habe und meine schriftliche Arbeit aussehe, als hätte jemand beim Korrigieren eine Schlagadern-Blutung bekommen. So zahlreich waren die Fehler rot angestrichen, die ich gemacht hatte.

Ich stellte mir den Schulunterricht auch anders vor und bekam schon am Anfang meiner Schulzeit durch die Vorgangsweise des Deutschlehrers einen schweren moralischen Tiefschlag.

Nach mehr als einer Woche suchte mein Schulfreund Manfred Heller die Kanzlei der Gendarmerieschule auf und unterschrieb seinen freiwilligen Austritt. Der Deutschlehrer hatte all sein Selbstwertgefühl vernichtet und seine Persönlichkeit in den Boden gestampft.

Heller ließ sich auch von mir nicht überreden, seinen Entschluss genau zu überdenken und in der Schule zu bleiben.

In nächster Zeit musste sich jeder von uns, der bereits mehrere Jahre im Berufsleben stand, an einige Neuerungen gewöhnen. Das Lernen von Texten, die sich nicht reimten wie Gedichte und die schlicht Gesetze genannt wurden, machte mir besondere Schwierigkeiten. Zum Glück gab es bereits ein Tonbandgerät und ich sprach die einzelnen Paragraphen auf den Tonträger. Danach hörte ich mir die einzelnen Abschnitte stundenlang an, bis ich den Gesetzestext beherrschte. Das Lernen ging aber immer schneller und besser und ich brauchte immer weniger Zeit, um den Lernstoff zu beherrschen.

Unseren Deutschlehrer hatten wir auch bald durchschaut und kannten seine Fähigkeiten und Schwächen. Wir ersuchten ihn mehrmals, er möge uns doch Opern, für die er eine Schwäche zeigte, auf seinem Plattenspieler zu Ohren bringen. Bei uns in der Klasse gab es wirklich nur wenige Schüler, die tatsächlich gerne Opern hörten. Als unser Lehrer wohl gelaunt einwilligte, machten wir uns immer einen schönen Nachmittag im Lehrsaal. Kaum hatte Neuwirth seine Langspielplatte aufgelegt und die Arien quälten unser Trommelfell, so schlief er auch schon ein. Bald darauf war es in der Klasse still geworden, da fast alle Schüler seinem Beispiel folgten und die Köpfe auf die Brust gesenkt hatten.

Vereinzelt war leises Schnarchen zu hören und manchmal schaltete sich der Plattenspieler von selbst aus. Erst nach einigen stillen Minuten wurde unser Lehrer wach und blickte in die Runde. Wir bedankten uns sehr höflich für die wunderschöne Aufführung und ersuchten um baldige Wiederholung.

Die Monate vergingen, die Unterrichtseinheiten waren sehr abwechslungsreich, aber der Leistungsdruck wurde immer größer. Wir hatten zusätzlich Schießausbildungen, einen Zillen-Kurs auf der Donau in Tulln und besuchten zahlreiche Museen und Veranstaltungen. Die Abschlussprüfung verlief auch ohne nennenswerte Vorfälle und kein Schüler fiel durch. Dies war nicht bei jedem Kurs der Fall, da meistens ein, oder mehrere Lehrgangsteilnehmer die Prüfung nicht schafften und in einen nachfolgenden Kurs zurück versetzt wurden. Die Dienstprüfung musste anschließend wiederholt werden. Einige Schüler traten aus dem Staatsdienst aus, als sie die Prüfung nicht schafften.

Wir konnten aber die weiße Flagge hissen und uns von den Lehrern verabschieden. Eigentlich waren alle Lehrer in unserer Ausbildungszeit für uns Kameraden geworden. Den Deutschlehrer trennte noch eine kleine Kluft von uns Schülern, weil wir Stunden und Nächte mit seinen aufgetragenen Arbeiten verbrachten. Zuletzt hatten wir aber auch ihm seine fortwährenden Finessen verziehen. Er hatte fast allen Schülern, auch wenn sie vorerst nicht besonders gut waren, einen guten Deutschstil beigebracht. Vielleicht eine etwas andere Art, aber sehr wirkungsvoll und eingehend.

Die Anforderungen an uns waren sehr groß und ich hatte vorher eine andere Auffassung vom Beruf. Die ständigen Prüfungen und die enormen Ansprüche stellten uns Schüler vor große Aufgaben. Trotzdem war diese Schule für mich eine Ausbildungsstätte, die ich gerne hatte. Zum ersten Mal gab es Unterricht genau nach meinen Vorstellungen und ich glaubte, die Gerechtigkeit hätte Priorität.

Nach meinen fast 37 Dienstjahren musste ich jedoch feststellen, dass es die absolute Gerechtigkeit, wie ich sie mir vorstellte, nicht gibt. Ich kann aber auch keine Gerechtigkeitsform nennen, welche meinen Vorstellungen genau entspricht. Wird ein Gesetzesübertreter drakonisch bestraft, weil bereits gesprochene Worte ein Todesurteil bewirken, so entspricht dies nicht dem Rechtsempfinden eines Durchschnittsbürgers. Diese nationalsozialistischen Formen von Gesetzen müssen daher grundlegend abgelehnt werden, auch wenn es noch immer fanatische Anhänger dieser diktatorischen Staatsform gibt.

Für den Exekutivbeamten war die Zeit im Dritten Reich sicherlich ein Zeitabschnitt, wo jede seiner Handlungsweisen auf jeden Fall gerechtfertigt war. Egal, ob es sich tatsächlich um einen Gesetzesbrecher, oder um eine Person handelte, die nur einmal eine falsche Ansicht äußerte. Geständnisse konnten durch grausame Folterungen erzwungen werden. Die Gestapo hatte Handlungsfreiheit, ein Toter beim Verhör wurde als kleine Unachtsamkeit deklariert und hatte keine Folgen für die Beamten.

In allen Kulturen gab es Zeiten, wo die Bevölkerung im Wohlstand lebte und die Gesetze nicht mehr so streng gehandhabt wurden. Römer, Griechen, Ägypter und manch andere Kulturen gingen daran zugrunde. Nach sanften Regierungsformen folgten meistens die Diktatoren, weil der Großteil des Volkes mit der Freiheit nicht umgehen konnte. Wie der Alpha-Wolf beim Wolfsrudel brauchen manche Menschen einen Leitwolf, der sie anführt und ihnen den Lebensstil diktiert. Ein ewiges Auf- und Ab zeigt die Geschichte des Altertums und der Neuzeit.

Korruption bei den Exekutivorganen, wie ich sie bei meinen zahlreichen Auslandsreisen feststellen konnte, gehörte auch nicht zu den Tugenden von ehrbaren Beamten.

Die demokratische Regierungsform, wie wir sie haben, gehört zu einer Staatsform, welche die Gerechtigkeit annähernd objektiv vertritt. Einzelne Ausrutscher von Beamten und Personen im oberen Wirtschaftsbereich sind nicht so häufig, wie in anderen Staaten, kommen aber leider immer wieder vor.

Ich ergriff diesen Beruf, da ich allen, die einem anderen Menschen Unrecht zufügten, einer gerechten Bestrafung zuführen wollte.

Sehr viele Leute freuten sich über unser Erscheinen, wenn ihnen Unrecht zugefügt wurde. Andere wiederum zeigten keinen Anfall von Freude, wenn wir einschreiten mussten. Es kam immer auf die Situation an, in der sich die Personen befanden.

Meine erste Dienststelle

Nach Beendigung meiner Ausbildung in der Gendarmerieschule in Wien Meidling, wurde ich im Winter 1975 auf den Gendarmerieposten Günselsdorf versetzt. Dort lernten mir die Kollegen das Gehen und bereiteten mich auf meinen Dienst vor.

Bereits in der Anfangsphase hatte ich mit fast allen Amtshandlungen zu tun, die auf anderen Dienststellen nicht so häufig vorkamen.

Schwere Verkehrsunfälle, Einbrüche, Raufereien und Alkoholdelikte waren an der Tagesordnung.

Auch Widerstand gegen die Staatsgewalt konnte ich am eigenen Leib verspüren. Solche Delikte sind zwar selten, kommen jedoch in unregelmäßigen Abständen immer wieder vor.

Für mich war es immer eine Straftat, die mir zeigte, wie wenig Achtung manche Personen vor dem Gesetz und einer Uniform haben. Da wurden oft junge Leute, die das Alter meiner Kinder hatten, gegen mich und meine Kollegen tätlich. Bei all diesen Angriffen bekamen wir jedoch immer die Oberhand und konnten den aggressiven Täter bändigen. Zu früheren Zeiten zeigte der Gummiknüppel — in Fachkreisen auch Gummiwurst genannt — seine vorzügliche Wirkung. Hatte der Angreifer mehrere kräftige Schläge abbekommen, so wurde seine Aggressivität merklich abgeschwächt.

In den letzten Jahren kam der Pfefferspray zum Einsatz, der in allen Fällen eine gute Wirkung zeigte. Ich war der erste Beamte, der diese Waffe im Bezirk Lilienfeld erfolgreich einsetzte.

Der erste Selbstmord

Kurz nach meiner Versetzung von der Gendarmerieschule nach Günselsdorf, wurden mein Kollege und ich zu einer Leiche gerufen.

Eine Frau hatte sich vom zehnten Stockwerk eines Hochhauses in die Tiefe gestürzt.

Ich hatte zwar als Rettungssanitäter schon zahlreiche Leichen gesehen, doch die erste Selbstmörderin in meiner Gendarmeriezeit blieb mir auch in Erinnerung. Als Beamter hatten wir auch die Hintergründe, die zu einer solchen Tat führten, zu ermitteln.

Mein Kollege erklärte mir die genaue Vorgangsweise und wir drangen Schritt für Schritt in das Privatleben der Selbstmörderin vor. Die Frau hatte einen Freund, der verheiratet war. Aufgrund der dadurch verursachten Spannungen stürzte sich die Frau vom Balkon des Hochhauses und war auf der Stelle tot.

Wir benachrichtigten ihren Freund und der erschien bald auf der Dienststelle. Nach der Todesnachricht brach er zusammen und erzählte uns, dass seine Gattin von der Beziehung keine Ahnung hatte. Sein psychischer Zustand sei jedoch so, dass er die gehabte Beziehung nicht mehr verheimlichen könne und seiner Frau eine Beichte ablegen müsse.

Abermals ein vorgeplantes Familiendrama für den Ehemann nach dem Selbstmord seiner Freundin. Solche Schicksalsschläge nahm ich mit nach Hause und verarbeitete sie oft sehr langsam. Ich versetzte mich in die Rolle der Beteiligten und dachte an ihre Probleme.

Der renitente Maurer

Mein Kollege und ich wurden in der Nacht zum 14. September 1996 zu einem Lokal nach Rainfeld beordert, weil ein betrunkener Gast randalierte.

Als wir an dem lauen Abend beim Gasthaus eintrafen, saß ein stark betrunkener Maurer, der zirka 190 cm Körpergröße hatte, vor dem Lokal an einem Tisch.

Die Kellnerin hatte bereits völlig grundlos ein paar Ohrfeigen bekommen und auch ein anderer Gast bezog unbegründet Prügel.

Jeder Versuch, mit dem Betrunkenen zu sprechen oder ihn zum Verlassen der Örtlichkeit zu bewegen, erzeugte Wutausbrüche und Aggressionen. Da sich die Kellnerin nicht mehr zu helfen wusste, verständigte sie die Gendarmerie.

Als wir uns die Geschichte angehört hatten gingen wir auf den Gast zu. Der hatte seinen Kopf auf die Unterarme gelegt und schien zu ruhen.

Wir sahen schon, dass es nicht einfach sein würde, die Amtshandlung ohne Gewaltanwendung zu einem guten Ende zu bringen. Mit einem stark betrunkenen und gewaltbereiten Kunden war kein vernünftiges Gespräch zu führen. Ließ man sich auf eine Debatte ein, so war man nach Stunden noch immer am Anfang und konnte mit keinem Resultat aufwarten.

Die Amtshandlungen mit Alkoholisierten gehörten zu den unangenehmsten, die ich in meiner gesamten Dienstzeit hatte. Es gab jedoch nicht viele Möglichkeiten, solche Situationen schonend und friedlich zu beenden.

Vorerst versuchten wir uns immer der Situation anzupassen und mit dem Gegenüber eine Gesprächsebene zu schaffen. Bei Betrunkenen sind die Unterschiede zwischen gebildeten und weniger klugen Leuten oft sehr gering. Gebildete Personen zeigten oftmals schneller ein einsichtiges Verhalten, als Personen von einfacher geistiger Struktur.

In vielen Fällen konnten wir die Amtshandlungen nur mit Gesprächen und vereinbarten Abmachungen positiv erledigen. Auch Betrunkene sahen manchmal ein, dass sie mit ihrem Verhalten zu weit gegangen waren und kratzten mit einer Entschuldigung gerade noch die Kurve. Von einer Anzeige konnte Abstand genommen werden, wenn kein Gerichtsdelikt begangen wurde.

In diesem Fall war es aber nicht so einfach, wie bei anderen Vorfällen. Wir forderten den Mann zur Ausweisleistung auf, aber der dachte nicht daran, uns seine Daten zu nennen, oder einen Ausweis vorzuweisen.

Nach einem längeren Gespräch wurde der Gast merklich aggressiver, stand auf und begann eine drohende Haltung einzunehmen, als wir ihn mit einer Festnahme drohten. Da wir nicht die Zeit hatten, die Amtshandlung mehrere Stunden zu führen und erfahrungsgemäß auch nach langer Zeit kein Resultat zu erwarten war, wollten wir den Betrunkenen an den Armen erfassen und zu Boden werfen.

Als wir ihn ergreifen wollten, schlug er mit den Armen um sich und ich zog es vor, den Pfefferspray einzusetzen und auch gleichzeitig zu testen.

Obwohl ich deutlich erklärte, ich würde eine Ladung Pfeffer in sein Gesicht befördern, reagierte der Mann nicht und begann uns zu beschimpfen.

Nun nahm ich die Spraydose und sprühte ihm eine Ladung des scharfen Inhaltes ins Gesicht.

Die Kellnerin des Lokals, mein Kollege und ich warteten nun gespannt auf die Wirkung des Pfeffers.

Da unser Kunde stark alkoholisiert war, dürfte dies zu einer Verzögerung seiner Reaktion geführt haben. Er verharrte einige Sekunden still, griff sich danach mit beiden Händen ins Gesicht und schrie laut: „Was ist denn das?" Jetzt gab er sich wie ein Lämmchen, hielt uns beide Hände her und wir legten ihm Handschellen an. Anschließend fuhren wir ins Krankenhaus Lilienfeld, wo seine Augen ausgespült wurden.

Während der Fahrt schrie er immer wieder: „Drehens die Heizung ab, Herr Inspektor, sonst verbrenn' ich!"

Wir hatten zu dieser Jahreszeit keine Heizung eingeschaltet, aber unser Gast dürfte immer noch nicht mitbekommen haben, dass sein Hitzeempfinden nicht von der Heizung beeinflusst wurde.

Der Pfefferspray war somit auch in unserem Bezirk erfolgreich getestet worden und hatte bei seinem ersten Einsatz unsere Erwartungen voll erfüllt. Insgeheim löste dieser Einsatz auch bei uns ein gewisses wohltuendes Gefühl, gepaart mit einer kleinen Portion Schadenfreude aus. Wir konnten aus nächster Nähe beobachten, wie aus einem brutalen Schläger ein sanftes Lämmchen wurde. Der Pfefferspray hatte auch den Vorteil, dass die Wirkung nach ca. zwanzig Minuten vorbei war und keine weiteren Verletzungen zur Folge hatte. Die Handhabung konnte mit einem Körperspray verglichen werden, nur die Auswirkungen waren anders.

Auf meiner ersten Dienststelle war die Ausrüstung aber noch nicht sehr fortschrittlich und wir mussten uns mit einem schwachen Dienstfahrzeug, einer kleinen Taschenlampe und einer antiken Schreibmaschine begnügen.

Ich kann mich noch erinnern, dass ich in Günselsdorf während der Nachtzeit nicht einen einzigen Verkehrsunfall aufnahm, wo nicht mindestens ein Beteiligter alkoholisiert war. Die Heurigenlokale in Teesdorf, Tattendorf und Schönau trugen kräftig zur Anhebung der Unfallstatistik bei.

Es war nicht selten, dass ich in einer Nacht drei Führerscheine kassierte. Schuld an diesem Dilemma war natürlich auch die damalige Gesetzeslage. Der alkoholisierte Autolenker bekam eine Universalgeldstrafe von 5.000,- Schilling, egal, ob er einen Alkotest durchführte, diesen verweigerte, ein oder drei Promille hatte.

Die Verweigerung war im Gegensatz zu heute, wesentlich billiger, als eine klinische Untersuchung durch einen Arzt. Eine solche Maßnahme kostete dem Probanden zur damaligen Zeit zusätzlich 1.000,— bis 1.500,— Schilling, je nach Untersuchungszeitpunkt. Nachts und an Sonn- und Feiertagen, waren die Gebühren natürlich höher. Eine Blutuntersuchung durch das Institut für Gerichtliche Medizin kostete nochmals satte 1.400,— Schilling.

Heute sind der Probeführerschein, die nach Alkoholisierungsgrad angemessenen Geldstrafen und die begleitenden Maßnahmen, die zur Wiedererlangung des begehrten Dokumentes notwendig sind, gute Vorbeugemaßnahmen. Unbedingte Haftstrafen, die nach einem Verkehrsunfall mit Personenschaden unter Alkoholeinwirkung verhängt werden, unterstreichen eine abschreckende Wirkung.

Der Promillekönig in meinen ersten Dienstjahren war ein nur zirka 150 cm großer Motorradlenker, der in Teesdorf unter Alkoholeinwirkung mit seinem Motorrad stürzte.

Ich nahm den Verkehrsunfall auf, der sich folgendermaßen zugetragen hatte:

Alfred Wurm fuhr mit seinem Motorrad auf einer Landesstraße durch Teesdorf und hielt vor einer Kreuzung an, da ja eine Stopptafel den Vorrang regelte. Wie mir Zeugen mitteilten, vergaß Wurm jedoch, die Beine von den Fußrastern zu nehmen. Als er anhielt, fiel er mit seinem Motorrad um und zog sich Verletzungen im Gesicht und auf der Hand zu. Helmpflicht bestand zu diesem Zeitpunkt noch nicht und der Lenker trug bei der Fahrt lediglich eine Stoffkappe.

Wie eine Blutuntersuchung ergab, hatte Wurm einen Blutalkoholgehalt von 3,2 Promille, was bei einem ungeübten Trinker einer Alkoholvergiftung gleichkommt.

Bei Wurm handelte es sich auch um den einzigen alkoholisierten Fahrzeuglenker der mir in den 37 Jahren meiner Dienstzeit die Wahrheit sagte. Als ich ihn fragte, wie viel Alkohol er getrunken habe, sagte er mir wahrheitsgemäß mit starkem Zungenschlag: „Ich habe einen Kübel Wein gesoffen, Herr Inspektor." Die Menge dürfte mit der Promillehöhe etwa übereingestimmt haben.

Die Standardmenge an Alkohol wurde von betrunkenen Lenkern fast immer mit zwei Gespritzten angegeben. Warum diese Alkoholmenge genannt wurde, ist mir ein Rätsel. Wahrscheinlich glaubten die Fahrzeuglenker, einem Alkotest zu entgehen, da eine solche Alkoholmenge für eine Führerscheinabnahme nicht ausreichte. Es gab auch Zeiten, wo manche Berufstrinker ihr rosafarbenes Dokument behielten, weil während der Nachtzeit kein Arzt für eine Klinische Untersuchung zur Verfügung stand. Hatte ich einen Lenker, der nicht mehr gerade gehen konnte, so wurde die Suche nach einem Arzt gestartet. Nicht selten, dass wir in der Nacht kilometerlange Strecken zurück legen mussten, um einen gendarmeriefreundlichen Mediziner zu bekommen, der uns ein Gutachten erstellte. Personen, die ihren Alkoholkonsum aufgrund ihrer Körperkontrolle verheimlichen konnten, brauchten einen Führerscheinentzug nur bei einem Verkehrsunfall befürchten.

In früheren Zeiten durfte ein Alkotest nur bei einem Verdacht auf Alkoholisierung durchgeführt werden. Heute wird bei jeder Amtshandlung nach einem Verkehrsunfall ein Alkotest vorgenommen. Manchmal staunten wir nicht schlecht, als wir bei einigen Autofahrern bereits in den Morgenstunden beträchtliche Alkoholwerte messen konnten.

Ob die Personen noch Restalkohol vom Vortag hatten, oder bereits zum Frühstück ein paar Gläser alkoholischer Getränke konsumierten, konnte ich nicht feststellen, da meine Kollegen und ich fortwährend angelogen wurden.

Anfangs war ich vollgestopft mit Gesetzen und Verordnungen, hatte von der Dienstverrichtung an der Front aber wenig Ahnung.

Aus diesem Grund war jeder Frischling drei Monate ein sogenannter Mitläufer und wurde von einem älteren Beamten für den Außendienst vorbereitet und geschult. Ich war natürlich auch der Überzeugung, dass jedermann von einer Uniform die gleiche Achtung hatte wie ich.

Die Erfahrung, dass auch Beamte angelogen und auf jede Art und Weise gelinkt werden, machte ich erst nach meinen ersten Diensten, die ich nach drei Monaten zumeist alleine verrichtete.

Ich stand also eines Abends auf der Landesstraße in Blumau und führte Verkehrskontrollen durch. Bei den Kraftfahrzeugkontrollen ging ich genau nach den Vorschriften vor und wollte natürlich keine Fehler begehen.

Ich hielt einen Fahrzeuglenker an und ersuchte ihn, mir Führerschein, Zulassungsschein und Steuerkarte — wie damals noch vorgesehen — auszuhändigen. Der Mann griff in alle seine Taschen und als die Suche keinen Erfolg brachte, sagte er zu mir:

„Herr Inspektor, ich habe die Papiere zu Hause vergessen. Ich wohne jedoch gleich dort vorne und werde die Sachen sofort holen."

Der Lenker zeigte dabei auf ein Mehrparteienhaus in einer Entfernung von ca. 150 Meter.

Ich glaubte dem Mann und sagte, er möge mir die Papiere ehestens bringen. Der Lenker fuhr auf der Landesstraße bis zum Haus, benützte die bogenförmige Zufahrt, fuhr am Haus vorbei und anschließend wieder auf die Landesstraße, wo er für immer verschwand.

Ein raffinierter Kerl, der offenbar weit gerissener war als ich. Das Kennzeichen des Pkw hatte ich mir natürlich nicht gemerkt, da ich von der Voraussetzung ausging, ein jeder, der so ehrlich ausschaut und spricht, wie der Fahrzeuglenker, kann keine bösen Absichten haben.

Ich ärgerte mich über meine Einfältigkeit und war überzeugt, dass der Mann keinen Führerschein besaß und seine Redegewandtheit ausnützte, um mich hinters Licht zu führen. Er ging zwar das Risiko ein, ich könnte mir das Kennzeichen gemerkt haben, aber er hoffte, ich als junger Beamter hätte nicht die Erfahrung wie ein älterer Kollege, was ja auch stimmte und würde ihm seine Ausrede glauben.

Wäre der Pkw gestohlen gewesen, so hätte er das Haltezeichen sicherlich nicht beachtet und wäre sogleich geflüchtet. Mit unserem damaligen Dienstfahrzeug, einem VW-Käfer, hätte er auch Chancen gehabt zu entkommen, wenn er mit einem Moped davon gefahren wäre.

Die Amtshandlung hatte auch etwas Gutes, da mir ein solcher Fehler in den nachfolgenden Jahren meiner Dienstzeit nicht mehr unterlief. Es handelte sich um einen Lernprozess, den jeder in seinem Beruf durchmachen muss.

Der Bäckerlehrling vergisst das Brot im Backofen bis es verbrennt, der Tischlerlehrling verliert einen Finger, weil er beim Zuschneiden des Werkstückes nicht aufmerksam genug ist und der Beamte lässt einen Gesetzesübertreter ungeschoren davonkommen, weil er einen Fehler bei der Amtshandlung begeht.

Der Fehler war für mich sehr hilfreich, da nachher oft versucht wurde, mich unter Angabe falscher Daten aufs Glatteis zu führen.

Bestechungsversuche

In manchen Ländern ist es üblich, dass Beamte durch Bestechungsgelder ihre Pflichten vergessen und die Gesetzesbrecher ungeschoren davonkommen. Die Mafia zeigt eine solche Vorgangsweise und manche Beamte können solchen Verlockungen nicht widerstehen.

In solchen Regionen muss man jedoch die Situation der bestochenen Beamten auch verstehen. Sollte sich jemand weigern, Geld für diverse Gefälligkeiten zu nehmen, folgen massive Drohungen gegen Frau und Kinder. Solche Drohungen müssen auf Sizilien besonders ernst genommen werden, da es nicht nur bei Worten bleibt und die angekündigten Taten folgen.

Bei uns gibt es immer wieder auf der unteren Ebene Bestechungsversuche, die auch in meiner Dienstzeit erfolgten.

Bei einer Amtshandlung in Günselsdorf hatte ich einen Fahrzeuglenker angehalten, der schwer betrunken war. Sein Beifahrer zeigte die gleichen Merkmale und versuchte dauernd mich an meiner Amtshandlung zu hindern. Der Lenker verweigerte nach einem positiven Röhrchentest die Vorführung zum Arzt, so wie dies vorgesehen war. Ich schrieb mir die Daten auf, als der Beifahrer plötzlich seine Brieftasche öffnete und einen Geldschein (1.000,— Schilling) vor meinem Gesicht hin und her bewegte. Als ich darauf nicht reagierte, erklärte er mir, dass er jetzt mit seinem Freund die Fahrt fortsetzen werde und ließ die Banknote auf die Straße fallen. Ich sagte deutlich, dass das Fahrzeug sicherlich nicht mehr in Betrieb genommen wird und kümmerte mich nicht um den Geldschein, den der Wind von der Fahrbahn fegte. Der Beifahrer lief nun der Banknote in Schlangenlinie nach und konnte diese nach längerer Jagd wieder einfangen.

Ich übersah den Bestechungsversuch, da der Mann stark alkoholisiert war und die Anbietung des Geldes nicht sehr eindringlich erfolgte.

Wäre der Bestechungsversuch eindringlich gewesen, hätte die Sache sicherlich mit einer Anzeige bei der Staatsanwaltschaft geendet.

Ein Kollege von mir hatte eine ähnliche Situation, doch der Lenker steckte ihm eine Banknote in die Hosentasche. Der Beamte nahm den Geldbetrag, stellte dem Mann eine Beschlagnahme-Bestätigung aus und zeigte ihn bei der zuständigen Staatsanwaltschaft an.

Die Anzeige endete mit einer Verurteilung, wobei der Geldbetrag von 1.000,– Schilling als verfallen erklärt wurde und eine saftige Geldstrafe folgte.

Auf eine Amtshandlung kann ich mich noch genau erinnern, als ein betrunkener Gastarbeiter den Führerschein abgeben musste. Als ich im Streifenwagen saß und die Daten aufnahm, kniete er sich neben mir nieder, faltete die Hände und sagte in gebrochenem Deutsch: „Bitte lieber Polizei, geben mir Führerschein wieder zurück."

Es handelte sich zwar um eine rührende Geste, doch ich zog die Amtshandlung bis zuletzt durch und der abgenommene Führerschein wurde an die zuständige Bezirkshauptmannschaft übermittelt.

Ein nicht alltäglicher Selbstmord

In meiner Dienstzeit im Bezirk Lilienfeld wurde ich einmal zu einem Selbstmord gerufen, der nicht alltäglich war. Der Mann hatte gut ein Drittel einer vollen Flasche mit Unkrautextrakt getrunken.

Der Arzt war bereits anwesend und ich besah mir den restlichen Inhalt der Flasche. Es handelte sich um eine grünliche Flüssigkeit von der Konsistenz eines Geschirrspülmittels.

Der Arzt erklärte mir, dass es an ein Wunder grenze, dass der Selbstmörder eine so große Menge an Extrakt verschlucken konnte, ohne sich zu übergeben. Der Todeskampf muss schrecklich gewesen sein, heftige Krämpfe hervorgerufen und längere Zeit gedauert haben.

Ein bedauernswerter Mensch, der solche Qualen auf sich nahm, um aus dem Leben zu scheiden. Ein Testament hatte der Mann noch auf ein Stück Papier gekritzelt, bevor er starb.

Das Makabere an der Geschichte ist die Tatsache, dass sich der Sohn des Mannes mehrere Jahre danach nach einem Streit erschoss. Ich hatte wieder Dienst, als unsere Streife zu einem Selbstmord gerufen wurde.

Als ich mit meinem Kollegen auf dem Tatort eintraf, versuchte gerade ein Notarztteam, den am Boden liegenden Mann zu reanimieren.

Die geschockten Angehörigen erzählten mir, dass der Bursche nach Hause kam und völlig grundlos einen Streit mit seiner Lebensgefährtin anfing.

Noch während des Streites holte er sich seine Pistole, für die er eine Waffenbesitzkarte hatte, steckte sich den Lauf in den Mund und drückte ab.

Aufgrund der Schussverletzung im Kopf, das Projektil war am Hinterkopf ausgetreten, blieben die Maßnahmen der Helfer ohne Erfolg und der Mann verstarb.

In meiner Dienstzeit hatte ich zwei Fälle, wo in der Familie zwei Personen Selbstmord verübten. Ich glaube, dass Angehörige von Selbstmördern in gerader Linie gefährdet sind, auf die gleiche Art aus dem Leben zu scheiden.

Eine Schusswaffe im Haus erleichtert eine solche Affekthandlung, da lediglich der Finger gekrümmt werden muss und keine langen Vorbereitungshandlungen, wie etwa beim Erhängen, notwendig sind. Auch beim Mord nach einem Streit im Familienkreis spielen Schusswaffen eine nicht unwesentliche Rolle.

In diesem Fall folgte ich noch einem Wunsch des Hauseigentümers. Da der Teppich im Wohnzimmer mit Blut getränkt war, fragte mich der Mann, wer den Bodenbelag entfernen könnte, da er das Zimmer mit den Blutspuren nicht mehr betreten könne.

Ich kniete mich auf den Boden und schnitt den Teppichbelag mit meinem Taschenmesser in große Stücke, die ich anschließend entfernte und zum Abtransport zusammenrollte.

Die Angehörigen bedankten sich anschließend bei mir. Für mich war es nur eine kleine Geste, die ich für die geschockten Leute tun konnte.

Zuteilung nach Wien

Da die Suchtgiftkriminalität auch auf dem Lande ständig zunahm und uns Gendarmen oft die Erfahrung fehlte, wurden einige interessierte Beamte, die auch Kriminaldienst verrichteten, der Suchtgiftgruppe bei der Kriminalabteilung in Wien zugeteilt.

Ich meldete mich natürlich für eine Dienstzuteilung, weil ich mir von der damals für mich unbekannten Materie eine Erweiterung des Fachwissens versprach. Ich kannte die sogenannten „Giftler" nur von Berichten meiner Kollegen und malte mir ein eigenes Bild von Dealern und Konsumenten.

Als ich im Jahre 1982 zu dieser Einheit mehrere Monate lang zugeteilt wurde, lernte ich auch diese Form der Kriminalität kennen. Meine im Gedanken aufgebauten Erwartungen wurden völlig aus der Bahn geworfen. Aus den Medien und einigen Filmen, die das Suchtgiftmilieu zeigten, wurde mir eine Sachlage eingegeben, die mit der tatsächlichen Situation in diesem Bereich nicht viel gemeinsam hatte.

Natürlich gab es die Suchtgifthändler, welche das große Geld machten. Danach kamen die Konsumenten, die auch regen Handel betrieben, um ihre Sucht zu finanzieren. Zuletzt aber kamen die Junkies, die nur mehr auf den Konsum der Droge angewiesen waren und ein einheitliches Krankheitsbild zeigten.

Bereits in den ersten Tagen meiner Dienstzuteilung lernte ich das wahre Gesicht von Suchtgiftkranken kennen. Die Konsumenten zeigten alle, dass sie nur mehr einen Gedanken hatten: Wie komme ich an meine Drogen? Alle anderen Gefühle waren bei dieser Personengruppe ausgeschaltet und konnten auch nicht mehr aktiviert werden. Versuche, die Leute durch Entziehungskuren von ihrer Sucht zu befreien, schlugen in den meisten Fällen fehl.

Die Gründe, warum jemand überhaupt Drogen zu sich nimmt, waren in allen Fällen sehr verschieden. Die gesellschaftliche Stellung spielte bei dieser Form der Kriminalität auch nicht die geringste Rolle. Wir hatten Kundschaften, die sich in Kreisen der Akademiker bewegten, Studenten, Ärzte, angesehene Leute aus Medien und Wirtschaft, aber auch arbeitsscheue und sehr einfach denkende Personen, die im Drogenrausch die Wirklichkeit zu vergessen hofften.

Ich hatte mir die Amtshandlungen anders vorgestellt, als sie wirklich waren. Meistens hatten wir mit stark abhängigen Personen zu tun, wo sich der Zustand und die Aussagewilligkeit ständig ändern konnte. Hatte jemand kurz vorher Drogen zu sich genommen, so war sein Gemütszustand von der Art des Suchtmittels abhängig. Musste sich der Konsument einen neuen Schuss setzen, so merkte man seinen körperlichen Verfall. Er begann unruhig zu werden, kratzte sich am Körper und hätte bei der Vernehmung auch einen Mord zugegeben, den er nicht begangen hatte.

Suchtgiftexperten sagten, dass diese Personengruppe auf einem Klavier nur mehr eine Taste betätigen würde. Die Taste Suchtgift und sonst nichts.

Es war für mich eine sehr erschütternde Erfahrung, die ich bei der Zuteilung machte. Größtenteils hatten wir es mit sehr kranken Menschen zu tun, die sich allerdings ihre Krankheit selbst ausgesucht hatten.

Ich lernte Junkies kennen, die nur mehr zerdrückte Bananen essen konnten und andere Nahrungsmittel sofort wieder hoch kamen, wenn sie solche aßen.

Wir hatten Kontakt zu einem Arzt, der zwei Kinder hatte. Ein Mädchen wurde im Sarg aus Deutschland überstellt. Sie hatte eine Überdosis Suchtmittel zu sich genommen. Der Sohn lebte in Wien auf der Straße und war ebenfalls schwer suchtmittelabhängig.

Die beiden Jugendlichen hatten seitens des Elternhauses sicherlich keine Einschränkungen und finanzielle Sorgen. Was ihnen vielleicht fehlte, waren die nötigen Zuwendungen und Zeit für die Anhörung von Sorgen und Nöten, welche Personen in dieser Altersgruppe gerne mit ihren Eltern besprechen wollen.

In den meisten Fällen waren schlechte Freunde, ein zerrüttetes Familienleben, aber auch Unwissenheit, Sorglosigkeit und ähnliche Gegebenheiten für die Drogenkonsumation verantwortlich.

Jeder Vater und jede Mutter kann sich glücklich schätzen, wenn ihre Kinder solche Substanzen der kurzen Glücksgefühle niemals zu sich nehmen. Der soziale Abstieg und die damit verbundene Ausgrenzung aus der Gesellschaft sind vorgegeben. Die Suchtgiftkranken müssen ja auch bis zum Tod von der Gesellschaft erhalten werden, da nur sehr wenige den Weg zurück schaffen.

Die Kriminalitätsform scheint aber für eine gute Aufklärung zu sorgen. Der Grund dafür dürfte in der Tatsache liegen, dass beim Handel zahlreiche Personen beliefert werden. Es gibt also eine große Anzahl von Mittätern, die durch eine noch größere Zahl von Kunden ergänzt werden.

Andere Formen der Kriminalität haben keine Mitwisser und können oft nur anhand von Spuren geklärt werden.

Bei einer großen Täterzahl sind immer wieder einige dabei, die ihr Wissen nicht für sich behalten können. In einem solchen Fall konnte ich auch eine Amtshandlung unterstützen.

Wir hatten Wind bekommen, dass ein Deal, bei dem einhundert Gramm Heroin verkauft werden sollte, bald in Wien über die Bühne läuft.

Wir hatten die Verkäufer bereits im Fadenkreuz und die Leute wurden beobachtet. Nach zwei Terminen, die ins Wasser fielen, bahnte sich der Verkauf des Suchtgiftes nun abermals an.

Als Ort der Übergabe wurde uns eine Adresse in Wien geflüstert. Wir bezogen mit mehreren Zivilstreifenwagen Aufstellung und warteten.

Der Verkauf sollte auf offener Straße erfolgen. Eine gute Stelle, da man im Gegensatz zu einer Wohnung im Bedarfsfall in jede Richtung flüchten konnte.

Meine Kollegen und ich warteten also geduldig und bald bemerkten wir einen Pkw, der zur angegebenen Stelle fuhr. Ein Mann mit langen Haaren stieg aus und begann mit zwei anderen, die auf dem Gehsteig gewartet hatten, ein Gespräch.

Als der angekommene Fahrzeuglenker zum Pkw ging und einen Gegenstand zu den beiden anderen Männern brachte, schien für uns der Zeitpunkt eines Zugriffes gekommen zu sein.

Wir gaben über Funk eine Meldung ab und fuhren langsam in die Richtung der Männer. Da ein normales Verkehrsaufkommen herrschte, fielen wir auch nicht auf.

Wir hatten die Mitteilung erhalten, dass die Übergabe des Heroins von einer bewaffneten Person durchgeführt werde. Aus diesem Grund waren wir beim Einschreiten auch besonders vorsichtig.

Als wir genau auf Höhe der Personengruppe waren, sprangen wir gleichzeitig aus dem Streifenwagen. Ein Kollege sicherte mit gezogener Dienstpistole und wir warfen uns auf die Suchtmittelhändler und auf die Käufer. Kurz darauf waren die Handschellen angelegt.

Eine zweite Gruppe von uns läutete in der Zwischenzeit an der nahe gelegenen Wohnungstür, wo sich ebenfalls Personen der Szene aufhielten.

Als wir plötzlich Schüsse hörten, trennten wir uns und ließen einige Kollegen mit den Festgenommenen zurück.

Ein Kollege und ich eilten um den Häuserblock in die Richtung, aus welcher die Schüsse kamen. Als wir um die Ecke liefen, sahen wir bereits einen unserer Fahnder auf einen am Boden liegenden Mann knien. Wie sich später herausstellte, war der Mann auf der Rückseite des Wohnblockes aus dem Fenster gesprungen, als meine Kollegen an der Wohnungstüre läuteten. Da auch die Umgebung des Mehrparteienhauses überwacht wurde, bemerkte ein Kollege den Fluchtversuch und eilte den Burschen nach. Nach der Abgabe von mehreren Warnschüssen konnte er den Flüchtenden einholen und zu Boden bringen.

Am Ende der Amtshandlung stand fest, dass wir alle Tatverdächtigen festnehmen konnten, das Geld und die Heroinlieferung wurden beschlagnahmt. Wir unterließen es aber, wie in den meisten Filmen zu sehen ist, mit dem angefeuchteten Finger eine Probe zu entnehmen und zu kosten, ob es tatsächlich Heroin von guter Qualität war. Solche Untersuchungen sollte unsere Kriminaltechnik vornehmen.

Die anschließenden Amtshandlungen zeigten immer wieder das gleiche Muster. Die aufgesuchten Wohnungen, in denen wir auch mehrmals vom Gericht angeordnete Hausdurchsuchungen vornahmen, glichen sich in ihrem Aussehen.

In den Wohnungen standen auf den Fensterbrettern Blumentöpfe, wo Hanfpflanzen groß gezogen wurden. Einrichtungsgegenstände waren nur spärlich vorhanden und geschlafen wurde auf Matratzen, die auf dem Fußboden lagen. Außer leeren Spritzen und Apothekerwaagen, gab es nur wenig Inventar. Die Bewohner der Unterkünfte zeigten meistens kein Übergewicht, da sie außer Suchtmittel nur wenig feste Nahrung zu sich nahmen. Ihre Gesichtsfarbe war grau und die Arme von den dauernden Injektionen überall zerstochen. Hautausschläge und offene Geschwüre waren auch keine Seltenheit.

Im Endstadium ein Häufchen Elend, das sozusagen auf den letzten Schuss wartete.

Die Zuteilung zur Gruppe war für mich sehr interessant. Ich konnte mir aber nicht vorstellen, diese Tätigkeit bis zu meiner Pensionierung auszuüben. Immer die gleichen Personengruppen, immer Suchtgiftkranke und Leute die mit H.I.V. infiziert waren.

Eine andere kriminalpolizeiliche Tätigkeit schien mir für meine Berufslaufbahn reizvoller.

Ich bewundere aber die Härte von Kollegen, die Jahrzehnte lang eine solche Tätigkeit ausüben.

Die diebische Aufräumerin

Ein befreundeter Firmeninhaber erstattete mir die Anzeige, dass aus dem Büro eines Autohauses laufend Geldbeträge verschwanden.

Zu diesem Zeitpunkt gab es noch keine digitalen Überwachungseinrichtungen und ich musste mir etwas einfallen lassen, um das unerklärliche Verschwinden des Geldes zu klären.

Wie in solchen Fällen üblich, begann ich mit den Ermittlungen im Umfeld der Firma. Alle Personen, die in der Firma beschäftigt waren, zählten zu den Verdächtigen. Kunden schienen für die Diebstähle nicht verantwortlich zu sein, da sie nur in Begleitung eines Firmenangehörigen das Büro aufsuchten, um geschäftlich tätig zu werden. Außerdem wurden ja laufend Gelddiebstähle begangen und ein Kunde hält sich nicht immer in unregelmäßigen Abständen am gleichen Ort auf.

Als ich mit dem Firmeninhaber die Liste der Firmenangehörigen durchging, hegten wir den Verdacht, dass eventuell die Aufräumerin die Diebstähle verübte. Die Frau kam nur zweimal in der Woche und war auch für das Büro zuständig.

Ich vereinbarte mit dem Firmenchef, dass die Handkasse, woraus die Geldbeträge verschwanden laufend kontrolliert und die Seriennummern der Geldscheine aufgeschrieben werden. Laufende Kontrollen der Handkasse waren daher erforderlich.

Es dauerte keine Woche, als mich der Firmenchef auf der Dienststelle anrief und mir mitteilte, dass er soeben bei einer Kassenkontrolle das Fehlen von 3.000,— Schilling feststellte. Die Aufräumerin sei gerade dabei, ihre Arbeit zu beenden und die Firma zu verlassen.

Ich eilte zum Streifenwagen fuhr rasch zur Firma und konnte die Aufräumerin noch auf dem Firmengelände antreffen.

Ich teilte ihr mit, dass in der Firma laufend Gelddiebstähle verübt wurden. Der letzte Diebstahl sei erst kurz vorher begangen worden und sie stehe im Tatverdacht.

Ich forderte die Frau auf, mit mir auf die Dienststelle zu kommen.

Die Frau schien aus allen Wolken zu fallen, bekam einen roten Kopf und sagte mir, dass sie sicherlich mit den Diebstählen nichts zu tun habe.

Ich fuhr mit der Frau zum Gendarmerieposten und durchsuchte vorerst ihre Handtasche. Die Durchsuchung verlief negativ, worauf ich gezwungen war, eine genaue Personsdurchsuchung vornehmen zu lassen. Da wir damals noch keine weibliche Beamtin im Bezirk hatten, musste die Raumpflegerin des Gendarmeriepostens immer für solche Durchsuchungen aktiviert werden.

Als ich unsere „Postenmama" auf die Dienststelle rief, verspürte die Tatverdächtige plötzlich einen intensiven Harndrang und bat, die Toilette aufsuchen zu dürfen. Diesen Wunsch musste ich ihr selbstverständlich abschlagen, worauf sie sich an den Bauch fasste und heftige Krämpfe vortäuschte. Ich erklärte ihr, dass sie einen Harnfluss nicht zurückhalten brauche und ihre Notdurft auch in der Kanzlei verrichten könne, ohne sich zu entkleiden. Unsere Aufräumerin, die ja bald eintreffen müsste, würde die Verunreinigung gleich beseitigen.

Da die Frau merkte, dass ich mich durch ihr gespieltes Theater nicht von meiner Amtshandlung beirren ließ, hörten die Krämpfe bald auf. Unsere Raumpflegerin suchte mit der Verdächtigen eine andere Kanzlei auf und bald kamen die beiden Damen zu mir. Die Personsdurchsuchung verlief positiv und unsere Mitarbeiterin fand dreitausend Schillinge in der Unterhose der Durchsuchten.

Ein Leugnen war somit zwecklos und die darauffolgende Vernehmung brachte ein Geständnis. Das Geständnis umfasste auch zahlreiche früher begangene Diebstähle.

Erfahrungsgemäß werden zurückliegende Straftaten meistens nur im ersten Schock zugegeben, wenn wenigstens eine Tathandlung mit Sicherheit bewiesen werden kann. Führt man eine Vernehmung erst später durch, haben die Verdächtigen genügend Zeit zum Nachdenken und andere Straftaten werden nicht mehr gestanden.

Ihren Job war die Frau natürlich sofort los und ich erstattete gegen sie eine Strafanzeige an die Staatsanwaltschaft St. Pölten.

Ein junger Lügner

Am 15. August 1996 fuhr ich mit dem Dienstmotorrad durch Freiland und begab mich danach neben der Straße nach Hohenberg zum Fluss. Ich stellte das Motorrad ab und sah nach den Forellen. Bei den Streifen besichtigte ich immer wieder die gleichen Stellen, da ich dort oftmals Angler antraf, die ich bezüglich der Fischereilizenz kontrollierte. Ich selbst fischte damals auch in diesem Gewässer und besah mir deshalb den Besatz an Fischen immer genau an.

Wie ich noch die Wassertiere betrachtete, hörte ich plötzlich das laute Quietschen von Reifen, so als wenn jemand einen Kavalierstart hinlegt. Vorbei war die ruhige Atmosphäre und die idyllische Landschaft mit Fluss und Fischen interessierte mich plötzlich nicht mehr. Der Diensteifer hatte mich in einer Sekunde befallen.

Ich schwang mich auf mein Motorrad, fuhr auf die Bundesstraße und sah in einiger Entfernung einen dunklen BMW in Richtung Hohenberg verschwinden.

Da sonst kein anderes Fahrzeug zu sehen war, konnte nur dieser Pkw der Verursacher der quietschenden Geräusche gewesen sein. Ich schaltete das Blaulicht ein und gab Vollgas. Nach einer kurzen

Wegstrecke hatte ich den Pkw eingeholt und gleich darauf angehalten.

Bei der Kontrolle teilte mir der junge Lenker mit, dass er die Fahrzeugpapiere und seinen Führerschein zu Hause vergessen habe.

Der Bursche, der eine junge Frau auf dem Beifahrersitz beförderte, machte einen sicheren Eindruck und nannte mir seinen Namen und das Geburtsdatum.

Eine Anfrage nach dem Kennzeichen brachte mir bereits ein aufschlussreiches Ergebnis. Die Kennzeichen waren als gestohlen gemeldet. Ich holte sofort über Funk eine Streifenbesatzung als Verstärkung, um die Fahrzeuginsassen auf die Dienststelle nach Lilienfeld zu bringen.

Dort stellte sich die wahre Identität des Burschen heraus. Die Kollegen erkannten im Fahrzeuglenker einen alten Bekannten, der keinen Führerschein besaß und auch mit seinen 16 Jahren noch keine Lenkerberechtigung haben konnte.

Wie sich bei den Einvernahmen herausstellte, bekam der Bursche das Fahrzeug geschenkt. Da er auch damit fahren wollte, stahl er am Vortag die Kennzeichen von einem anderen Auto und montierte sie auf den BMW.

Wäre der Mann unauffällig gefahren und hätte nicht meine Aufmerksamkeit erregt, wäre die Straftat sicherlich nicht so bald geklärt worden. Zum Glück machen so viele Täter gravierende Fehler, weil sie sich ihrer Sache so sicher sind.

Die falsche Identität

Ich mache deshalb einen Zeitsprung von mehreren Jahren und erinnere mich an einen Funkspruch am 12. April 2004, wo ein Kollege mitteilte, dass ihm soeben in Kleinzell ein Pkw, den er mit dem Lasergerät gemessen hatte, davongefahren sei. Der Lenker hatte das Haltezeichen nicht beachtet.

Das Kennzeichen hatte sich mein Kollege gemerkt und ich fuhr sofort mit dem Zivilstreifenwagen von Hainfeld in Richtung Kleinzell. Mit mir fuhr mein Kollege Stefan Breitler.

Kurze Zeit nach dem Funkspruch kam uns der Pkw bereits entgegen. Ich wendete mit dem Streifenwagen und fuhr dem Fahrzeug nach. Wir konnten den Lenker anschließend in Hainfeld anhalten.

Der Mann am Lenkrad erzählte mir auch eine Geschichte vom vergessenen Führerschein und gab mir seine Daten bekannt.

Da der Lenker auch kräftig nach Alkohol roch, fuhren wir mit ihm auf den Gendarmerieposten und der Alkotest brachte mehr als eineinhalb Promille zum Vorschein.

Ich war ja ein gebranntes Kind und glaubte nur, was ich auch nachvollziehen konnte. Ich gab die angegebenen Daten in den Computer ein und siehe da, es kamen Lichtbilder der angefragten Person zum Vorschein, welche mit dem Aussehen des Lenkers überhaupt keine Gemeinsamkeiten aufwiesen.

Es war, als würde ich Oliver Hardy mit Sean Connery vergleichen. Der Mann auf dem Computerbild hatte auch noch auffällige Tätowierungen, die der Fahrzeuglenker nicht aufwies.

Als mir der Mann noch erklären wollte, er habe sich die Tätowierungen entfernen lassen, wurde ich leicht wütend.

Nach längerem Leugnen gab er mir dann die richtigen Daten bekannt und siehe da, der Mann besaß keinen Führerschein und ein aufrechter Haftbefehl lag vor. Den Reisepass hatte der Fahrzeuglenker bei seiner Lebensgefährtin, wo er unangemeldet wohnte.

Von der Dienststelle aus ging es rasch in die Justizanstalt St. Pölten, wo er einen Aufenthalt von mehr als einem Jahr auf Staatskosten verbrachte.

Die Liste der Übertretungen konnte sich auch sehen lassen und die Strafhöhe der Verwaltungsübertretungen verschlang sicherlich den Erlös eines Bausparvertrages.

Manchmal lernten die Leute, die aus verschiedenen Gründen keinen Führerschein bekamen, die Daten eines Angehörigen, der im Besitz des begehrten Dokumentes war, auswendig. Fragte der Beamten während einer Verkehrskontrolle bei der zuständigen BH an, so bekam er eine positive Auskunft und der Fahrzeuglenker konnte seine Fahrt unbehelligt fortsetzen.

Solche Amtshandlungen wurden bei uns meistens sehr genau durchgeführt und endeten nicht selten mit der Anfertigung eines Fotos. Wir fragten den Lenker, ob er damit einverstanden sei und in allen Fällen war dies der Fall. Ein Bild sagt mehr als tausend Worte und ist für die Identifizierung einer Person die beste und sicherste Methode.

Wir hatten auch einmal einen Fall, wo ein Mann, der auch fallweise als Aushilfe in einer Tankstelle arbeitete, während der Nacht unbefugt Fahrzeuge in Betrieb nahm und Spazierfahrten durchführte.

Kunden, die ihre Pkws wegen diverser Servicearbeiten bei der Tankstelle abstellten und auch die Fahrzeugschlüssel bis zur Abholung deponierten, wurden auf diese Weise geschädigt. Wer kein Fahrtenbuch führte und auch auf die Anzeige der Tankuhr nicht achtete, bemerkte von den nächtlichen Ausflügen auch nichts.

Wegen anderer Straftaten wurden wir bei den Ermittlungen auf die Handlungsweise des Mannes aufmerksam. Er war noch am Vorabend mit einem ausgeborgten Pkw, ohne Führerschein in Wien und geriet in eine Verkehrskontrolle. Der Kollege begnügte sich mit einem Organmandat, ohne die Herkunft des Pkw oder die Identität des Lenkers zu kontrollieren. Der Beamte wählte den einfachsten Weg, oder war er so einfältig, wie ich bei meinen ersten Amtshandlungen?

Ein Freundschaftsdienst

Mein Freund und Firmeninhaber Alfred Moser ersuchte, ich möge bei ihm vorbeikommen, da er ein Problem habe.

Ich kam kurz nach dem Anruf zu ihm in das Büro seiner Firma. Moser erzählte mir, dass ihm bereits seit längerer Zeit immer wieder Geld aus der Firmenkasse fehlte. Er verdächtige seine Aufräumerin, könne ihr aber die Diebstähle nicht beweisen. Er fragte mich um einen fachmännischen Rat, wie er der Frau das Handwerk legen könnte. Moser erklärte mir, er wolle in keinem Fall eine Anzeige erstatten und die ganze Sache intern regeln.

Die Zeiten hatten sich in technischer Hinsicht grundlegend geändert und PC und Digitaltechnik hatten auf allen Ebenen Einzug genommen.

Ich sah mich im Büro des Firmeninhabers um und stellte fest, dass an der hinteren Wand ein Regal mit Ordnern aufgestellt war. Die Ordner hatten auf der Hinterseite alle eine runde Grifföffnung. Diese Öffnung schien mir für eine Kamera sehr geeignet.

Mein Freund besorgte sich in einem Elektromarkt eine Digitalkamera, die ihre Daten über Funk zu einem Empfänger sendete. Beim Empfänger konnten Bildschirm und Rekorder angeschlossen werden.

Nun installierte Moser die kleine Kamera in einem Ordner und stellte die Empfangseinheit in einem Privatraum auf. Dort schloss er die Anschlüsse an ein Fernsehgerät und einen Videorekorder an.

Nachdem alle Installationsarbeiten abgeschlossen waren, stellte er die Kamera auf den Bereich der Kasse ein.

Er konnte nun von seinem Zimmer aus über Fernseher alle Vorgänge im Büro mit verfolgen und die Abläufe aufzeichnen.

Als die Aufräumerin zur Arbeit kam, setzte sich Moser hinter sein Fernsehgerät und verfolgte die Reinigungsarbeiten im Büro mit. Gleichzeitig zeichnete der Rekorder die Beobachtungen auf.

Moser sah nun in ausgezeichneter Bildqualität, wie die Frau in die Kasse griff und einige Tausender — Schillinge — in ihre Tasche steckte. Nach einiger Zeit ging Moser in sein Büro und sagte der Aufräumerin, sie möge mit ihm mitkommen, da soeben eine sehr interessante Fernsehsendung laufe, die er ihr unbedingt zeigen müsse.

Die ahnungslose Frau folgte ihm und als sie sich selbst beim Diebstahl im Fernseher sah, bekam sie einen leichten Schock.

Moser erklärte der Diebin, dass sie sofort entlassen sei und er von einer Anzeige absehe, wenn sie den bisher angerichteten Schaden in Raten an ihn zurückzahle.

Eine Anzeige blieb der Frau erspart, obwohl sie nicht den ganzen Schaden beglich. Meistens sind die Geschädigten christlicher als die Täter.

Reinigungspersonal ist besonderen Versuchungen ausgesetzt, da besonders in Firmen überall Zugang gewährt wird. Verlässlichkeit, Ehrlichkeit und auch Verschwiegenheit gehören zu den wichtigsten Tugenden von Reinigungspersonal.

Leider gab es in meiner Dienstzeit mehrere Eigentumsdelikte, die von Reinigungskräften verübt wurden. Da sie sich in der Tatausführung aber nicht grundlegend unterschieden, schrieb ich nur über einige dieser Vorfälle.

Seriendiebe

Am 18. Juni 2004, nachmittags, rief mich die Filialleiterin eines Einkaufsmarktes an und erzählte mir, dass sich einige Ausländer im Geschäft äußerst verdächtig benahmen und offenbar Waren stehlen wollten. Sie hatte die Personen schon vor Betreten des Geschäftes gesehen. Da sie die Ausländer nicht aus den Augen ließ, gingen sie aus dem Geschäft, ohne etwas gekauft zu haben.

Kurz darauf sah sie die Männer in einem Pkw mit Wiener Kennzeichen auf die B 18 fahren. Ich setzte sofort meinen Kollegen, der Kriminaldienst verrichtete, auf das Fahrzeug an und kurz darauf bekam ich über Funk eine Erfolgsmeldung.

Mein Kollege Anton Höller observierte das Fahrzeug und konnte feststellen, dass sich insgesamt drei männliche Personen darin befanden. Die nachträglichen Funkmeldungen bestätigten den Verdacht, dass sie Insassen vermutlich Ladendiebstähle verübten.

Das Fahrzeug fuhr nahezu alle Supermärkte in Richtung Traisen an und zwei Männer betraten das Geschäft. Nach kurzer Zeit kamen die Leute zum Fahrzeug zurück und es ging zum nächsten Einkaufsmarkt.

Da die Uhr bereits 17:30 zeigte, musste ich mir bald eine Vorgangsweise für eine Festnahme einfallen lassen, da um 18:00 Uhr Geschäftsschluss war und nach dieser Zeit keine weiteren Aktivitäten zu erwarten waren.

Eine simple Anhaltung des Fahrzeuges schien mir nicht zielführend, weil ich aus Fahndungen und Erzählungen von Kollegen wusste, dass so manche

Anhaltung erfolglos verlief. Die Täter waren oft mit Leihwagen oder ausgeborgten Pkw unterwegs. Der Zulassungsbesitzer befand sich bei Diebesfahrten nicht im Fahrzeug und wusste natürlich nicht, wem er seinen Pkw borgte. Er gab oft nur falsche Vornamen als Rechtfertigung bei den Vernehmungen an. Die wahren Täter konnten niemals ermittelt werden.

Nach einer erfolgten Anhaltung kam es daher nicht selten vor, dass alle Insassen aus dem Fahrzeug sprangen und in alle Himmelsrichtungen davon liefen.

Ich musste mir also für eine bevorstehende Anhaltung ein Konzept ausdenken, um die Wahrscheinlichkeit einer Flucht bereits im Keim zu ersticken.

Da die Männer in Richtung Traisen unterwegs waren, sah ich die Bahnüberführung auf der B 18 als geeigneten Ort, um eine Anhaltung, mit wenig Risiko zu einer Flucht, vornehmen zu können.

Die letzte Beobachtung des Kollegen war, dass der Pkw neben der B 18 in St. Veit anhielt und zwei Männer ausstiegen. Der Fahrzeuglenker wartete und die beiden Männer kamen nach einigen Minuten zum Pkw, stiegen ein und fuhren in Richtung Traisen weiter.

In der Zwischenzeit hatte ich selbst einen Streifenwagen besetzt und befand mich bereits außer Sichtweite hinter dem vermeintlichen Tatfahrzeug. Über Funk hatte ich mehrere Streifen aktiviert und ihnen den Ort unseres Zugriffes genannt.

Mich packte eine gewisse Spannung, da wir es mit drei Personen zu tun hatten und auch die Möglichkeit einer Gegenwehr und eines Widerstandes mit Waffengewalt angenommen werden musste.

Bei mehreren Amtshandlungen konnte ich unter den Sitzen der Fahrzeuge scharf geschliffene Messer zutage fördern.

Mein Kollege gab über Funk fortwährend den genauen Standort des Zielfahrzeuges durch und ich beorderte die Streifenwagen an die Stelle der Anhaltung. Bei solchen Aktionen muss auch darauf Rücksicht genommen werden, dass unbeteiligte Fahrzeuge nicht in die Amtshandlung geraten. An diesem Tag herrschte reges Verkehrsaufkommen und der Zugriff musste sehr sorgfältig vorbereitet werden.

Ich hatte den Pkw bereits im Sichtfeld, mein Kollege mit dem Zivilstreifenwagen folgte hinter dem Zielfahrzeug und die anderen Streifenbesatzungen teilten mir ihre Zugriffsbereitschaft mit.

Als das Zielfahrzeug die Bahnüberführung erreicht hatte, gab ich das Signal zum Zugriff. Es müssen nicht immer Amerikanische Filme sein, die eine polizeiliche Aktion von guter Präzession zeigen. Auch in Österreich gibt es spektakuläre Amtshandlungen bei Bekämpfung der Kleinkriminalität.

Der Zugriff erfolgte sozusagen nach dem Bilderbuchprinzip. Ein entgegenkommender Streifenwagen schaltete das Blaulicht ein und stellte sich genau vor dem fahrenden Zielfahrzeug quer zum Fahrstreifen. Mein Kollege mit dem Zivilstreifenwagen hielt neben dem Zielfahrzeug und ich stelle mich mit eingeschaltetem Blaulicht genau hinter den Pkw. Eine weitere Streifenbesatzung stellte sich ebenfalls hinter den quergestellten Streifenwagen.

Der Zugriff erfolgte sehr schnell und die Ausländer hatten keine Zeit zur Gegenwehr, weil sie völlig unvorbereitet waren.

Zwei Personen wurden sofort aus dem Pkw gezerrt und auf der Fahrbahn abgelegt. Das Anlegen der Handschellen erfolgte genau so schnell, wie der Zugriff.

Der dritte Mann wurde im Fahrzeug auf der Rückbank von mir betreut und auch sofort mit Handschellen gefesselt.

Ein Blick in den Kofferraum zeigte uns, dass wir einen guten Riecher hatten. Zahlreiches Diebesgut aus vorangegangenen Ladendiebstählen lag fein säuberlich im Kofferraum geschlichtet.

Die nachfolgenden Fahrzeuglenker hatten sich bei der Aktion vorbildlich verhalten und in angemessenem Abstand zur Amtshandlung angehalten. Aus ihren Gesten konnten wir sehen, dass sie unser Einschreiten begrüßten, obwohl ihnen der Grund sicherlich nicht bekannt war.

Einige Fahrzeuginsassen teilten uns ihre Unterstützung mit, indem sie in die Hände klatschten und uns freundlich zuwinkten.

Bei den drei festgenommenen Männern handelte es sich um georgische Emigranten. Bei der Amtshandlung konnten den Tätern zahlreiche Ladendiebstähle von Wien bis St. Veit nachgewiesen werden. Bei der Personsdurchsuchung fanden wir beim Fahrzeuglenker auch eine geringe Menge Suchtmittel. Der Georgier wies sich mit einem Führerschein aus, der mir bei genauer Betrachtung Zweifel an seiner Echtheit aufkommen ließ.

Es handelte sich bereits um einen Georgischen Führerschein im Scheckkartenformat. Manche Staaten waren uns bei diesen Dokumenten um Längen voraus. Unsere Mitbürger wiesen sich zu dieser Zeit noch mit den rosafarbenen Führerscheinen aus. Mir fiel bei diesem Führerschein auf, dass die Eintragungen von Namen und Geburtsdatum nur einige Zehntel Millimeter unterhalb der Schriftlinie lagen.

Bei solchen Dokumenten, wo die Daten nicht mit der Schreibmaschine eingetragen werden, ein völlig unübliches Schriftbild. Solche Fälschungsarten sind natürlich nur bei genauer Betrachtung erkennbar. Ich sah mir solche Dokumente immer sehr genau an und hatte damit öfters Erfolg. Ich möchte aber nicht wissen, wie oft ich einen gefälschten Führerschein nicht erkannte, da die augenscheinlichen Merkmale fehlten und das Dokument aus einer guten Fälscherwerkstatt stammte.

Ich beschlagnahme das Dokument und ein kriminaltechnisches Gutachten bestätigte meinen Verdacht. Es handelte sich bei dem Führerschein um eine Totalfälschung, die in Georgien hergestellt wurde.

Die Täter zeigten sich auch einigermaßen geständig und nach einem Haftbefehl des zuständigen Richters, brachten wir das Trio in die Justizanstalt St. Pölten.

Zu den Führerscheinfälschungen möchte ich noch einige Begebenheiten berichten, wie Emigranten uns von der Exekutive verarschen wollten.

Da gab es in England eine Mailadresse, wo sich jeder, der einen gewissen Geldbetrag auf ein Konto überwies, einen sogenannten Internationalen Führerschein ausstellen lassen konnte. Das Dokument war englisch verfasst und sollte den Besitz eines Nationalen Führerscheines vortäuschen.

Ich bin überzeugt, dass manche Kollegen die Lenker bei Kfz-Kontrollen ungeschoren ließen, wenn sie solche Fantasieführerscheine vorwiesen.

Es gab aber auch Staaten im ehemaligen Ostblock, die der Kriminaltechnischen Untersuchungsstelle keine Vergleichsdokumente zur Verfügung stellten.

Es war daher nicht möglich, Dokumente von diesen Staaten auf ihre Echtheit untersuchen zu lassen, da niemand wusste, wie ein echter Führerschein oder Reisepass aussehen musste und woraus die chemische Zusammensetzung des bedruckten Papiers bestand.

Es gab bei meinen früheren Amtshandlungen auch manche eigenartige Vorfälle, die mich noch lange ärgerten.

Ich nahm einmal in Günselsdorf einen Verkehrsunfall auf, wo der Fahrzeuglenker einen Führerschein vorlegte. Ich nahm die Daten auf und wurde nachträglich von Kollegen einer anderen Dienststelle verständigt, dass der gleiche Lenker zu einer Kfz-Kontrolle angehalten worden war. Der Kollege schaute das Bild im Führerschein sehr genau an und dabei fiel ihm auf, dass der Autofahrer ein sehr auffällig gemustertes Hemd trug. Das gleiche Hemd, wie auf dem Führerscheinfoto, das bereits in Farbe war.

Da das Ausstellungsdatum des Dokumentes aber mehrere Jahre zurück lag, kam ihm die Sache verdächtig vor und er stellte eine Anfrage an unser elektronisches Informationssystem. Die Auskunft ergab, dass der Führerschein als gestohlen gemeldet war. Die Lenkerberechtigung war danach verfälscht worden.

Hätte der Mann an diesem Tag ein anderes Hemd getragen, wäre die Urkundenfälschung auch nicht bemerkt worden.

Wieder ein Beweis, dass der Zufall einen wichtigen Umstand bei der Aufklärung von Straftaten bildet, den der Täter vorher nicht einkalkuliert.

Bei den alten rosa Führerscheinen wurden solche Verfälschungen öfters vorgenommen, da nur das Foto ausgewechselt werden musste. Der Teil des amtlichen Stempelabdruckes auf dem Lichtbild wurde durch schwarze Linien mit Tusche ersetzt.

Die Stempelabdrücke auf den Führerscheinen waren in ihrer Lage ja auch nicht einheitlich und mancher Beamte zielte beim Ausstellen des Dokumentes sehr schlecht.

Die Folge war, dass auf dem Lichtbild nur ein winziger Teil des Stempels aufgedruckt wurde. Auf dem neu eingeklebten Foto brauchte oft nur ein kleiner Bogen, der den Stempelrand zeigte, nachgezogen werden.

Wollte jemand einen gestohlenen Führerschein verwenden, so musste er nur auf die Geburtsdaten achten, damit aus einem Greis kein Lehrling wurde. Auf dem Land war die Verwendung eines verfälschten Dokumentes nicht so einfach, da wir die Leute meistens namentlich kannten. Das Verfälschen des Namens auf dem Führerschein brachte aber erhebliche Hindernisse mit sich, da die aufgedruckten Buchstaben entfernt und durch ein neues Schriftbild ersetzt werden mussten. Die aufgedruckten Namen entfernten die Täter meistens mit einer Rasierklinge. Eine solche Aktion konnte aber nicht, ohne sichtbare Merkmale zu hinterlassen, durchgeführt werden. Um die Schabspuren beim Namen zu verschleiern, gaben die Täter die verfälschten Dokumente in Etuis, mit sehr dunkler Klarsichthülle.

Solche dunklen Etuis erweckten aber die Aufmerksamkeit von uns Beamten, da uns diese Vorgangsweise auch bekannt war.

Es war natürlich von der Strafdrohung her weit billiger, ohne Führerschein zu fahren, als mit einem gefälschten.

Der gefälschte Führerschein wurde auf dem zuständigen Landesgericht verhandelt und der Urteilsspruch endete erfahrungsgemäß mit hohen Geldstrafen.

Nur ohne Führerschein erwischt zu werden, bedeutete eine Anzeige bei der Bezirkshauptmannschaft. Wurde jemand insgesamt zwei Mal ohne Lenkerberechtigung erwischt, so hätte er dem Preis nach leicht eine Fahrschule besuchen können. Mit einmal Durchfallen wäre es immer noch billiger gewesen, als die Geldstrafen.

Gravierende Neuerungen

Wir gehörten einer Berufsgruppe an, die jahrelang vernachlässigt wurde. In den ersten fünfzehn Jahren, wo ich Dienst verrichtete, gab es bei der Ausstattung keine Veränderungen. Von älteren Kollegen hörte ich schon vor langer Zeit, dass wir dem Fortschritt immer um Längen nachhinkten.

Alte Gendarmen erzählten mir, dass sie sich einst sehnlichst ein Moped gewünscht hatten, um endlich die Radfahrer, die nachts ohne Licht fuhren, zu erwischen. Hatten die Dienststellen ein Moped zur Verfügung, fuhren die Bürger bereits mit dem Auto.

Jedenfalls bekamen wir in Hainfeld am 3. März 1997 die ersten Computer installiert.

Vorerst eine große Belastung, da die Beamten in meiner Altersgruppe von einem PC nur sehr wenig Ahnung hatten und das Gerät schon bei den ersten Verwendungen Schwierigkeiten bereitete.

Ich brauchte zwar einige Zeit, um das kuriose Gerät zu bedienen, hatte mich aber bald daran gewöhnt und konnte es auch im privaten Bereich nicht mehr entbehren.

Vorher hatten wir eine Bildschirmschreibmaschine zur Verfügung, welche die mechanische Klapperkiste ablöste. Dies war schon ein Jahrhundertsprung, da alle Schriftstücke auf Diskette geschrieben und nachträglich korrigiert werden konnten.

Bei den mechanischen Schreibmaschinen verwendeten wir Kohlepapier und mussten oft vier Durchschläge beschriften. Um auf dem letzten Durchschlag noch einigermaßen Buchstaben zu erkennen, schlugen wir mehr als kräftig auf die Tastatur. Manchmal waren die Anschläge so heftig, dass der Buchstabe „o" und der Punkt richtig ausgestochen wurden und im Paper eine Lochung zu sehen war.

Im Jahre 2002 wurden die so gehassten Stempelmarken abgeschafft. Nun brauchte niemand mehr die Steuerkarte im Fahrzeug mitzuführen und das monatliche Kleben der Bundesstempelmarken gehörte endlich der Vergangenheit an.

Am 1. Juli 2002 wurde das Bezirksgericht in Hainfeld geschlossen. Für uns Beamte und so manche Gemeindebürger ein unliebsamer Schritt der Behörde. Wir hatten zur Bezirksrichterin und ihren Mitarbeitern ein sehr freundschaftliches Verhältnis. Die Gerichtspost wurde fast immer persönlich überbracht und manche Amtshandlungen konnten viel rascher erledigt werden.

Der Kurzführerschein

Ich kann mich auch noch an eine Amtshandlung erinnern, die meine Kollegen und ich während der Funkpatrouille führten. Funkpatrouillen waren vom Bezirkskommando eingeteilte Dienste, die zwei oder drei Beamte verschiedener Dienststellen gemeinsam verrichteten und im gesamten Funkpatrouillenbereich unterwegs waren. Die Funkpatrouillenbereiche waren eingegrenzt und erstreckten sich wieder auf mehrere Postenrayone.

Bei einem dieser Dienste wurde am Abend ein junger Fahrzeuglenker angehalten und kontrolliert. Da der Lenker deutliche Anzeichen einer Alkoholisierung aufwies erfolgte ein Röhrchentest, der positiv verlief. Die anschließende Untersuchung durch einen Arzt ergab eine mittelstarke Alkoholisierung.

Bemerkenswert an der Amtshandlung war die Tatsache, dass der junge Mann erst am Vormittag die Führerscheinprüfung erfolgreich ablegte und anschließend das rosa Dokument ausgefolgt bekam. Er holte sich anschließend seinen Pkw von zu Hause, den er bereits vor erfolgter Prüfung angemeldet hatte und fuhr in einige Gasthäuser, um seinen Erfolg ausgiebig zu feiern.

Am Abend gab er seinen Führerschein bereits ab und seine Freude währte nur einige Stunden. Vielleicht war am Missgeschick auch eine kräftige Portion Dummheit mit dabei. Ich persönlich glaube, dass er eine Lehre daraus zog, da er so deprimiert war, als hätte man ihn entmannt. Für manche junge Führerscheinbesitzer war der Verlust des Dokumentes auch mit einer Entmannung gleichgestellt. Die erwartete

Mobilität, der dadurch resultierende Erfolg bei den Mädchen und die Selbstbestätigung seiner eigenen Fähigkeiten gehörten zu den Folgeerscheinungen bei der bestandenen Führerscheinprüfung.

Ein Freund mit Auto war zur damaligen Zeit auch ein gewisses Statussymbol für manches junge Mädchen. Hatte eine junge Schönheit einen Freund mit Auto, so war sie unabhängig und ihren Freundinnen, die „nur" einen Haberer mit Moped hatten, um Häuser überlegen. Das Balzverhalten orientierte sich auch nach dem Wert eines Autos und natürlich sprach auch die Automarke ein Wort bei der Wertigkeit mit.

Ich kenne zwei Fälle aus meiner Dienstzeit, wo die jungen Männer ihrem Leben durch Selbstmord ein Ende setzten, nur weil sie den Führerschein für kurze Zeit abgeben mussten. So furchtbar war für manche die Führerscheinabnahme und so schrecklich die Folgen.

Die Reaktionen bei manchen Fahrzeuglenkern waren sehr unterschiedlich, wenn es um den Führerschein ging.

Meistens wurde kräftig geflucht und auch schwere Beschimpfungen mussten wir uns gefallen lassen. Es gab aber auch Fälle, die sich grundlegend von den Standardfällen unterschieden.

Einmal entschuldigte sich ein betrunkener Lenker für die Arbeit und die Unannehmlichkeiten, die er uns durch die Amtshandlung bereitete.

Einmal kam ein Fahrzeuglenker schwer betrunken zu mir auf die Dienststelle in Günselsdorf. Er gab an, soeben ein Verkehrszeichen umgefahren zu haben und bedankte sich noch, als ich ihm den Führerschein abnahm. Ganz egal, wie die Lenker reagierten: Sie waren alle betrunken und konnten deshalb nicht mit Normalbürgern verglichen werden.

Es gab aber auch Vorfälle, die ich von Berichten aus der Zeitung erfuhr.

Ein solcher Vorfall ereignete sich in einem anderen Bundesland, als Kollegen einen betrunkenen Landwirt nach erfolgter Führerscheinabnahme mit dem Dienstfahrzeug nach Hause brachten. Der Landwirt ging ins Haus, kam mit einem Gewehr zurück und eröffnete sofort das Feuer, wobei ein Kollege tödlich getroffen wurde.

Der Schicksalsschlag

Am Vormittag des 12. April 1981 kam ein Ehepaar auf den Gendarmerieposten Hainfeld. Der Mann sagte, er würde eine Familie namens Simic suchen, die in der Nähe von Hainfeld ein Haus haben soll.

Da wir zu diesem Zeitpunkt keine Meldeliste zur Verfügung hatten und auch noch Sonntag war, wo die Gemeindeämter geschlossen waren, konnte ich leider keinen Hinweis geben. Der Name war mir selbst nicht bekannt und außerdem sollte es sich um ein Wochenendhaus handeln.

Die Leute, ehemalige Jugoslawen, verließen daraufhin die Dienststelle und sagten, dass sie selbst nach ihren Freunden suchen wollten.

Am frühen Nachmittag kam der Mann, der mich nach der Familie Simic gefragt hatte, plötzlich auf die Dienststelle gestürmt und schrie weinend, dass er Hilfe brauche. Er habe seinen schwer verletzten Sohn im Auto und der gab kein Lebenszeichen mehr von sich.

Ich eilte mit dem Mann in den Hof und sah seinen siebenjährigen Sohn in den Armen seiner Mutter liegen.

Ich holte sofort einen Rettungswagen aus der daneben befindlichen Garage, verständigte einen Rettungssanitäter und wir fuhren sofort zum Wohnhaus eines Arztes. Ich war ja Angehöriger des Roten Kreuzes und die anschließenden Reanimationsversuche blieben leider ohne Erfolg. Das Kind konnte nicht mehr erfolgreich wiederbelebt werden.

An diesem Tag reihten sich die Ereignisse tragisch aneinander und endeten in einer Tragödie.

Die Eheleute fuhren den ganzen Vormittag die Umgebung von Hainfeld ab und fragten in allen Siedlungen nach ihren Freunden. Sie wollten die Suche bereits aufgeben und nach Hause fahren, als sie fündig wurden. Ein Anrainer konnte ihnen die Lage des Wochenendhauses ihrer Freunde mitteilen.

Kurz nachdem sie freudestrahlend ihre Freunde überraschten, ging ihr Sohn mit anderen Kindern in den angrenzenden Wald. Am Rande einer Forststraße lagen auf einer Seite für den Abtransport abgelegte Holzbloche.

Die Kinder setzten sich im Reitersitz auf ein ca. 400 kg schweres Bloch und begannen damit hin- und her zu schaukeln.

Das Bloch begann talwärts zu rollen und die beiden anderen Kinder konnten zeitgerecht abspringen. Der Bub wurde jedoch mit einem Bein gefangen und das Bloch kam auf seiner Brust zu liegen. Die beiden anderen Kinder liefen zum Wohnhaus und verständigten die Eltern.

Die Eltern und ihre Freunde liefen zur Unglücksstelle und konnten den Buben aus seiner Lage befreien. Das Kind gab aber kein Lebenszeichen mehr von sich, als sie auf dem Gendarmerieposten eintrafen.

Eine grausame Fügung des Schicksals. Hätten die Eltern die Suche nach Ihren Freunden aufgegeben, oder wäre sie erfolglos verlaufen, so würde ihr Sohn heute noch leben. Warum sich manche Situationen auf so furchtbare Weise entwickeln, wissen wir nicht.

Das grausame Erlebnis und die Situation der armen Eltern werde ich nicht vergessen.

Wir brachten den Leichnam des Kindes in die Leichenhalle des Friedhofes Hainfeld und legten ihn auf die Bahre.

Für jeden Angehörigen ein Trost, wenn er an eine Religion glaubt, die bei solchen Schicksalsschlägen Hilfe zu vermitteln mag.

Den Nachtdienst verbrachte ich im Gedanken bei den Eltern und Angehörigen des Opfers.

Das grüne Werkzeug

Kurz nach meiner Versetzung nach Hainfeld mussten wir im Jahr 1982 zahlreiche Einbruchsdiebstähle in Gasthäuser aufnehmen. Die Spurenlage war nicht besonders gut und anfänglich konnten wir nur grüne Lackspuren an den aufgebrochenen Fernstern und Türen feststellen.

Ein etwas eigenartiges Spurenbild, da Tatwerkzeuge in den seltensten Fällen Farbabriebe auf den Tatorten erkennen ließen.

Vorerst wurden die Lackabriebe gesichert, so wie dies in solchen Fällen gemacht wurde und bei den Akten abgelegt.

Längere Zeit gab es keinerlei Hinweise oder Verdachtsmomente wegen der Straftaten.

Eines Nachts verursachte ein Mann einen Verkehrsunfall. Er war alleine mit seinem Auto unterwegs, kam von der Straße ab, da er etwas zu viel getrunken hatte und parkte den Wagen mit Totalschaden ein. Der Führerschein konnte ihm nicht abgenommen werden, weil er keinen besaß.

Eine durchaus nicht seltene Unfallsituation. Der Mann kam ins Krankenhaus und mein Kollege besah sich das Unfallfahrzeug genauer. Im Kofferraum befand sich eine Werkzeugtasche mit verschiedenen Werkzeugen, die alle grün gestrichen waren.

Mein Kollege hegte einen schweren Verdacht, beschlagnahmte das gesamte Werkzeug und sandte dieses gemeinsam mit den gesicherten Tatortspuren an die Kriminaltechnische Zentralstelle nach Wien.

Bald bekamen wir ein Gutachten, das eindeutiger nicht sein konnte. In fast allen Gutachten, die eine

Übereinstimmung zeigten, wurde der Satz: „Mit an Sicherheit grenzender Wahrscheinlichkeit..." geschrieben. Dies zeigte eine fast genaue Übereinstimmung von Spurenträger und gesichertem Material und reichte fast immer für eine Verurteilung aus.

In diesem Gutachten schrieben die Chemiker, dass die Werkzeuglackierung mit den Tatortspuren in allen Fällen mit hundertprozentiger Sicherheit überein stimmen.

Als der Fahrzeuglenker wieder genesen war, kam er zwecks Vernehmung auf die Dienststelle. Er war sich sicher, dass das Protokoll nur wegen seines Verkehrsunfalls aufgenommen werden musste.

Nachdem wir den Unfall abgeschlossen hatten, begannen wir über die Einbrüche zu sprechen. Wie aus der Pistole geschossen fragte uns der Mann, wie wir auf solche absurden Beschuldigungen kommen, da er noch nie in seinem Leben eine derartige Straftat begangen habe.

Wir ließen aber nicht locker und begannen immer wieder die gleichen Fragen zu stellen. Als wir aber merkten, dass wir auf diese Weise zu keinem Geständnis kommen, zeigten wir ihm das Kriminaltechnische Gutachten. Er las es aufmerksam und begriff nun, dass ihm nur ein Geständnis einen Milderungsgrund bei Gericht verschaffen konnte. Er gab die begangenen Einbrüche zu und erzählte uns, dass er sein Werkzeug aus ihm unbekannten Gründen mit Farbe lackiert habe. Die grüne Farbe habe er zu Hause gehabt. Oft spielten uns die Täter selbst einen Trumpf in die Hände, ohne es zu wollen. Zum Glück gibt es solche Zufälle, die uns immer wieder unsere Arbeit erleichterten und auch zum Erfolg führten.

Der Pferdeunfall

In den frühen Morgenstunden des 26.Juni 1981 läutete ein Autofahrer bei der Türglocke. Als ich aus dem Fenster blickte, sagte er zuerst, er sei nicht betrunken, aber auf dem Gerichtsberg liegen lauter tote Pferde.

Ich fuhr also bei dichtem Nebel auf den Gerichtsberg und sah tatsächlich zahlreiche Pferdekadaver auf der Fahrbahn liegen.

Die Körper der Tiere waren alle aufgeplatzt und die Innereien lagen auf der Fahrbahn. Aus den Pferdekadavern stieg weißer Dunst auf.

Die Nachforschungen ergaben, dass eine Herde von 16 Pferden aus einer Koppel ausbrach und in geschlossener Formation auf die Bundesstraße 18 lief. Aufgrund des starken Nebels bemerkte der Lenker eines Lkw-Zuges die Pferdeherde zu spät und mähte die Tiere mit dem Schwerfahrzeug nieder. Zehn Pferde waren auf der Stelle tot und ein Tier musste am Unfallort notgeschlachtet werden.

Nun suchten die Zivilrichter nach den Schuldigen. Ein mehrere Jahre dauernder Prozess gegen den Eigentümer der Pferdekoppel, dem die Tiere anvertraut worden waren und den Lenker des Lkw, der vermutlich nicht auf Sicht fuhr, waren die Folgen. Der Ausgang der Verfahren ist mir nicht bekannt. Ich bekam jedoch noch Jahre nach dem Unfall eine Zeugenladung zu einer Gerichtsverhandlung, wo es um Schadenersatzforderungen um mehr als 500.000,— Schilling ging.

Die Ereignisse zeigen, dass jeder, der Vermögen verwaltet, auch die Verantwortung trägt. Eine kostendeckende Haftpflichtversicherung und ein angemessener Zivilrechtsschutz sind für solche Tätigkeiten unerlässlich.

Werden Schadenersatzforderungen gestellt, so ist der finanzielle Ruin in naher Aussicht, falls keine Deckung durch eine Versicherung besteht.

Jedem Fahrzeuglenker sei in Erinnerung gerufen, bei Nebel auf Sicht zu fahren. Die grundsätzlichen Voraussetzungen des Autofahrens werden oft von den Lenkern nicht beachtet.

Bei mehreren Motorradunfällen wurden die Unfallursachen auch in den Medien falsch interpretiert.

Der Motorradfahrer befand sich zwar auf der Vorrangstraße, aber er fuhr nicht auf Sicht und raste in eine Kurve.

Der Autolenker blickte in beide Richtungen und bog danach auf die Straße ein. Der Motorradlenker sah den einbiegenden Pkw, konnte aber aufgrund seiner Geschwindigkeit nicht mehr rechtzeitig anhalten und stieß gegen das Fahrzeug.

Nun waren mehrere Verhandlungen und Gutachten von Sachverständigen notwendig, dass der wahre Schuldige gefunden werden konnte. Nicht immer war der Lenker auf der Vorrangstraße der Sieger bei den Verhandlungen. Niemand kann ein Vorwurf gemacht werden, wenn er die Bestimmungen der Straßenverkehrsordnung eingehalten hat und trotzdem Opfer eines Verkehrsunfalls wurde.

Der Vertrauensgrundsatz ist manchmal auch eine wichtige Gesetzesstelle, die einem zu seinem Recht verhilft. Um bei einem Verkehrsunfall die nötige Unterstützung zu bekommen, wird der Gang zum Rechtsanwalt zu einer notwendigen Maßnahme.

Anfangs waren die Rechtsanwälte in meinen Augen nicht unsere Freunde, da sie unsere Anzeigen in allen Einzelheiten entkräften wollten. Ich bin nach zahlreichen Dienstjahren jedoch anderer Ansicht. Um sein Recht bei Gericht zu behaupten, ist die Einschaltung eines Anwaltes sicherlich ein enormer Vorteil.

Auch als Opfer wird jemand von seinem Anwalt gut beraten, wenn es um Schmerzensgeldforderungen geht. Ein Durchschnittsbürger hat von rechtlichen Dingen wenig Ahnung und wird vom Gegner rasch über den Tisch gezogen, wenn er keine rechtskundige Unterstützung in Anspruch nimmt.

Die Berechnung der Schmerzensgeldzahlung ist für einen normalen Bürger nicht zu vollziehen.

Nur der im Recht geschulte Anwalt vermag dieser Anforderung zu entsprechen. Wie in jeder Berufssparte gibt es schwarze Schafe. Die gibt es aber auch im Bereich der Exekutive und die sind Gott sei Dank in sehr geringer Anzahl.

Falls sich jemand an seinen Umgang mit den Gerichten erinnert, wird er feststellen, dass fast jeder zivil- oder strafrechtlich einmal in seinem Leben damit in Verbindung kommt. Sei es als Geschädigter, als Opfer, als Täter, oder als Zeuge. Jeder Auftritt vor Gericht löst im Inneren eine Unannehmlichkeit, oder Spannung aus. Ordentliche Menschen haben nichts mit den Gerichten zu tun. So wurde es mir jedenfalls in meiner Kindheit eingedrillt.

In meiner Dienstzeit verbrachte ich zahlreiche Stunden auf den Gängen der Gerichtsgebäude und musste Frage und Antwort stehen.

In allen Fällen folgte ich Zeugenladungen, die ich aufgrund meiner erstatteten Anzeigen bekam.

Natürlich wollten die Richter und Staatsanwälte wissen, wie ich die Beweise gegen die Täter bekam. Die Strafanzeigen enthielten alle relevanten Daten, aber bei einer Verhandlung wurden alle Tatsachen aufgerollt, die zur Strafanzeige führten.

Einige Male wurde ich auf dem Landesgericht nicht mehr befragt, weil der Täter die Straftaten gestand. Ein Milderungsgrund und in den meisten Fällen ein geringeres Strafmaß.

Der Lederjackendieb

Auf dem Gendarmerieposten Hainfeld erstattete ein junger Mann die Anzeige, dass ihm aus seinem Pkw, den er nicht abgesperrt hatte, mehrere Gegenstände und eine teure Lederjacke gestohlen wurden. Die hochwertige Lederjacke hatte erst vor kurzer Zeit in Italien gekauft.

Ich nahm die Anzeige entgegen und besah mir das Fahrzeug. Da der Pkw nicht aufgebrochen wurde, gab es auch keine verwertbaren Spuren.

Am Nachmittag des gleichen Tages bekamen wir eine telefonische Anzeige von einem Jäger, dass in Ramsau bei einem Steinbruch mehrere Personen Schießübungen veranstalten würden.

Mein Kollege und ich fuhren zum Steinbruch und sahen gerade noch, wie einige Burschen vor uns die Flucht ergriffen und ein Gewehr in die Wiese warfen.

Ich schrie den Männern nach, sie sollen den Unsinn lassen und zurück kommen.

Ich wunderte mich, aber der Fahrzeugbesitzer des im Bereich des Steinbruches abgestellten Fahrzeuges kam zurück. Er wusste, dass wir ihn auf jeden Fall ausgeforscht hätten und bald bei ihm zu Hause aufgetaucht wären.

Ich nahm das Kleinkalibergewehr mit, das vorher in die Wiese geworfen wurde und wir fuhren anschließend auf die Dienststelle, um mit der Einvernahme zu beginnen.

Bei der Vernehmung fiel mir die neue Lederjacke des Mannes auf und ich fragte ihn nach seiner Herkunft.

Ich merkte sofort, dass er sich erst ausdenken musste, woher die Jack stammte. Er erzählte eine unglaubliche Geschichte und wollte uns offenbar einen Bären aufbinden.

Ich glaubte ihm nicht, rief den geschädigten Fahrzeugbesitzer an, der einen Lederjackendiebstahl angezeigt hatte und kurz darauf kam der Mann auf den Posten. Er erkannte sofort seine Jacke und wir hatten den Diebstahl geklärt.

Nun gab unser Schütze die Straftat auch zu und wir konnten die Lederjacke an den Besitzer zurück geben. Dieser erklärte uns, er würde die Jacke aus hygienischen Gründen chemisch reinigen lassen.

Wie sich später heraus stellte, war die hochwertige Lederjacke aus Italien billiger Plunder.

Der Besitzer erzählte uns im Nachhinein, dass er die Jacke zur chemischen Reinigung brachte. Die Reinigungsmittel ließen die Jacke jedoch auf Kindergröße schrumpfen, da es sich um ein Material handelte, welches die chemischen Mittel nicht vertrug.

Es folgte auch eine Anzeige nach dem Waffengesetz, da eine kriminaltechnische Untersuchung des beschlagnahmten Gewehres ergab, dass es sich um eine militärische Waffe handelte.

Ein Kleinkalibergewehr hätte der Täter ja besitzen, aber nicht führen dürfen. Die Schießübungen waren daher schon strafbar.

Laut Gutachten wurde das Gewehr jedoch umgebaut und das Schlagbolzen-Fangstück entfernt. Dadurch konnte Dauerfeuer gegeben werden und die Kriterien einer militärischen Schusswaffe wurden dadurch erfüllt.

Die unbeugsame Täterin

Ich saß an meinem Schreitisch, als es an der an der Tür klopfte. Herr Hoffmann, den ich persönlich kannte, kam in die Kanzlei. Sein Gesicht machte einen bedrückten Eindruck und er sagte, er wolle eine Anzeige erstatten.

Er erklärte mir in kurzen Worten, dass er von seiner Bank die Mitteilung erhielt, sein Konto wäre so weit überzogen, dass er kein Geld mehr beheben könne.

Hoffmann war aber überzeugt, noch genügend Guthaben zu besitzen und eine Geldabhebung kein Problem darstellen würde. Er suchte also das Geldinstitut auf und sprach mit seinem Berater. Der Angestellte sagte ihm, er habe sein Konto bereits um mehr als 20.000,— Schilling überzogen.

Hoffmann erklärte mir, dass seine Bankomatkarte mit dem dazugehörenden Code ursprünglich zu Hause in seinem Schreibtisch lag. Als er dort nachschaute, musste er feststellen, dass das Dokument fehlte. Bei der Bankomatkarte lag natürlich auch der Zettel, worauf der Code aufgeschrieben war.

Von der Bank erfuhr er, dass bereits bei mehreren Geldautomaten Abhebungen vorgenommen wurden. So erfolgten in Hainfeld, im Einkaufszentrum SCS Wien und in St. Pölten unberechtigte Geldbehebungen.

Hoffmann zeigte bereits bei seinem Gespräch, dass er offenbar nicht sonderlich von der Polizeiarbeit überzeugt war und erwartete von uns keinen besonderen Einsatz und schon gar keine Wunder. Er machte die Anzeige nur, um seinen Unmut über die Tat anderen Personen mitzuteilen.

Ich nahm mich der Sache an und begann am Tag darauf mit meinen Recherchen. Bei den Ermittlungen stellte sich heraus, dass drei Frauen zu seinem Wohnhaus Zugang hatten.

Frau Wagner fütterte seine Katze und Frau Hofer und Frau Wandrasch halfen ihm bei seiner Buchhaltung.

Eigentlich konnte nur eine der drei Frauen die Täterin sein, da am Haus keine Einbruchsspuren festgestellt werden konnten. Da Frauen erfahrungsgemäß viel schwerer bei der Einvernahme zu einem Geständnis zu bewegen sind als Männer und sich auch in der Vergangenheit beim Lügen als sehr hartnäckig erwiesen haben, stand mir ein großes Stück Arbeit bevor.

Wie es in einer kleinen Stadt üblich ist, kannte ich alle drei Frauen persönlich und traute eigentlich keiner die Tat zu.

Die langjährige Erfahrung zeigte mir bereits an zahlreichen Beispielen, dass nur unsere Berufssparte mit der Aufschrift: „Gendarmerie" gekennzeichnet ist und jeder weiß, welche Ziele wir verfolgen.

Straftäter erwiesen sich bisher oft als Meister der Tarnung, logen, dass sich die Balken bogen und wollten den Anschein völlig unschuldiger Lämmchen erwecken.

Täter haben niemals ein besonderes Aussehen oder eine so genannte „Verbrechervisage", wie dies vor einigen 100 Jahren fälschlich behauptet wurde, gibt es nicht.

Der Kriminalpsychologe Dr. Reisner sprach bereits von der Tatsache, dass es nicht von Bedeutung sei, was ein Mensch sagt, sondern was er tut.

Die Täter verschleiern vorerst ihre Taten und zeigen sich bei der Vernehmung freundlich und ahnungslos.

Wird die Vernehmung jedoch eindringlicher und sehen sie sich in die Enge getrieben, da Beweise zum Vorschein gebracht werden, so ändern sie ihre Taktik. Sie prahlen mit ihren guten Beziehungen, nennen einige einflussreiche Leute und hohe Beamte, deren Namen sie einmal zufällig erzählt bekamen und drohen sofort mit Beschwerden und Anzeigen gegen den ermittelnden Beamten, da er sich selbst bei den Einvernahmen zahlreicher Vergehen schuldig gemacht habe. Manche Äußerungen gleichen Szenen aus Fernsehfolgen und dürften von dort im Gedächtnis kopiert worden sein.

Die Aussagen: „Ich werde mir sowieso einen Anwalt nehmen", und „ohne Anwalt sage ich nichts", waren Standardsätze.

Die verschiedenen Charaktereigenschaften der Täter sind in den Jahren meiner Dienstverrichtung deutlich zum Vorschein gekommen und waren mir daher nicht unbekannt.

Die nächsten Tage nach der Anzeige verliefen ohne besondere Ereignisse und ich gab mir Mühe, Licht in die Angelegenheit zu bringen.

Ich konnte vorerst Frau Wagner als Täterin ausschließen, da sie ein einwandfreies Alibi hatte. Sie führte ein Geschäft und war zu den Tatzeiten, wo bei den Geldautomaten abgehoben wurde, mit Sicherheit nicht in dieser Stadt.

Alle Abhebungen ließen sich natürlich auf die Sekunde genau nach verfolgen. Bei den Ermittlungen im Geldinstitut wurden mir die Ausdrucke von den Geldbehebungen vom Konto des Geschädigten vorgelegt. Es schienen das Geldinstitut, der Bankomat und die Stadt auf, wo der Täter das Geld unberechtigt behoben hat.

Frau Hofer hatte ebenfalls ein Alibi und schied aus dem Kreis der Verdächtigen aus.

Es blieb also nur Frau Wandrasch übrig und ich hatte die Aufgabe, ihr die Tat zu beweisen. Ein längerer Arbeitsaufwand, wie sich später heraus stellte. Aber gerade solche kriminalistischen Besonderheiten fordern einen Beamten. Hier ist nur der gesunde Hausverstand und eine gewisse Ausdauer und Hartnäckigkeit erforderlich.

Die Frage: Wer hält es länger aus, der Täter oder der Beamte?, wird erst am Ende der Ermittlungen beantwortet.

Ich hatte auch schon Fälle, wo ich überzeugt war, den Täter überführt zu haben, doch das Gericht sah den Fall anders und das Verfahren endete mit einem Freispruch, da die Beweise doch nicht auslangten und im Zweifel für den Angeklagten entschieden wurde. Ich musste also genügend Beweise für die Schuld von Frau Wandrasch sammeln und ich begann mit den Ermittlungen am Arbeitsplatz ihres Mannes. Da die Geldbehebungen auch in St. Pölten und in der SCS vorgenommen wurden, stellte sich die vordringliche Frage, warum fuhr die Täterin an diesem Tag an diesen Ort, da sie ja auch viel leichter in unmittelbarer Umgebung einen Bankomat bestehlen konnte.

Geldabhebungen wurden auch in Hainfeld vorgenommen und elektronisch dokumentiert.

Bei meinen Ermittlungen kam ich bald zu dem Ergebnis, dass ein Schirennläufer zum Zeitpunkt der Geldbehebung in der SCS Autogramme gab und Frau Wandrasch gerade zu diesem Zeitpunkt am angegebenen Ort war und auch ein Autogramm bekam. Weiters wurde in einem Geschäft ein Stofftier gekauft und die Verkäuferin konnte sich an Frau Wandrasch erinnern, als ich ihr ein Foto der Frau zeigte. Ich hatte mir für meine Ermittlungen ein Lichtbild von Wandrasch besorgt.

In der SCS waren zu diesem Zeitpunkt drei Geldautomaten aufgestellt. Die besagte Geldbehebung wurde genau bei dem Bankomat durchgeführt, welcher dem Autogrammgeber am nächsten war. Sollte es sich um einen reinen Zufall handeln?

Weiters konnte ich in Erfahrung bringen, dass die verdächtigte Frau genau zum Zeitpunkt einer weiteren Geldbehebung in St. Pölten war, da sie mit ihrem Kind einen Arzt aufsuchte. Der Zeitpunkt der Geldbehebung deckte sich mit dem Arztbesuch. Ein zweiter Zufall, oder bereits ein eindeutiger Beweis der Täterschaft?

Die Wahrscheinlichkeit, dass jemand an zwei verschiedenen Tagen an genau den Tatorten ist, wie dies hier der Fall war, ist schon bemerkenswert und würde beim Lotto einen Sechser bedeuten.

Ich hole mir Frau Wandrasch zu Einvernahme und wir sprachen natürlich auch über ihre Anwesenheit an zwei verschiedenen Orten, wo zur gleichen Zeit auch Geld abgehoben wurde.

Nach einer sehr langen Vernehmung standen wir wieder am Anfang, da sich die Frau als sehr hartnäckig erwies und auch durch die vorgelegte Beweislage nicht zur Einsicht kam. Sie leugnete hartnäckig und stellte das Ermittlungsergebnis als Zufall dar.

Ich sprach nach der Einvernahme mit dem zuständigen Richter und der stellte mir völlig unerwartet in Aussicht, dass eine Anzeige mit einem Freispruch enden würde, da er im Zweifel für den Angeklagten entscheiden müsse.

Ich war natürlich über diese Aussage nicht sehr erfreut, da ich von der Schuld von Frau Wandrasch überzeugt war.

Die bisher aufliegenden Tatsachen fügten sich wie ein Mosaik zusammen und zeigten für mich ein eindeutiges Tatbild.

Die Frau hatte Gelegenheit, die Bankomatkarte samt Zettel mit Code unbemerkt an sich zu nehmen. Sie war in der SCS und in St. Pölten, als die Abhebungen getätigt wurden. Also was wollte das Gericht noch mehr?

Aber in einem Rechtsstaat kommt es natürlich auch auf die Beweislage und die Ansicht des Richters an, ob ihn die vorgelegten Beweismittel für eine Verurteilung reichen, oder ob er Zweifel an der

Täterschaft hat. Die Rechtsanschauung ist bei jeder rechtskundigen Person anders und manche möchten keine Fehler begehen, um ja keinen Unschuldigen zu verurteilen. Diese Tatsachen sind natürlich in einer Demokratie auch sehr wichtig, da in Staaten mit diktatorischen Rechtsformen auch Unschuldige zum Handkuss kommen. Der Ausdruck: Die Staatsmacht hat immer Recht, soll bei uns nicht gebraucht werden.

Wurde in Amerika jemand auf den „Elektrischen Stuhl" geschickt, so hatten die Sheriffs weniger Beweise als ich. Bei genauer Betrachtung muss ich mir jedoch eingestehen, dass in Amerika auch jedes 7. Todesurteil nicht gerechtfertigt war, wie spätere DNA-Auswertungen ergaben.

In Amerika werden die Sheriffs auch gewählt und sind daher politisch gesehen nicht unparteiisch.

Vor einer Wahl stehen sie unter Erfolgsdruck und benötigen für eine schwere Straftat und den dadurch ausgelösten medialen Rummel auch bald einen Täter, um das Verbrechen als geklärt abzulegen.

Jeder Staat hat nun einmal ein eigenes Rechtssystem mit mehr oder weniger guten Gerechtigkeitsformen.

Ich musste also nochmals sämtliche Register ziehen und die Angelegenheit genauer unter die Lupe nehmen.

In Hainfeld war der Bankomat noch nicht lange aufgestellt und nur wenige Bankkunden verfügten bereits über eine Karte, mit der Behebungen vorgenommen werden konnten. Ich versprach mir daher von den Ermittlungen in der eigenen Ortschaft nicht sehr viel, da die Behebungen außerhalb der Öffnungszeiten vorgenommen wurden und der Kundenzustrom zu diesen Zeiten damals sehr schwach war.

Ich besorgte mir daher vom Geldinstitut mit den notwendigen Verfügungen die Kundendaten, die vor und nach dem Täter abgehoben hatten.

Bei diesen Ermittlungen hatte ich unwahrscheinliches Glück, das jeder Kiberer manchmal braucht, um eine Straftat klären zu können.

Der Gerichtsmediziner Dr. Bankl schreibt bereits in seinem Buch: „Im Rücken steckt das Messer," dass es das perfekte Verbrechen eigentlich nicht gibt, da der Täter eines nicht vorhersagen kann: Den Zufall.

Der „Zufall" hat mir geholfen, auch diese Straftat zu klären und die Täterin einer gerechten Bestrafung zuzuführen.

Ich zeigte das Bild von Frau Wandrasch einer Frau, die laut Aufzeichnung nur wenige Sekunden vor der vermeintlichen Täterin Geld abhob. Die Frau sagte mir, dass sie sich erinnern könne, dass Frau Wandrasch den Vorraum, wo der Bankomat aufgestellt war, betrat, als sie diesen Raum verließ. Sie gaben sich praktisch die Türschnalle in die Hand. Außerdem kannte die Zeugin Frau Wandrasch persönlich, da sie mit ihr die Fahrschule besuchte.

Herr Engler, der laut Aufzeichnungen der Bankomat-Registrierung einige Sekunden nach der Täterin den Vorraum betrat, erklärte bei seiner Einvernahme, er könne sich ebenfalls erinnern, dass ihm Frau Wandrasch die Tür in die Hand gab. Frau Wandrasch sei ihm als ehemalige Nachbarin persönlich bekannt und deshalb könne er sich an die Sache auch genau erinnern.

Jetzt hatte ich durch die Aussagen der beiden Zeugen sicherlich genug Beweise, für eine Strafanzeige gesammelt.

Eine neuerliche Einvernahme von Frau Wandrasch brachte keinen Erfolg. Die Frau wusste offenbar nicht, wann sie verloren hatte. Trotz Vorlage der gesammelten Fakten, legte sie kein Geständnis ab und blieb bei ihrer vorherigen Aussage, sie habe mit der Sache nichts zu tun.

Bei der Gerichtsverhandlung gab Herr Wandrasch seiner Frau als Zeuge ein falsches Alibi. Eine zweite Verhandlung führte schließlich zu einer Verurteilung von Frau Wandrasch . Sie bekam mehrere Monate bedingte Haft und ihr Mann fuhr wegen falscher Zeugenaussage zum Landesgericht St. Pölten, wo er ebenfalls zu einer bedingten Haftstrafe verurteilt wurde.

Die Verurteilungen bestätigen einem Beamten natürlich seinen Erfolg und die Hartnäckigkeit seiner Ermittlungen.

In diesem Fall freute mich jedoch besonders die Tatsache, dass der Geschädigte sein gestohlenes Geld zurück bekam und sich mir gegenüber hoch erfreut zeigte. Ich konnte den Mann überzeugen, dass wir eine Anzeige sehr ernst nehmen und daran arbeiten, so lange ein Resultat zu erwarten ist.

Suchaktion mit peinlichen Folgen

Eines Abends kam ein Jugendfreund zu mir auf den Gendarmerieposten und zeigte sich besorgt, da seine Frau nicht nach Hause gekommen war. Sie fuhr mit ihrem Fahrrad nachmittags fort und wollte einen Badeausflug zum Fliedersbach unternehmen. Das schöne Sommerwetter hatte sie zu dieser Entscheidung eingeladen.

Als es bereits dunkel geworden war und die Frau nicht nach Hause kam, machte sich Manfred Wirtner große Sorgen, seiner Frau könnte ein Unglück zugestoßen sein.

Da auch ein Badeunfall nicht auszuschließen war, rief ich um Verstärkung und eine Gruppe von Kollegen begannen mit der Suche im Bereich der Badestelle, die oft von zahlreichen Leuten aufgesucht wurde. Zu so später Stunde waren keine Sonnenhungrigen mehr anwesend und wir konnten uns keine Informationen holen, ob die Frau gesehen wurde.

Die Kollegen dehnten die Suche auch im weiteren Umkreis aus, da auch das Fahrrad der Frau nicht aufgefunden wurde.

Ich setzte mich ans Telefon und versuchte per Draht nähere Informationen zu bekommen. Ich telefonierte mit allen Bekannten der Familie und zahlreichen Anrainern die in der Umgebung des Flusses wohnten.

Die Sorgen, die ich mir um die Frau machte, wurden nach zahlreichen Anrufen auf ein Minimum reduziert. Ich bekam nämlich heraus, dass Frau Wirtner angeblich einen Freund hatte. Als mir auch der Name des Mannes genannt wurde, fuhren wir zur Adresse und läuteten an der Wohnungstür. Kurz darauf wurde uns geöffnet und mein Verdacht bestätigte sich. Die Dame war bei unserem Wohnungsinhaber und hatte, aus welchen Gründen auch immer, auf den Heimgang vergessen.

Manfred Wirtner, der ein sehr gutmütiger und toleranter Ehemann zu sein schien, entschuldigte sich bei mir wegen der Umstände, die er mit seiner Anzeige gemacht hatte. Er sprach auch von einer sehr peinlichen Situation, da er offenbar nicht wusste, dass seine Frau einen mehr oder weniger guten Freund hatte.

Ich versuchte Wirtner zu beschwichtigen und sagte, eine peinliche Situation sei besser, als seiner Frau wäre ein Unglück zugestoßen.

Meine Worte dürften ihn überzeigt haben und er pflichtete mir bei. Ich glaube nicht, dass es wegen der ganzen Angelegenheit zwischen den Eheleuten nachher zu einem Streit kam. Die Frau sprach sehr wenig, lächelte schüchtern und hatte die ganze Zeit einen hochroten Kopf.

Das Ehepaar ging nun gemeinsam nach Hause. Beide zeigten einen entspannten Gesichtsausdruck und schienen froh, die Sache gut über die Runden gebracht zu haben. Jeder auf seine eigene Art.

Der Mann mit der Schrotflinte

Eines Abends rief mich eine Frau auf dem Gendarmerieposten Hainfeld an und teilte mir mit, dass ihr Exmann, mit dem sie schon sehr oft Schwierigkeiten hatte, mit einem Gewehr vor ihrem Haus stehe und sie bedrohe.

Ich kannte Wolfgang Hauser von früheren Amtshandlungen und wusste auch, dass er einen Jagdschein besitzt.

Zu diesem Zeitpunkt hatten wir auf dem Gendarmerieposten noch keine Schutzwesten und ich war gezwungen, sofort auf den Einsatzort zu fahren, der sich nicht weit von der Dienststelle entfernt befand.

Ich parkte den Streifenwagen in einiger Entfernung und begab mich zu Fuß zum Wohnhaus. Hauser war mir auf jeden Fall mit seinem Gewehr überlegen und ich konnte nur hoffen, dass er mich vorerst nicht bemerkte.

Ich schlich mich zum Haus der Anruferin vor und sie kam kurz zu mir. Sie sagte, dass ihr Exmann ein Gewehr in der Hand hielt und sie damit vom Gehsteig aus bedrohte.

Hauser war aber nicht mehr zu sehen und ich begab mich auf die Suche nach ihm. In der Siedlung waren zahlreiche Häuser und Gärten, wo er sich verstecken konnte. Doch bereits im Hof des angrenzenden Hauses hatte ich Erfolg. Als ich um die Ecke blickte, sah ich hinter der anderen Ecke des Hauses einen Kopf verschwinden. Ich schrie Hauser an, er soll sofort mit erhobenen Händen in den Hof kommen. Kurz darauf kam Hauser hervor und blieb in einiger Entfernung von mir stehen. Ich sicherte mit meiner

Dienstpistole und ging auf ihn zu. Ein Gewehr hatte er nicht in den Händen. Ob er eine Faustfeuerwaffe mit sich führte, konnte ich nicht feststellen.

Ich lehnte ihn an die Wand des Hauses und durchsuchte ihn. In einer Hosentasche hatte er zahlreiche Schrotpatronen eingesteckt. Als ich um die Ecke des Hauses sah, bemerkte ich eine Schrotflinte, die er vermutlich vorher dort abgelegt hatte.

Ich verabreichte dem Mann Handschellen und brachte ihn samt Schrotflinte auf den Gendarmerieposten. Ich hatte vorher über Funk um Unterstützung ersucht, die in der Zwischenzeit eingetroffen war.

Heute wäre für diese Aktion die Spezialeinheit Cobra angefordert worden.

Die Situation war auch nicht ungefährlich. Die Schrotflinte war zwar nicht geladen, aber Hauser führte genügend Munition mit sich, um eine größere Anzahl von Personen damit zu verletzen, oder zu töten. Es ist auch durchaus möglich, dass Hauser seine Flinte entlud, bevor er sich mir ergab und in den Hof kam.

Eifersucht ist ein Motiv, das schon zahlreichen Frauen das Leben gekostet hat.

Nach der Einvernahme rief ich den zuständigen Staatsanwalt an und berichtete ihm den Sachverhalt. Der Staatsanwalt wollte nur die Geschichte mit der Schrotflinte und erklärte, dass er sofort einen Haftbefehl beantrage, da die Drohung mit einer Schusswaffe eine große Gefahr darstellt. Toleranz und Gutmütigkeit erlaubte eine solche Situation nicht.

Der Täter wurde in die Justizanstalt St. Pölten eingeliefert und hat nach seiner Haftentlassung seine Exgattin nie wieder bedroht.

Die Anstecknadel

Ich fuhr während der Nachtzeit eine Funkstreife, die damals aus drei Beamten bestand.

Vor Mitternacht beorderte uns der Kollege aus Lilienfeld zu einem abgelegenen Haus neben der Bundesstraße 18 im Bereich des Gerichtsberges bei Hainfeld. Dort soll vor kurzer Zeit ein Einbruch verübt worden sein.

Kurz nach dem Funkspruch trafen wir auf dem Tatort ein. Der Hausbesitzer, ein guter Bekannter von mir, erklärte mir, dass er in Begleitung seiner Gattin mit seinem Pkw nach Hause fuhr. Kurz vor seinem Wohnhaus sah er Zweige eines Strauches auf der Fahrbahn liegen. Da er in der Dunkelheit das Hindernis vorerst nicht genau erkennen konnte, hielt er kurz an.

Kaum hatte er angehalten, tauchten zwei Männer aus dem Straßengraben auf und liefen in seine Richtung. Als sie kurz vor dem Pkw angekommen waren, kehrten sie um und verschwanden wieder im hohen Gras des Straßengrabens.

Hermann Leitner konnte sich keinen Reim auf die mysteriöse Beobachtung machen und fuhr anschließend zu seinem Haus. Dort musste er die Feststellung machen, dass ein Einbruch verübt wurde und Elektrogeräte und Schmuck fehlten.

Noch während der Tatortbesichtigung lösten wir über Funk eine Fahndung für die Bezirke Lilienfeld und Baden aus.

Kurz nach dem Funkspruch trafen auch Kollegen mit einem Diensthund ein, die sich auf dem Festgelände einer nahen Veranstaltung befanden.

Wir besprachen den weiteren Vorgang der Amtshandlung und beachteten dabei auch die verdächtige Wahrnehmung von Leitner vor seiner Ankunft. Ein Zusammenhang mit dem Einbruch schien wahrscheinlich. Wir vermuteten, dass zwei Täter von einem dritten mit einem Tatfahrzeug bis zum Wohnhaus gebracht wurden. Der Fahrzeuglenker ließ die Täter aussteigen und wartete an einem anderen Ort, bis die Straftat ausgeführt war.

Mit den Zweigen auf der Fahrbahn markierten die zwei Eindringlinge die Stelle, wo sie in das Fahrzeug zusteigen wollten. Als Leitner an dieser Stelle anhielt, glaubten die Männer, es handle sich um ihren Komplizen und verließen die Deckung. Erst als sie ihren Irrtum bemerkten, flüchteten sie.

Der Diensthundeführer setzte seinen vierbeinigen Kollegen an dieser Stelle an und der Hund ging längere Zeit auf einer gefundenen Fährte.

Auf der Geruchsspur wurde ein Zündholzmäppchen, mit ausländischer Aufschrift und ein Anschlusskabel, das vom Tatobjekt stammte, aufgefunden.

Wir nahmen also an, dass die beiden Täter noch zu Fuß unterwegs waren und der Mann mit dem Tatfahrzeug noch in der Umgebung umherstreifte.

Aufgrund des Zündholzmäppchens mit ausländischer Aufschrift, kam mir der Verdacht, dass es sich bei den flüchtigen Tätern um Asylanten handeln könnte. Die Flucht dürfte wahrscheinlich nach Traiskirchen führen.

Zu diesem Zeitpunkt hatten wir noch keinen Zivilstreifenwagen und ich musste improvisieren.

Ich ließ mich zur Dienststelle bringen und bestieg mit meinem Kollegen Franz Baumann meinen privaten

Pkw. Wir fuhren bis Altenmarkt, wo wir neben der Bundesstraße ein Fahrzeug wahrnahmen, in dem ein Mann am Beifahrersitz saß und schlief.

Ich dachte sofort an den Chauffeur der Einbrecher und wir kontrollierten den Lenker.

Es handelte sich um einen Flüchtling aus Traiskirchen, der nur angab, die Heimfahrt unterbrochen zu haben, da er müde war. Wir kannten nun den Namen und hatten auch ein verdächtiges Fahrzeug.

Mein Kollege und ich ließen uns nichts anmerken und setzten unsere Fahrt fort.

Ich verständigte anschließend sofort die Beamten des Flüchtlingslagers Traiskirchen und teilte ihnen die Einzelheiten unserer Fahndung mit.

Bereits drei Stunden nach meinem Ersuchen rief mich ein Beamter des Lagers an und teilte mit, dass sie soeben den beschriebenen Pkw und drei Fahrzeuginsassen bei der Einfahrt zum Lager angehalten hatten.

Das Fahrzeug und die Insassen wurden genau durchsucht. Es konnten jedoch keine verdächtigen Gegenstände gefunden werden. Nur ein Mann hatte eine Anstecknadel in seiner Hosentasche mit der Aufschrift: Wandertag Hainfeld.

Ich rief sofort Hermann Leitner an und der erklärte mir, dass er eine solche Anstecknadel im Nachtkästchen verwahrte. Die Anstecknadel sei ebenfalls gestohlen worden.

Diese Mitteilung löste in mir große Freude aus, da sich alle meine Vermutungen bestätigten. Natürlich hatte ich auch eine große Portion Glück, dass der Mann die Anstecknadel bei sich trug. Sonst hätte ich mir die Täter aufzeichnen können. Die drei Asylanten wurden festgenommen und vorläufig im Arrest verwahrt.

Meine Kollegen von der Kriminalabteilung begannen bereits in den Morgenstunden mit den intensiven Vernehmungen.

Einer der Flüchtlinge zeigte sich kooperativ und gestand den Einbruch. Ich fuhr mit Hermann Leitner sofort nach Traiskirchen, wo ihm die sichergestellte Anstecknadel gezeigt wurde. Er erkannte sie als sein Eigentum wieder.

Nun erstreckten sie die Einvernahmen nach dem Verbleib des Diebesgutes. Der Flüchtling erzählte, dass sie außerhalb von Traiskirchen ein Beutelager angelegt hätten und auch andere Asylanten ihre Beute nach Einbrüchen dort versteckten.

Die Kriminalbeamten ließen sich den Beutebunker zeigen und hatten auch unwahrscheinliches Glück. Denn als sie dort eintrafen, waren gerade die Mitglieder einer anderen Einbrecherbande damit beschäftigt, ihre Beutestücke von Einbrüchen dort zu lagern. Die Asylanten staunten nicht schlecht, als sie ihr Beutelager in Handschellen verließen.

Eine große Anzahl von Einbrüchen konnte durch eine unscheinbare Anstecknadel geklärt werden. Ein einzigartiges Erfolgserlebnis für einen Exekutivbeamten und Ansporn für die Zukunft.

Ein gewissenhafter Bürger

Eines Tages bekam ich eine Anzeige, dass im Bereich der Klammhöhe in ein Wochenendhaus ein Einbruch verübt wurde.

Ich fuhr auf den Tatort und begann mit der Routinearbeit.

Die Täter gelangten über ein aufgebrochenes Dachfenster in das Haus. Der Hausbesitzer hatte ihnen, dankenswerterweise, eine Leiter vor dem Haus als Einbrecherhilfe bereit gelegt.

Aus dem Haus fehlten sämtliche teuren Elektrogeräte und die Täter nahmen einen Pkw, dessen Schlüssel sie im Haus fanden, für den Abtransport der Beute in Anspruch.

Das Fahrzeug konnte nach der Tatortarbeit im Bereich eines Gasthauses aufgefunden werden. Dort hatten die Täter die Beute offenbar in ein anderes Fahrzeug verladen.

Die Spurenlage war nicht gerade rosig und für einen Beamten eher mangelhaft.

Meine Laune konnte als sehr schlecht bezeichnet werden, bis mir der Geschädigte mitteilte, er habe die Daten aller Elektrogeräte in einem Ordner abgelegt.

Endlich war ich an einen Bürger gekommen, der unsere Präventivmaßnahmen ernst genommen hatte. Er legte sich ein sogenanntes Eigentumsverzeichnis an, wo alle wertvollen Gegenstände, die identifizierbar schienen, aufgelistet waren. Ich schrieb die Gegenstände in unserem Informationssystem als gestohlen aus. Die weiteren Erhebungen blieben ohne Erfolg und ich dachte schon, die Straftat niemals klären zu können.

Der „Kiberer" muss auch Tiefschläge hinnehmen und nicht jede Amtshandlung ist von Erfolg gekrönt. Ärger gehört auch zum Alltag eines Beamten und ist nicht nur Angehörigen der Privatwirtschaft vorbehalten.

Es verstrich geraume Zeit und ich dachte nicht mehr an die Straftat, als mich ein Kollege aus Graz telefonisch kontaktierte. Er sprach mich auf den besagten Einbruch an und auf die Gegenstände, die ich als gestohlen im Fahndungssystem ausgeschrieben hatte.

Die Beamten aus Graz hatten wegen anderer Straftaten bei einer alten Kundschaft eine Hausdurchsuchung vorgenommen. Als sie die teuren Markengeräte in der Wohnung sahen, tätigten sie eine Fahndungsanfrage. Das Ergebnis ließ die Kollegen aufhorchen: Alle Elektrogeräte befanden sich im Computer und waren als gestohlen gemeldet.

Die Straftat konnte somit restlos geklärt werden, auch wenn der Tatverdächtige angab, er habe alle Geräte auf dem Flohmarkt gekauft. Der Mann arbeitete vor Jahren kurze Zeit als Hilfsmaurer und war am Bau des Wochenendhauses beteiligt. Er kannte daher die Lage des Objektes und wusste auch, dass der Hausbesitzer nur erlesenes Inventar für die Ausstattung verwendete. Obwohl sicherlich im Nahbereich von Graz ebenfalls lohnende Einbruchsobjekte standen, fuhr der Täter in ein anderes Bundesland, um die Straftat zu verüben.

Der Hauseigentümer machte zwar den Fehler, dass er die Leiter beim Haus als Einbrecherhilfe zurückließ, korrigierte die Nachlässigkeit aber durch die Umsicht, mit der er sein Eigentum genau katalogisierte.

Nur die Gewissenhaftigkeit des Mannes führte schließlich zum Erfolg.

Aufzeichnungen der Gegenstände, die sich in der Wohnung befinden, sind wichtige Anhaltspunkte für die spätere Klärung von Straftaten. Oft werden unwichtige und billige Sachen bei den Vernehmungen nach Einbrüchen nicht angegeben, weil sie nicht wichtig erscheinen. Lichtbilder von den Räumlichkeiten sind im Digitalzeitalter keine aufwendige Sache und können auf DVDs und anderen Speichermedien archiviert werden. Sollten die Bilder niemals benötigt werden, so ist dies auch keine aufwendige Sache. Bei Bedarf aber können solche Dokumente die Tat klären und eindeutige Beweise für das Besitzverhältnis liefern.

Der Täter wanderte wegen dieser Straftat und wegen anderer Verbrechen für längere Zeit in ein staatliches Erholungsheim, wo die Zimmer von außen versperrt sind.

Ein Rennläufer

Es war schon vor einigen Jahren, als ich über Funk eine Fahndung mithörte. Ein Mann sei nach einem Diebstahl in einem Supermarkt in Weissenbach geflüchtet und in einen Pkw mit ausländischem Kennzeichen, in dem sich mehrere Personen befanden, in Richtung Hainfeld unterwegs.

Der Kollege am Funk gab auch das Kennzeichen und die Fahrzeugmarke durch. Ich fuhr sofort mit dem Streifenwagen auf die Bundesstraße 18 und stellte mich im Ortsteil Gstettl in eine Seitenstraße. Ich brauchte nicht lange zu warten und das gesuchte Fahrzeug fuhr an meinem Standort vorbei.

Ich schaltete das Blaulicht ein und nahm die Verfolgung auf. Im Bereich des Ortstafel von Hainfeld konnte ich das Fahrzeug anhalten. Die Räder des Pkw standen noch nicht richtig still, als der Beifahrer aus dem Fahrzeug sprang und wie ein Windhund in Richtung Wald lief. Ich sprang ebenfalls aus dem Streifenwagen, schrie dem Flüchtenden nach, er soll sofort stehen bleiben und gab danach mit der Dienstpistole einige Schüsse in die Luft ab.

Ich wollte meine Aufforderung mit den Schreckschüssen unterstreichen und den Ernst der Lage verdeutlichen.

Ich erreichte mit dem Waffengebrauch jedoch genau das Gegenteil. Der Mann schien seinen rasanten Lauf jetzt noch mehr zu beschleunigen und war bald aus meinem Blickwinkel verschwunden.

Eine Verfolgung wäre sicherlich aussichtslos gewesen, weil der Flüchtende einen Vorsprung hatte und ich mich mit seiner Laufgeschwindigkeit nicht messen konnte.

Außerdem befanden sich im Fahrzeug noch der Lenker und eine Frau auf dem Rücksitz, die vermutlich als Mittäter fungierten. Wäre ich den einem Täter nachgelaufen, wären die zwei anderen Personen mit dem Pkw sicherlich verschwunden.

Ich holte mir also Verstärkung und bewachte das Pärchen im Auto bis meine Kollegen eintrafen.

Nun begannen wir mit einer kleinen Suchaktion im Bereich des Vollberges, wo der Flüchtende verschwunden war. Wir trafen einige Feldarbeiter und fragten, ob sie einen laufenden Mann gesehen hätten. Von den Bauern erfuhren wir, dass ein Mann über das Feld gelaufen und anschließend einen Hochstand bestiegen hätte.

Ein wirklich guter Einfall eines Straftäters. Gut war dieses Fluchtversteck aber nur für uns, da der Täter nicht flüchten konnte und als er sich entdeckt sah, vom Hochstand abwärts kletterte. An eine neuerliche Flucht dachte der Rumäne nicht mehr, da er sich bei seinem vorherigen Gewaltlauf völlig verausgabt hatte.

Wie sich später herausstellte, handelte es sich bei den beiden Fahrzeuginsassen nicht um Mittäter, sondern lediglich um Rumänen, die ihren Landsmann gutgläubig im Fahrzeug transportierten.

Der Mann suchte in Weissenbach einen Supermarkt auf und stahl einer Kundin die Brieftasche. Er wurde dabei beobachtet und verfolgt. Der Täter ließ das Diebesgut fallen und sprang in den Pkw. Der Diebstahl war vermutlich nicht geplant und deshalb konnten der Fahrzeuglenker und seine

Begleiterin von der Straftat keine Kenntnis haben. Bei dem Fahrzeuglenker handelte es sich um einen Linienpiloten einer rumänischen Fluglinie und ich konnte mir auch nicht vorstellen, dass eine Person in dieser Position mit einem Dieb gemeinsame Sache macht.

Ein peinliches Ereignis wurde mir erst einige Tage später mitgeteilt.

Während meiner Amtshandlung mit Schussabgabe befand sich eine japanische Delegation vor einem nahe gelegenen Autohaus, um eine Besichtigung vorzunehmen.

Die Japaner sahen die Aktion und gingen hinter den geparkten Gebrauchtwagen in Deckung, als die Schüsse fielen. Sie glaubten, dass im sonst so friedlichen Österreich amerikanische Verhältnisse herrschen und das Land nicht so sicher sei, wie angenommen.

Den Leuten wurde vom Autohausinhaber anschließend erklärt, dass es sich sicherlich um einen Einzelfall handelte, von dem sie gerade zufällig Zeugen wurden.

Der Einschleichdieb

Im Jahr 1992 häuften sich die Anzeigen über Gelddiebstähle in Häusern und Geschäften. Es kamen dabei oft namhafte Geldbeträge weg und niemand hatte eine Ahnung, wer die Diebstähle begangen haben könnte. In manchen Betrieben verdächtigten sich sogar die Mitarbeiter gegenseitig.

Die Filialleiterin eines Einkaufsmarktes zeigte mir an, dass die gesamten Tageseinnahmen von mehr als 20.000,– Schilling auf unerklärliche Weise gestohlen worden waren. Der Tatzeitpunkt lag vermutlich in der Zeit, wo vor Geschäftsschluss der angesammelte Müll aus dem Geschäft gebracht wurde. Ein sehr kurzer Zeitraum, der nicht für eine geplante Tatausführung sprach.

Ich tippte daher auf einen Einschleichdieb, der nach dem Zufallsprinzip arbeitete. Solche Tathandlungen sind uns im Zeitalter der Asylwerber immer öfter bekannt geworden.

Ein paar Asylanten betraten ein Haus, wo die Eingangstür nicht verschlossen war, da sich die Bewohner im Wohnzimmer aufhielten. Sie durchsuchten in aller Ruhe die Räumlichkeiten und fragten schüchtern, als sie vom Hausbesitzer angetroffen wurden, wo hier der Zahnarzt wohnt, da einer von ihnen fürchterliche Zahnschmerzen habe. Der Hausbesitzer rief den Polizeinotruf an und wir erscheinen kurze Zeit später im Haus. Da die Eindringlinge nichts aufgebrochen hatten und kein Diebesgut mit sich führen, waren uns die Hände gebunden. Wir stellen die Personalien fest und mussten die Personen ziehen lassen. Auch wenn einer der beiden Asylanten im Verdacht stand, vor einigen Tagen im Warteraum eines ortsansässigen Zahnarztes ein Handy gestohlen zu haben. Die Frage an den Hausbesitzer, wo der Zahnarzt sei, war daher eine nachgewiesene Lüge.

Die Unwahrheit zu sagen, stellt jedoch nur als Zeuge einen strafbaren Tatbestand dar. Der Gedanke ist straffrei und eine Vorbereitungshandlung konnte nicht nachgewiesen werden, auch wenn jeder normale Mensch weiß, dass die Asylanten vom Hauseigentümer nur zu früh bemerkt wurden.

Wäre der Hausbesitzer vor dem Fernseher gesessen, so hätte er nach einigen Stunden oder Tagen bemerkt, dass der Schmuck aus dem Nachtkästchen im Schlafzimmer fehlt. Niemand hätte Hinweise auf die Täter geben können und wir hätten eine Anzeige gegen unbekannte Täter an das Gericht erstattet.

Diese Vorgangsweise ist uns Gendarmen nur zu gut bekannt und nicht immer werden die Täter von den Hausbewohnern gestellt. Manchmal fragt man sich, wo die Uhr und die Brieftasche, die im Vorzimmer lagen, wohl geblieben sind. Manche denken, sie haben bloß vergessen, wo sie die Sachen hin gelegt hätten. Sie teilen den Verlust der Wertsachen auch niemandem mit, da sie sonst als Alzheimer-Patienten abgestempelt werden.

Eine Anzeige auf dem Gendarmerieposten wird ebenfalls nicht erstattet, da sie fürchten, wir könnten sie nicht ernst nehmen.

Bei der Aussage über Asylanten muss natürlich deutlich darauf hingewiesen werden, dass es Asylwerber gibt, die völlig rechtens in unserem Land

Schutz suchen und die in ihrer früheren Heimat schreckliche Dinge erlebten und fallweise massiv gefoltert wurden.

Ich selbst habe mit solchen Personen gesprochen, die aus Krisen- und Kriegsgebieten kamen. Ich bin auch der Überzeugung, dass diesen armen Menschen unbedingt geholfen werden muss.

Leider gibt es zahlreiche Kriminelle, die unser Asylsystem schamlos ausnutzen und die Unterkünfte als kostenlose Räuberquartiere und Hotels mit „all inclusive" ansehen.

Leider werden diese Personen, auch wenn ihnen nachgewiesen wird, dass sie unseren Staat durch unwahre Aussagen geschädigt haben und ungerechtfertigt „all inclusive" in Anspruch nahmen, nicht zur Rechenschaft gezogen. Falls ein Inländer durch falsche Angaben eine finanzielle Beihilfe erschleicht, so wird er bei Gericht angezeigt und im Falle einer Verurteilung muss er die erhaltenen Geldbeträge zurück zahlen.

Wird nach langen, teuren und aufwendigen Verfahren am Ende ein Asylant nicht als solcher anerkannt, so wird er aufgefordert, das Land zu verlassen. Die Rückreise per Flugzeug für die ganze Familie zahlen wir aus der Steuerkasse.

Nun aber wieder zur Sache

Die Anzeige einer alten Dame, dass ihr aus dem Haus Sparbücher, Schmuck und andere Gegenstände gestohlen wurden, machten mir die nächsten Tage arg zu schaffen. Ich hatte nicht die geringsten Anhaltspunkte und keine Tatortspuren, da in allen Fällen nichts aufgebrochen wurde.

Einige Tage später kam eine Kellnerin zu mir und klagte ihr Leid. Sie kam mit ihrem Freund aus dem Urlaub und ihr blieben mehr als 2.000,— Schilling übrig. Sie legte das Geld im Raum, der dem Personal als Garderobe diente ab und wollte es später bei der Bank auf ihr Sparbuch einzahlen.

Als sie nach Dienstende in die Garderobe kam, musste sie zu ihrem Schrecken feststellen, dass das Geld gestohlen worden war.

Die Garderobe lag in einem Nebengebäude und konnte sicherlich nicht sofort gefunden werden, auch wenn jemand die Lage des Raumes beschrieb. Ich zweifelte daher schon bei Aufnahme des Falles an meiner Theorie, es kann sich nur um einen Einschleichdieb handeln, der nach dem Zufallsprinzip vorgeht. Einen solch versteckten Raum in einem großen Gebäude konnte jemand nicht zufällig finden, sondern er musste sein Opfer schon längere Zeit beobachtet haben. Viel wahrscheinlicher war die Theorie, jemand der die Gegebenheiten kannte, verübte auch den Gelddiebstahl.

Nun war die Zeit gekommen, dass ich mir ernsthaft Vorwürfe machte. Ich war der Ansicht, bei meinen Ermittlungen Fehler gemacht zu haben. Vielleicht befragte ich die Leute nicht eingehend genug und übersah wichtige Hinweise. Dass bei einer Serie von gleichartigen Diebstählen niemand auch nur einen Hinweis auf die Täter geben konnte, war sehr unwahrscheinlich.

Nach einigen Tagen kam die Sache aber ins Rollen. Die Pensionistin, der die Sparbücher und der Schmuck gestohlen wurden, bekam einen Anruf. Die weibliche Stimme fragte, ob bei ihr eingebrochen wurde. Als sie der Anruferin den Diebstahl mitteilte, wurde ihr versichert, dass sie alle Gegenstände zurück bekommen würde.

Ich trug der Frau auf, dass sie sofort anrufen möge, falls ihr gestohlenes Gut wieder auftauchte.

Nach einigen Tagen verständigte mich der Sohn der Geschädigten, dass seine Mutter vor zwei Tagen ihren gesamten Schmuck und die Sparbücher in einem Sackerl, das auf der Türschnalle ihrer Eingangstüre hing, vorfand. Eine unbekannte Frau habe sie angerufen und ihr den Hinterlegungsort gesagt.

Mein Zorn richtete sich gegen die Geschädigte und ich musste mich stark beherrschen, damit mir keine unpassenden Äußerungen rausrutschten. Obwohl die Vorgangsweise genau besprochen wurde, fand es die Frau nicht der Mühe wert, den Erhalt ihres Eigentums bei uns zu melden.

Ich fing mit meinen Ermittlungen wieder bei Null an. Ich konnte aufgrund der Befragungen den genauen Zeitpunkt festlegen, wo die Unbekannte das Diebesgut auf die Türschnalle der Eingangstür hing.

Da sich in unmittelbarer Nähe ein Geldinstitut mit einem Geldausgabeautomaten befand, setzte ich meine Ermittlungen dort fort. Ich erhielt über Gerichtsauftrag die Kundendaten der Personen, die im fraglichen Zeitraum den Geldautomaten bedienten. So bekam ich den Hinweis, dass im fraglichen Zeitraum ein blauer Mercedes mit badener Kennzeichen dort parkte.

Der Nachbar der Geschädigten, Wolfgang Achleitner, machte die Aussage, er habe von seinem gegenüberliegenden Grundstück die unbekannte Frau gesehen, wie sie ein Sackerl auf die Türschnalle seiner Nachbarin hing. Der Zeuge konnte mir die Frau, ihren Gang und noch ein paar auffällige Besonderheiten beschreiben. Solche Zeugen findet man selten, da bereits nach ca. 20 Minuten beim Durchschnittsmenschen wichtige Beobachtungen in Vergessenheit geraten und durch selbst ausgedachte Einspielungen ersetzt werden. Die Zeugen machen dies nicht absichtlich, sondern wollen den Ablauf eines Geschehens ohne Lücken mitteilen. Es kommt daher auch vor, dass Zeugenaussagen so unterschiedlich sind, dass man glaubt, es handelt sich um verschiedene Beobachtungen von unterschiedlichen Vorfällen.

Ich hatte also einen kleinen Lichtblick und die Hinweise auf die Frau und das eventuell verwendete Kraftfahrzeug schienen mich einen kleinen Schritt weiter gebracht zu haben. Dem Hinweis auf das Fahrzeug schenkte ich weniger Bedeutung, da auch eine völlig unbeteiligte Person in der Nähe des Geldinstitutes geparkt haben konnte.

Ich begann also, alle Geschädigten nochmals genau zu den Tatumständen zu befragen. Wie sich später herausstellte, waren die neuerlichen Vernehmungen von unschätzbarem Wert. In der Kriminalistik gibt es immer wieder neue Erkenntnisse und kein Fall gleicht dem anderen.

Ich bekam beim Arbeitgeber der Kellnerin den Hinweis, dass er zum Tatzeitpunkt in seinem Hof einen unbekannten Burschen sah. Der Zeuge konnte mir eine gute Personsbeschreibung abgeben. Mit der Personsbeschreibung ging ich in den Einkaufsmarkt, wo die Tageseinnahmen gestohlen wurden.

Die Filialleiterin sagte mir, dass sie sich aufgrund der Beschreibung an einen Burschen erinnern könne, der am Geschäft vorbei ging, als sie den Müll entsorgte. Sie sah aber nicht, ob der Bursche das Geschäft betrat.

Nach einer intensiven Befragung sagte mir die Filialleiterin, sie habe den unbekannten Burschen vor einiger Zeit mit einem Mann gesehen, der im Bereich eines weiter entfernten Gasthauses wohnen würde. Namen, oder genaue Örtlichkeiten konnte mir die Frau jedoch nicht nennen.

Ich freute mich natürlich an diesem Tag, dass die Ermittlungen nicht völlig umsonst waren und ich einige gute Hinweise sammeln konnte.

Ich hatte eine genaue Beschreibung des Täters, der Frau, die das Diebesgut zurück brachte und die eines Autos.

Mit diesen Hinweisen bestückt suchte ich das Gasthaus auf und führte dort die weiteren Erhebungen. Ich legte alle Karten vor, die ich in mühevoller Kleinarbeit gesammelt hatte.

Die Mühe wurde belohnt, weil mir der Gastwirt einen Hinweis gab, wo die Personsbeschreibung des Täters, die seiner Mutter und der blaue Mercedes seines Vaters in einer Linie waren. Mein Kollege und ich suchten am nächsten Abend die Familie auf. Es waren der Mann und seine Gattin anwesend. Der Sohn Martin, den wir benötigten, war nicht zu Hause und befand sich auf Achse.

Die Frau könnte ich nicht besser beschreiben, als der Zeuge Wolfgang Achleitner, der sie beobachtet hatte, wie sie das Diebesgut zurück brachte. Ich erklärte dem Ehepaar den Sachverhalt und gab zu verstehen, dass ich eine Gegenüberstellung mit dem Zeugen vornehmen wolle, der die Frau beim Zurückbringen der gestohlenen Gegenstände beobachtet hatte.

Auf eine Gegenüberstellung wurde verzichtet, da die Eltern des vermeintlichen Täters sofort Farbe bekannten. Die Frau erzählte mir, sie habe beim Aufräumen des Zimmers ihres 17-jährigen Sohnes die Sparbücher und den Schmuck gefunden. Ihr Sohn sei zur Rede gestellt worden, woher er die Sachen habe und gab daraufhin den einen Diebstahl zu.

Als wir den Eltern erklärten, ihr Sohn Martin stehe im Verdacht, zahlreiche solcher Straftaten verübt zu haben, waren sie sehr bedrückt und erklärten ihre volle Unterstützung. Sie wollten die Sache schnell und vollständig geklärt haben.

Der Vater versprach uns einen sofortigen Anruf, wenn der Sohn zu Hause eintreffen würde. Wir verabschiedeten uns und bereits um 4:00 Uhr des nächsten Tages bekamen wir den Anruf, dass Martin zu Hause sei.

Wir fuhren zum Wohnhaus, wurden von den Eltern eingelassen und fanden Martin in seinem Zimmer schlafend vor. Um Martin einen leichten

Schock zu versetzen, der in solchen Fällen oft sehr hilfreich bei den anschließenden Vernehmungen ist, erfassten wir den Burschen gleichzeitig bei Armen und Beinen und hoben ihn mit einem kräftigen Ruck vom Bett auf den Teppich.

Nachdem wir die Verhaftung ausgesprochen hatten, kleidete sich Martin an und wir begannen eine sogenannte Nachschau. Martin war nur kurze Zeit von unserem Einschreiten geschockt und konnte sich schnell wieder beruhigen.

In der Kleidung des Burschen fanden wir ein Bündel zusammengerollter Banknoten im Wert von zwanzigtausend Schilling. Die Eltern fielen aus allen Wolken, da sie unseren Verdacht, ihr Sohn habe zahlreiche Straftaten begangen, vorerst verdrängen wollten.

Der Schock, den wir zu erzeugen glaubten, hielt nicht sehr lange.

Bei der anschließenden Vernehmung auf der Dienststelle zeigte sich Martin trotz seiner Jugend vorerst sehr redegewandt und wenn er etwas sagte, so waren dies schnell ausgedachte Lügen. Er gab nur zu, was ihm nachgewiesen werden konnte. Der Bursche war sehr intelligent und ließ sich nicht so leicht in eine Sackgasse führen.

Nach einigen Stunden intensiver Einvernahme zeigte sich sein Widerstand einigermaßen gebrochen. Er war nicht so ausdauernd, wie meine Kollegen und ich. Er gab nun Tat für Tat in allen Einzelheiten zu. Einmal mussten wir echt schmunzeln, als er uns erzählte, dass er nach dem Diebstahl der Tageseinnahmen des Einkaufsmarktes über die Höhe der Beute so glücklich war, dass er sofort die

Kirche in Hainfeld aufsuchte und als Dankbarkeit 1.000,— Schilling in den Opferstock warf.

Martin hatte damit auch dem Hochwürden eine Freude bereitet, da es sicherlich nicht so viele Kirchenbesucher gab, die einen Tausender in den Opferstock warfen.

Aufgrund seiner Jugend und der Beichte, die er bei uns ablegte, ersparte sich Martin eine Einlieferung in die Justizanstalt in der Gesellschaft abgebrühter Straftäter.

Der zuständige Staatsanwalt war einverstanden, Martin nach seiner Einvernahme zu entlassen.

Er gab uns auch noch einige Einschleichdiebstähle in anderen Bezirken zu. Einige Straftaten wurden erst durch sein Geständnis bekannt, da sich die Opfer nicht erklären konnten, wie die Geldbeträge aus ihrem Wohnbereich wegkamen.

Die Geschädigten waren überrascht, als wir bei ihnen auftauchten und ihnen das gestohlene Geld zurück gaben.

Die Klärung solcher Straftaten schien mir besonders wichtig und stellt die Exekutive in ein anderes Licht.

Seit der Zeit, wo fast alle erwachsenen Bürger über ein Fahrzeug verfügen, ist das Ansehen der Wachkörper natürlich zurück gegangen. In früheren Zeiten machten nur die echten Gesetzesbrecher Bekanntschaft mit der Gendarmerie. Heute hat jeder der ein Fahrzeug besitzt auch schon irgendwann einmal, oder auch öfters, seine Brieftasche geöffnet und ein Organmandat bezahlt. Ob die Bestrafung gerecht war, wird von jedem Verkehrsteilnehmer anders beurteilt.

Aussagen, wie: „Fangt lieber die Einbrecher, als die Autofahrer zu schikanieren", waren schon oft zu hören.

Ich pflegte darauf zu antworten: „Sie sagen mir, wie viel Personen bei Einbrüchen ihr Leben lassen mussten und ich nenne Ihnen die Anzahl der Verkehrstoten, die durch Raserei, Betrunkene und Rowdys getötet wurden."

Natürlich waren diese Antworten von mir nur Äußerungen, um meinem Ärger Luft zu machen.

Der Verkehrsdienst hat seine Wichtigkeit, wird jedoch von der Bevölkerung nicht im notwendigen Maß anerkannt.

Er findet nur seine Zustimmung, wenn ein Verkehrsteilnehmer von einem Raser oder Rowdy gefährlich überholt, geschnitten oder auf andere Weise gefährdet wird. Auch Schnellfahrer in seinem Wohnbereich gehören zu den Autofahrern, denen er eine saftige Strafe wünscht.

Wir konnten auch feststellen, dass einige Personen, die für die Aufstellung einer stationären Radaranlage auf der Straße neben ihren Wohnhäusern mobil gemacht haben, anschließend zu den ersten Kunden zählten, die ein Radarbild bekamen.

In früheren Zeiten zählten der Pfarrer, der Bürgermeister und der Gendarm zu den angesehenen Personen in der Gemeinde und genossen ein gutes Image. Auf dem Lande ist dieser Aspekt bis heute geblieben. Ich muss auf diese Weise aber auch der ländlichen Bevölkerung meinen Dank aussprechen, da die Zusammenarbeit und die Harmonie bis zu meiner Pensionierung ausgezeichnet klappten. Ich bin überzeugt, dass auch in Zukunft die Polizisten beim Großteil der Bevölkerung gerne gesehen sind und ihrer Arbeit der nötige Respekt entgegengebracht wird. So wie wir den anderen Berufsgruppen unsere Sympathie entgegen bringen. Wir leben ja in einer Symbiose, wo jeder Bürger seinen Zweck erfüllt.

Ob jemand gläubig ist, oder nicht. Die zehn Gebote bilden meiner Ansicht nach die Grundlage für alle bestehenden Gesetze. Leider gibt es in den Volksgruppen sehr unterschiedliche Auslegungsformen von Gerechtigkeit. Besonders gefährlich ist jede Form von Radikalismus, die immer eine Gewaltbereitschaft gegenüber anders Denkender darstellt.

Dem Einzelnen ist es egal, ob ein Rechtsradikaler, ein Fundamentalist, oder ein Linksradikaler einen Anschlag verübt und Menschen tötet.

Diese Personengruppen zählen Gott sei Dank zu den Minderheiten der Gesellschaft im europäischen Raum.

Manche Regierungen in anderen Ländern verkünden jedoch radikale Ansichten und praktizieren eine nicht akzeptierbare Form der Menschenführung. Al Kaida und Konsorten sind ein gutes Beispiel für solche Regime, wo wöchentlich Leute, die gegen ihre Gesetze verstoßen haben, auf dem Sportplatz hingerichtet werden. Die Sittenwächter überwachten auf strenge Weise die Einhaltung der Gesetze und Vorschriften und die Gerichte verhängten drakonische Strafen für geringfügige Vergehen und kleine Verfehlungen, die bei uns in keinem Gesetz aufscheinen und strafrechtlich nicht geahndet werden.

Wir in Mitteleuropa können uns glücklich schätzen, dass wir ein Rechtssystem haben, das manchmal fast zu sanftmütige Strafen vorsieht.

Strafen, wie die Steinigung, das Abhacken von Händen und andere barbarische Tötungsarten, wie sie die Scharia vorsieht, gibt es nur noch in manchen islamischen Staaten.

Jeder von uns wünschte sich sicherlich einmal eine solche Strafe, wenn er selbst Opfer einer gemeinen Straftat wurde.

Befasst man sich aber genauer mit derartigen Methoden, so kommt man zu Schluss, dass auch diese Strafen kein Delikt verhindern. Es stellt sich auch die Frage: wer ist schlechter, die Person, die einen Menschen tötete, oder der Staat, der im Namen der

Gerechtigkeit einen Täter seines Lebens beraubt?

Leider gibt es immer mehrere Personen, die zu den Opfern zählen, aber auch viele, die gleichzeitig mit den Tätern bestraft werden.

Jeder Angehörige eines Opfers, sei es ein Gewaltdelikt, oder ein Eigentumsdelikt, leidet mit seinen Verwandten, wenn ihnen ein solches Vergehen zustößt.

Die Gattin, die Kinder und andere Angehörigen leiden auch mit den Tätern, falls diese mehrjährige Gefängnisstrafen verbüßen. Die Kinder sind dem Spott ihrer Mitschüler ausgesetzt, wenn der Vater im sogenannten „Häfen" sitzt, die Mutter wird von den Nachbarn nicht mehr gegrüßt und die tägliche Konversation auf dem Gang des Mehrparteienhauses wird ohne die Frau durchgeführt. Geht sie ins Kaffeehaus, so verstummen die Gespräche der Gäste, wenn sie auftaucht.

Die Familie büßt für eine Straftat, die sie nicht begangen hat. Betrachtet man diese Version von Gerechtigkeit, so kommt man darauf, dass auch hier einige Lücken vorhanden sind. Eine Universallösung wird es aber auch in Zukunft nicht geben, davon bin ich überzeugt.

Ein sogenanntes Opfer hat eine eigene Betrachtungsweise und auch ein Täter. Ein Exekutivbeamter legt sich im Laufe der Dienstzeit auch eine eigene Verfahrensweise zu und handelt danach in diesem Sinne.

Eine gute Mischung der angeführten Erfahrungen ergibt die Grundlage für die weiteren Amtshandlungen im nachfolgenden Berufsalltag.

Im Leben eines Gendarmen gibt es natürlich die unterschiedlichsten Begebenheiten. Beim Verkehrs- und Kriminaldienst sind mir lustige, traurige und erschütternde Erlebnisse in Erinnerung. Ich war fast 37 Jahre Gendarm und zuletzt Polizist, wie wir uns nach unsere Umbenennung nennen mussten.

Ich übte den Beruf sehr gerne aus, da er abwechslungsreich war und ich mit vielen Menschen zu tun hatte, die sich in ihren Charakterzügen stark voneinander unterschieden. Ich lernte freundliche und aggressive Menschen kennen und war oft überrascht, wie sich sogenannte „Feine Herren und auch Damen, die Autos fuhren, für deren Preis der Rohbau eines Einfamilienhauses zu kaufen war, durchaus nicht standesgemäß verhielten und Ausdrücke verwendeten, die sonst nur in einschlägigen Spelunken am Wiener Gürtel zu hören waren.

Es gab aber auch zahlreiche Gesetzesübertreter, die aufgrund meiner Anzeige oft mit hohen Geldstrafen belegt wurden und auch nachher noch freundlich grüßten. Ich wunderte mich über die starke Persönlichkeit und den festen Charakter dieser Mitbürger.

Die meisten Tätigkeiten, die wir als Gendarmen verrichteten, wurden von der Bevölkerung auch nicht wahrgenommen.

Manche Leute glauben, wir gehen nur umher und stecken ab und zu einen sogenannten Strafzettel hinter den Scheibenwischer. Das sind natürlich die Arbeiten, die wir auf der Straße verrichten und bei denen wir mit gemischten Gefühlen gesehen werden. Die meisten Arbeiten verrichten wir jedoch auf der Dienststelle und ich verbrachten oft Stunden hinter dem Computer, da jede Anzeige und alle Akten schriftlich erledigt und Geschehnisse dokumentiert werden mussten.

Amtshandlungen im ruhenden Verkehr werden auch von manchen Mitmenschen als Geldeintreibung und Schikane empfunden.

Ich kenne Übertretungen im ruhenden Verkehr, die meiner Ansicht nach schwerer bestraft werden müssten, als so manches andere Delikt. Es kommt immer auf die Umstände an.

Ich kann aus meiner Tätigkeit als Rettungsfahrer und als Exekutivbeamter einige Parkübertretungen aufzeigen, die ich nicht als sehr lustig empfand.

Es gab Einsätze, da wurde die Fahrbahn durch Falschparker verstellt und die Zufahrt zu den Einsatzorten durch Schaulustige behindert.

Die Falschparker gehörten zu den Menschen mit der geringsten Einsicht, da sie ja nur für kurze Zeit

Verkehrs behindernd parkten und sofort danach wieder wegfahren.

Es gab auch einige Personen, die vor der Gendarmeriegarage parkten und sich sehr entrüstet zeigten, als sie darauf angesprochen wurden.

Hoffentlich gibt es bald in allen Einkaufsmärkten das System von Mc Donalds, wo man beim Einkaufen das Fahrzeug nicht mehr verlassen muss. Nach dem Einkauf kann sich die Autobesatzung noch einen Film im Autokino ansehen und falls Liegesitze vorhanden sind, kann auch die Nacht im Pkw verbracht werden.

Manche haben für ihre Bequemlichkeit ein teures Kilometergeld bezahlt. Das Risiko, dabei erwischt zu werden, ist jedoch gering und wird von den meisten Personen in Kauf genommen.

Bei einer Straße hatten wir zahlreiche Anrainerbeschwerden. Die Gäste eines Gasthauses parkten vor den Einfahren der Anrainer. Als die Bewohner meist abends von der Arbeit nach Hause kamen, konnten sie nicht zu ihren Grundstücken und Garagen zufahren. Sie mussten ihre Pkws trotz einer Garage im Winter auf einem öffentlichen Laternenparkplatz abstellen.

Die Palette meiner Tätigkeiten war vielseitig und abwechslungsreich. In meiner Dienstzeit hatte ich auch einschneidende Erlebnisse, die ich mein ganzes Leben nicht vergessen werde. Natürlich kommen auch bei uns eine gewisse Routine und in einigen Fällen ein Gewöhnungseffekt dazu. Wäre dies nicht der Fall, so könnten wir den Beruf nicht ordnungsgemäß ausüben. Beim sogenannten „Landgendarmen" kommen noch einige Besonderheiten dazu, die ein Kollege in einer Großstadt nicht kennt.

Die Unfallopfer, die Selbstmörder und die Straftäter kannten wir zumeist persönlich.

Ich habe in meiner Dienstzeit zwei Morde und eine große Anzahl an Selbstmorden aufgenommen.

Die Tatsache, dass es mehr Selbstmörder, als Tote bei Verkehrsunfällen gibt, wird zumeist verschwiegen.

Dazu kommen Leichen, deren Todesursache unklar war und wir mit den Ermittlungen beauftragt wurden. Bei jeder Person, die während eines Rettungstransportes starb und tot in das Krankenhaus eingeliefert wurde, beauftragte uns die Staatsanwaltschaft, mit der Ermittlung der Todesursache.

Die angefallenen Morde haben mir natürlich die Kollegen von der Kriminalabteilung abgenommen. Die Selbstmorde musste ich selbst übernehmen und gerichtsfertig bearbeiten.

Die Selbstmörder habe ich, bis auf wenige Ausnahmen, wo ich Dienst auf anderen Gendarmerieposten verrichtete, alle persönlich gekannt und bei einem Mordopfer handelte es sich um einen Jugendfreund und mehrjährigen Türnachbarn von mir. Diese Gegebenheiten gehen einem besonders unter die Haut, zumal ich auch in einigen Fällen bei den Obduktionen anwesend war. Wurde eine Person obduziert, die ich von Jugend an kannte, war dies sicherlich ein einschneidendes Erlebnis. Die Vorgangsweise bei einer Obduktion kennt der Durchschnittsbürger nur von Fernsehsendungen, die oft sehr naturgetreu andeuten, was mit der Leiche gemacht wird.

Im Original werden vom Obduzenten, oder seinem Gehilfen, der Brust-und Bauchraum sowie der Schädel mit einem Skalpell und einer Knochensäge geöffnet. Manchmal nahm man dazu auch ein vorher geschärftes Messer.

Bei der Leichenöffnung erfolgt ein Schnitt vom Halsbereich bis vor den Geschlechtsteil. Das Fleisch wird links und rechts vom Einschnitt gelöst und das Brustbein mit den Rippen von der Vorderseite des Körpers entfernt. Die inneren Organe liegen nun frei, werden entnommen und auf ein Brett gelegt, das vorher auf den Beinen der Leiche deponiert wurde.

Anschließend wird die Kopfhaut von Ohr zu Ohr aufgeschnitten und nach vorne bis zur Nase und rückwärts bis auf den Hinterkopf gezogen. Danach ist die Schädeldecke frei gelegt. Nun wird mit einer Säge das Schädeldach entfernt und das Gehirn entnommen.

Ist die Todesursache bis zur Obduktion völlig unklar — wie es in den meisten Fällen war — so kann eine Leichenöffnung als reine medizinische Detektivarbeit angesehen werden.

Nach der Sektion werden die Organe untersucht und Proben entnommen. Das gestockte Blut drückt der Gerichtsmediziner aus der Schlagader im Oberschenkel und füllt es in ein Proberöhrchen.

Danach werden die Organe samt Gehirn in den Bauch- und Brustraum gelegt und die Schnittöffnungen mit einem Spagat zugenäht. In den offenen Schädel kommt Zeitungspapier, damit das aufgesetzte Schädeldach nicht verrutscht. An der Leiche ist nur mehr die grobe Naht zu erkennen, die darauf hinweist, dass der Gerichtsmediziner seine Arbeit gemacht hat.

Wird die Leiche von den Bestattern angekleidet, ist vom Eingriff fast nichts mehr zu sehen.

Der zu schlaue Einbrecher

In den Jahren 2002 und 2003 hatten wir im Bezirk eine starke Anhäufung von Einbruchsdelikten zu verzeichnen.

Im Raiffeisen-Lagerhaus St. Veit brachen unbekannte Täter in das Büro ein und schweißten den Tresor auf. In unserem Bereich gab es auch mehrere Einbrüche, wobei die Täter das Büro einer Firma in Rohrbach gleich zwei Mal heimsuchten.

Die Spurenlage war beim ersten Einbruch in das Büro nicht gerade erfreulich. Ich konnte aber Fragmente eines Schuhabdruckes sichern. Ein kleines Indiz, aber noch kein Beweis. Ich kroch zwar auf allen Vieren auf dem Boden umher, sah unter die Schreibtische, fand jedoch keine weiteren Spuren mehr. Nicht gerade aufmunternd für einen Tatortbeamten, der auf Spuren angewiesen ist.

Bei der Tatortaufnahme nach dem zweiten Büroeinbruch sah die Spurenlage bereits besser aus.

Ich fand auf dem Tatort eine Armbanduhr, wo der Stift des Uhrbandes auf einer Seite fehlte. Ein Täter hatte seine Uhr während der Straftat verloren. Die Uhr hatte auf dem Zifferblatt das Motiv einer Weltkugel und war somit ein auffälliges Exemplar.

Die Anzahl der Uhrenmodelle ist zwar begrenzt, aber trotzdem gibt es bei einhundert Personen sicherlich nicht zwei, welche die gleiche Armbanduhr tragen.

Die DNA auf dem Uhrband bildete natürlich den wichtigsten Faktor der Tatortarbeit.

Ich hatte jetzt zwar eine Spur vom Täter, musste aber auf den Erfolg noch einige Zeit warten.

In der Zwischenzeit wurde auch in das Lagerhaus in Hainfeld eingebrochen und auch hier war die Spurenlage sehr dürftig. Es war eine Zeit, wo meine Arbeit keine Jubelstimmung hervorrief und als Berufsalltag bezeichnet werden konnte.

In St. Veit schlugen die Einbrecher abermals zu und ich konnte mit den Kollegen die vorhandenen Spuren vergleichen. Hier gab es auf den Tatorten Übereinstimmungen und ich war überzeugt, dass zumindest ein Täter für alle Einbrüche verantwortlich war.

Mein Beruf wurde leider nicht immer von Erfolgen gekrönt und ich musste auch Niederlagen einstecken.

Wir hatten in Hainfeld und Rohrbach einmal eine länger dauernde Serie von Geschäftseinbrüchen, wo ich den Täter bis zu meiner Pensionierung nicht ermitteln konnte.

Aufgrund der guten Spurenlage wusste ich, dass alle Straftaten von einem Einzeltäter verübt wurden. Der Täter war stets zu Fuß unterwegs, stahl Wertsachen, die er tragen konnte und wohnte in Rohrbach, oder Hainfeld. Er dürfte alleine gelebt haben, da er auch am Heiligen Abend einen Einbruch verübte. Jemand mit Familie geht vermutlich am Heiligen Abend nicht einbrechen.

Der Täter verwendete Schuhe, die er bei einem Einbruch in ein Lagerhaus gestohlen hatte. Das Sohlenmuster konnte ich auf allen Tatorten feststellen.

Nach einem erfolglosen Einbruchsversuch in Rohrbach, wo der Täter eine Alarmanlage auslöste, hörte die Serie schlagartig auf.

Die aktuellen Straftaten bekamen nun eine neue Wendung. Ein Kollege aus Statzendorf rief mich an und teilte mir mit, dass in der vergangenen Nach in das Lagerhaus eingebrochen worden sei.

In den Morgenstunden kam ein Jäger auf die Dienststelle und erzählte, dass er in der Nacht einen Pirschgang unternahm und in einem Maisfeld versteckt einen Pkw bemerkte. Da er annahm, es könnte sich um einen Wilderer handeln, notierte er sich das Kennzeichen.

Da das Maisfeld hinter dem Lagerhaus liegt, vermutete mein Kollege einen Tatzusammenhang.

Er fragte mich, ob ich einen Ferdinand Habersatter kennen würde und ob ich ihm eine solche Straftat zutraue?

Ich kannte Habersatter von früheren Amtshandlungen und konnte ihn mir als Täter schon vorstellen.

Natürlich sind solche Verdächtigungen vorerst mit den Lebensumständen der jeweiligen Person zu vergleichen. Ein Mann, der einen guten Job hat und über ein ausgezeichnetes Einkommen verfügt, gerät nicht so schnell in Verdacht, als jemand, der die Arbeitsstelle oft wechselt, dazwischen längere Zeit als arbeitslos gemeldet ist und auch sonst nicht als arbeitswütig bezeichnet werden kann.

Die Kollegen aus Statzendorf kamen nach Hainfeld und wir fuhren gemeinsam zur Wohnung von Habersatter.

Als wir den Mann zu Hause antrafen, merkten wir, wie unser Erscheinen offenbar einen Schock auslöste. Als wir ihn fragten, wo er sich in der vergangenen Nacht aufgehalten habe, schrie er uns an, ob wir sein

Familienleben zerstören wollen. Er sagte, er gebe zu, eine Freundin in Statzendorf besucht zu haben. Seine Frau habe aber von der Beziehung keine Ahnung.

Als ich auf die Arme von Habersatter blickte, bemerkte ich, dass er keine Armbanduhr trug.

Meine Kollegen brachten ihn aus der Wohnung und fuhren mit ihm auf die Dienststelle zur Vernehmung.

Ich fragte Frau Habersatter, die von unserer Amtshandlung offenbar auch geschockt war, wo ihr Mann seine Armbanduhr habe und wie diese aussehe. Sie erklärte mir, dass sie noch gar nicht bemerkte, dass ihr Gatte seine Uhr nicht trage. Die Armbanduhr habe sie ihm geschenkt und auf dem Zifferblatt ist eine Weltkugel zu sehen.

Ich freute mich schon insgeheim über die offensichtlich geklärten Einbrüche in unserem Bereich, da ich ja genau eine Armbanduhr mit der angegebenen Beschreibung auf dem letzten Tatort gesichert hatte. Ich fuhr nun auch auf die Dienststelle und wir begannen mit der Vernehmung. Habersatter leugnete entschieden, jemals einen Einbruch verübt zu haben und tischte mir auf, dass er seinen Pkw in einem Maisfeld versteckte und danach ein Lokal aufsuchte.

Meine Fragestellung, wie das Lokal innen aussehe, wer ihn bediente, welche Getränke er konsumierte, wie hoch die Zeche ausfiel und wie hoch die Anzahl der anderen Gäste war, brachte ihn nun völlig aus dem Konzept.

Er versuchte nun alle Fragen zu beantworten, was ihm natürlich nicht gelang. Denkt sich jemand seine Lügen erst während der Vernehmung aus, so können die einzelnen Antworten bald widerlegt werden. Ich durfte Habersatter nur keine Zeit zum Nachdenken geben und immer wieder neue Fragen aufwerfen.

Es dauerte zwar geraume Zeit, aber wenn jemand nicht völlig dumm ist, sieht er auch bald ein, dass genügend Beweise vorliegen, die ihn hinter Gitter bringen.

Schwer ist bei einem Geständnis natürlich die erste einer Serie von Straftaten zuzugeben. Hat sich der Täter überwunden, eine Tat zu gestehen, so werden die nachfolgenden Tathandlungen meistens ohne Zögern gestanden. Es kam auch immer wieder vor, dass einzelne Straftaten verschwiegen wurden, wo keine Beweise vorhanden waren. Die Täter glaubten, eine geringere Freiheitsstrafe zu bekommen, wenn die Anzahl nicht so hoch sei.

Diese Überlegung stimmte aber nicht, da eine Verurteilung wegen eines gewerbsmäßigen Deliktes erfolgte. Es war unerheblich, ob zehn oder fünfzehn Einbrüche verübt wurden, die Strafe wäre nicht höher ausgefallen.

Ich kann mich auch an Fälle erinnern, wo die Täter schon verurteilt wurden und ihre Haftstrafe bereits angetreten hatten. Als nachträglich Treffermeldungen von DNA-Spuren eintrafen und dadurch noch einige Delikte geklärt werden konnten, erhob der Staatsanwalt keine weitere Anklage, weil die Täter bereits wegen gewerbsmäßigen Einbruchsdiebstahls verurteilt worden waren.

In unserem Fall wurde vom zuständigen Staatsanwalt ein Haftbefehl beantragt und vom Richter antragsgemäß entschieden. Habersatter wurde in die Justizanstalt St. Pölten eingeliefert und anschließend wegen seiner Straftaten zu einer bedingten Haftstrafe verurteilt.

Ein besonderes Plus bei der Amtshandlung war, dass wir diesmal keinen Ausländer vor uns hatten und wir die Vernehmung ohne Dolmetsch durchführen konnten. In unserer Zeit eher eine seltene Ausnahme.

Die Graffiti- Sprayer

Es war am 3. November 2003, als fortlaufend Anzeigen über beschmutzte Hausfassaden bei uns einlangten. Mein Kollege Erich Polzer und ich fuhren in Hainfeld durch das Ortsgebiet und konnten das Ausmaß der Aktion wahrnehmen. Unbekannten hatten zahlreiche Fassaden, ein Kraftfahrzeug und Glascontainer mit schwarzer Farbe besprüht und bei den Bewohnern von zwei Straßen berechtigten Zorn und Entrüstung ausgelöst.

Solche Aktionen kannten wir von früheren Amtshandlungen, wo Betrunkene auf dem Nachhauseweg von einem Trinkgelage grundlos Sachen beschädigten. Einmal wurden die Autoantennen bei mehreren Fahrzeugen abgebrochen, die Rückspiegel verbogen und bei manchen Autos mit spitzen Gegenständen tiefe Kratzer auf der gesamten Fahrzeugseite verursacht.

Die Aufklärung ist bei solchen Delikten nicht immer einfach, da kaum Zeugen zu finden sind.

Die Täter sind sich ihrer Handlungen nicht bewusst und begehen die Straftaten aus Langeweile und Übermut.

Bei den geklärten Sachbeschädigungen, die vorwiegend von jungen Personen verübt wurden, beschäftigte ich mich auch mit den Lebensgewohnheiten der Straftäter.

Fast bei allen Personen konnte ich eine Übereinstimmung bemerken, die auf ein Überangebot an ungenützter Freizeit zurückzuführen war. Dazu kamen noch zahlreiche, oder ständige Gasthausbesuche nach der Arbeit, sofern überhaupt gearbeitet wurde.

Leute, die ihre Freizeit bei Vereinen, oder sozialen Körperschaften wie Feuerwehr oder Rotem Kreuz verbrachten, waren im Kreis dieser Tätergruppen nicht zu finden. Die überschüssigen Kräfte konnten dort geordnet abgebaut werden.

Jeder, der seine Freizeitgestaltung dem Zufall überlässt, für nichts Interesse zeigt und sich nicht weiter bilden möchte, zählt zu den gefährdeten Personen.

Bei den Ermittlungen bezüglich der beschmutzten Fassaden mussten wir einmal feststellen, aus welcher Richtung die Täter kamen. Dies konnten wir anhand der Spuren sehen.

Die Sprühaktion begann im Bereich der Bräuhausgasse in Hainfeld und endete auf der Wiener Straße. Dort wurden die schwarzen Linien der Ornamente immer schwächer. Die Lackdose dürfte in diesem Bereich leer geworden sein. Ein Glück für die Hausbesitzer der anderen Gebäude, sonst wären sie auch zum Kreis der Geschädigten dazu gekommen.

Bei solchen Delikten kann auch von einem gewissen Vorsatz ausgegangen werden, weil ja niemand in der Nacht mit einem Lackspray umherläuft, der nicht eine Sprühaktion vor hat. Aufgrund der großflächigen Beschmutzungen konnte auch davon ausgegangen werden, dass eine größere Menge schwarzer Farbe mitgeführt wurde.

Der angerichtete Schaden war enorm, da sich jedermann ausrechnen kann, wie hoch die Rechnung eines Malers ist, der eine Hausfassade neu streichen und ausbessern muss.

Da die Fassade des Hauses unseres damaligen Postenkommandanten auch zu den beschädigten Objekten zählte, standen mein Kollege und ich natürlich unter einem gewissen Erfolgszwang. Dazu möchte ich bemerken, dass wir natürlich auch bei Geschädigten, die nicht zur Personengruppe der Exekutivbeamten zählten, die gleichen Anstrengungen bei der Aufklärungsarbeit unternahmen.

Wir konzentrierten uns bei unseren Ermittlungen vorerst auf Gasthäuser und Einwohner der beiden Straßen. Bei der Hausbefragung konnten wir den Tatzeitpunkt festlegen. Zeugen hatten in der Nacht durch das geöffnete Schlafzimmerfenster die Unterhaltung von mehreren Personen gehört. Eine männliche Stimme gab einer anderen Person zu verstehen, dass sie mit dem Unsinn aufhören soll.

Erst durch unsere Ermittlungen bekamen die Wörter der nächtlichen Unterhaltung eine wichtige Bedeutung.

Die Gasthäuser hatten bereits einige Zeit vor der Tat geschlossen, so dass von Heimkehrern einer privaten Party, oder Feier auszugehen war.

Bald kamen wir auf einen Keller, wo Jugendliche am Wochenende ihre Freizeit verbrachten. Im angegebenen Personenkreis bekamen wir auch bald einige

Namen und wir knöpften uns die Burschen einmal vor.

Die ersten Einvernahmen brachten keinen Erfolg, da uns die befragten Leute emotionslos belogen. Sie gaben zwar zu, in der vergangenen Nacht im Keller gewesen zu sein. Bestritten aber jeglichen Zusammenhang mit den Sachbeschädigungen. Da der Zeitpunkt, wo die Gruppe nach Hause ging, mit dem Tatzeitpunkt genau übereinstimmte und auch der Weg genau über die beiden Straßenzüge führte, hatten uns die Jugendlichen offenbar bewusst angelogen.

Waren sie nicht die Täter, so hätten sie ihnen aber direkt begegnen müssen. Sie hatten aber auf dem Heimweg keine anderen Personen gesehen.

Wir begannen daher abermals von vorne und vernahmen die Burschen noch einmal. Jetzt endlich konnten wir einen Erfolg verbuchen. Von drei Jugendlichen war einer der Haupttäter und die beiden anderen kamen ungewollt zum Handkuss, weil sie in seiner Begleitung waren.

Alle drei Jugendlichen wurden angezeigt und dem Jugendamt gemeldet.

Mich störte nur, dass der Haupttäter keinerlei Reue zeigte. Er ärgerte sich vermutlich nur darüber, dass er erwischt und zur Verantwortung gezogen wurde.

Da ich gerade beim Vandalismus bin, möchte ich über eine andere Form, die schon mehrere Jahre zurück liegt, im nächsten Fall erzählen.

Eine gefährliche Aktion

In den Morgenstunden des 12. April 1982 bekam ich eine Anzeige, dass Unbekannte auf der Bundesstraße 18 in den Nachtstunden einen Kanaldeckel von der Fahrbahn ausgehoben und entfernt hatten.

Der Lenker eines Pkw bemerkte die Kanalöffnung in der Fahrbahn zu spät und fuhr mit dem rechten Vorderrad in das Hindernis.

Die Folge war eine gebrochene Halbachse und ein kaputtes Rad. Der Schaden betrug etwa 10.000,– Schilling und war für die damalige Zeit dem Durchschnittseinkommen nach eine schöne Summe.

Bei diesem Delikt handelte es sich nicht mehr um eine Sachbeschädigung, sondern um eine Gemeingefährdung. Nach den routinemäßigen Erhebungen in den Lokalen der Umgebung und nach der Befragung mehrerer Jugendlicher, bekam ich die Namen einiger Burschen, die mir bereits gut bekannt waren.

Solche Delikte werden immer wieder von der gleichen Personengruppe begangen. Wichtige Anhaltspunkte beim Täterprofil sind dabei: mangelnde Intelligenz und überdurchschnittliche Neigung zum Alkohol. Manchmal werden die beiden Untugenden auch noch von einer kräftigen Portion an Arbeitsscheue begleitet.

Diese Kriterien trafen bei meinen Kunden genau zu und führten in weiterer Folge zu einem Geständnis. Wenigstens bekam der geschädigte Autofahrer seinen Schaden am Fahrzeug ersetzt.

Es fragt sich nur, welche Folgen die Fahrt mit einem Motorrad gehabt hätte, wenn der Lenker mit dem Vorderrad in die Kanalöffnung gefahren wäre?

Der Spaß hört dort auf, wo der Schaden anfängt. Meistens sind die Täter sehr kleinlich, wenn ihnen ein Unrecht zugefügt wird. In den meisten gleichartig gelagerter Fälle herrschte in unseren Reihen eine gewisse Verwunderung, wie die Eltern der Täter die Straftaten ihrer Kinder hinnahmen. Von Einsicht und Rechtssinn keine Spur. Die Taten wurden auch nicht als schändlich empfunden und die Sprösslinge nicht gerügt. Ich hatte mehrmals den Eindruck, als hätten die Kinder durch ihre Taten das Ansehen in ihren Kreisen sogar gehoben. Solche Beobachtungen wurden natürlich nicht bei jeder Tat gemacht. Es gab auch Personen, die ihre Kinder in der nötigen Form rügten, aber das war eher die Ausnahme.

Ein gesundes Familienleben, eine ausgeglichene Freizeitgestaltung, ein guter Freundeskreis und die nötige Intelligenz sind die besten Bausteine für ein Leben, wo solche Taten nicht begangen werden.

Kleine Jugendsünden werden hier nicht zur Sprache gebracht und sind davon auch ausgenommen.

Ein gesunder Schabernack im Zustand des Übermutes begangen, wo kein Schaden entsteht und jemand auch kräftig lachen kann, sind Sachlagen, die einfach zum Leben gehören. Lustige Situationen können durch den nötigen Witz und gute Laune geschaffen werden.

Es braucht niemand das Eigentum eines anderen Menschen beschädigen, um eine einseitig humorvolle Lage zu schaffen.

Neue Bewaffnung

Wir führten bis zum 1. Juli 1993 bei schwereren Einsätzen und Alarmfahndungen den Karabiner M1 amerikanischer Bauart mit. Es handelte sich dabei um einen Militärkarabiner aus dem Zweiten Weltkrieg, der nur mit einer einfachen Visiereinrichtung ausgestattet war. Ein Präzessionschuss konnte mit dieser Schusswaffe nicht ausgeführt werden. Ein Jahr zuvor wurde unsere verwendete Maschinenpistole der Marke UZI durch die Maschinenpistole 88 ersetzt. Die israelische MP war in ihrer Handhabung sehr einfach und ebenfalls mit einer einfachen Visiereinrichtung ausgestattet.

Die neue MP hatte ein Zielfernrohr und war eine Schusswaffe von präziser Leistung. Mir gelang es auf 25 m aufgelegt hintereinander fünf Zwölfer zu schießen. Mit dieser Waffe war das aber keine überragende Leistung, da auch schlechte Schützen gute Erfolge beim Scheibenschießen erzielten.

Am 30. November 1993 wurde auch meine alte Dienstpistole M 35 durch die Glock 17 ersetzt.

Die M 35 war eine sogenannte Single Action und der Hammer musste vor dem ersten Schuss mit dem Daumen gespannt werden. Die dazu gehörende Pistolentasche war auch sehr unhandlich und pendelte beim Laufen hin- und her.

Denkbar ungünstige Voraussetzungen in einer Notwehrsituation.

Die neue Pistole gehörte sicherlich zu den besten Faustfeuerwaffen weltweit. Außerdem war die Tragevorrichtung ausgeklügelt und für ein schnelles Ziehen hervorragend geeignet. Die hervorragende Qualität der Pistole wird auch durch die Tatsache bestätigt, dass amerikanische Polizisten damit ausgerüstet wurden, obwohl in Amerika die nationale Waffenindustrie mit sehr starker Lobby vertreten ist.

Die positiven Eigenschaften der Pistole zeigten sich schon bei den ersten Schießübungen auf dem Schießplatz in Völtendorf. Obwohl ich schon immer mit Schusswaffen auch außerhalb meiner Dienstzeit Übungen vornahm, waren die Ergebnisse mit der alten Dienstpistole immer im Mittelfeld.

Die neue Pistole führte bei mir zu guten, bis sehr guten Ergebnissen. Die Ausbildung selbst hatte sich auch wesentlich gebessert. Wurden wir vorerst nur darauf trainiert, den Pappkameraden in die Beine zu schießen, so konnten wir jetzt auch gezielte Schüsse in Kopf- und Brustbereich anbringen, so wie dies bei Notwehrsituationen erforderlich ist.

Wir trainierten auch in St. Pölten, im Schießkino der Polizei, so wie wir dies vorher nur aus amerikanischen Filmen kannten. Jetzt konnten endlich praxisnahe Situationen eingespielt und unsere Reaktion darauf geschult werden.

Die Täter rüsteten ja ebenfalls auf und waren mit den modernsten Waffen ausgestattet. Waren Pfefferspray, Scanner und Funkgeräte früher nur der Exekutive vorbehalten, so sind diese Artikel für jedermann frei zu kaufen. Der digitale Polizeifunk kann derzeit jedoch von Unbefugten nicht mehr abgehört werden. Früher konnte sich jeder einen Funkscanner bei einem Versandhaus bestellen und unseren Funk abhören. Der Kauf eines Scanners war legal, nur das Abhören des Gendarmeriefunks war strafbar. Wer konnte dies schon überprüfen?

Manche Gauner hörten unseren Funk ab und wussten genau, wann wir zu einem Einsatz gerufen wurden.

Vorerst waren die Funkscanner in Österreich verboten und wurden aus Deutschland massenhaft zu uns geschmuggelt und zu stark überhöhten Preisen verkauft.

Der CB-Funk feierte auch seinen Einzug und jeder Fernfahrer war mit einem solchen Gerät ausgerüstet.

Bald hatten wir auch ein CB-Gerät im Streifenwagen und manche Aktionen danach waren heiter bis lustig.

Wir hörten nun mit, falls uns die Kapitäne der Landstraße verarschten und unsere Standorte anderen Kameraden funkten.

Einmal fuhr ich nachts eine Funkstreife und sah ein Schwerfahrzeug, das uns entgegen kam. Gleich darauf hörte ich im CB-Funk die Meldung: „Achtung, der Kojak fährt in Richtung Traisen.!"

Die Stimme im Funk klang sehr verändert und hatte eine Ähnlichkeit mit der eines Heurigengastes.

Ich wendete den Streifenwagen und der Lenker des Sattelfahrzeuges wurde kurz darauf angehalten.

Der durchgeführte Alkotest ergab einen Wert von zwei Promille und der Führerschein war für längere Zeit bei der Behörde.

Eine positive Nebenerscheinung der neuen Funkmanie. Bald sprach sich in den Fernfahrerkreisen herum, dass auch wir mit der Zeit gingen und die Funksprüche abhörten. Nach einiger Zeit mäßigten sich die Beschimpfungen über Funk und bald war auch diese Ära Geschichte. Selten sind die Funkgeräte geworden, da es ja die Handys gibt, die recht eifrig während der Fahrt genutzt werden.

Ich beobachtete den Lenker eines Sattelfahrzeuges, der während der Fahrt eifrig telefonierte und mit beiden Händen aufgeregt umher fuchtelte.

Er ließ dabei auch kurzfristig das Lenkrad aus und übersetzte die Kreuzung in Hainfeld, obwohl die Ampel schon längere Zeit Rotlicht zeigte. Der Mann hatte sein Umfeld offenbar nicht wahrgenommen und auch die Verkehrsampel nicht bemerkt.

Zum Glück herrschte zu diesem Zeitpunkt kein Querverkehr. Ein Verkehrsunfall wäre die Folge gewesen und jeder kann sich ausrechnen, wie die Folgen ausgesehen hätten, wenn ein Sattelschlepper mit 50 km/h seitlich in einen Pkw fährt.

Aber manche behaupten ja, es sei nicht gefährlich, während der Fahrt ohne Freisprecheinrichtung zu telefonieren.

Eine Leiche in der Wohnung

Bei einer Frau, die tot in ihrer Eigentumswohnung neben dem Bett liegend aufgefunden wurde, brachte erst die Obduktion Klarheit über ihren Tod.

Ihr Freund hatte uns alarmiert, da sie ihm die Türe nicht öffnete und der Schlüssel von innen angesteckt war. Läuten und Klopfen brachten keinen Erfolg, so dass ein Unglück befürchtet wurde.

Wir ließen die Eingangstür von einem Schlosser öffnen und fanden die Leiche der Frau im Schlafzimmer auf dem Boden liegend vor. Die Frau war mit ihrer Unterwäsche bekleidet und das Bett schien benützt worden zu sein.

Der Gemeindearzt wurde gerufen, konnte sich aber auf die Todesursache nicht festlegen. Leichenflecken waren vorhanden und die Totenstarre bereits voll ausgeprägt. Nach den Umständen, lag bei der Todesursache vermutlich kein Fremdverschulden vor. Der plötzliche Tod gab jedoch Rätsel auf, die geklärt werden mussten.

Wenn auch die Sperrverhältnisse den Beweis erbrachten, dass sich zum Zeitpunkt des Todes nur die Wohnungsinhaberin selbst in der Wohnung befunden hatte, so gibt es aber auch Todesursachen, die durch früher begangene Handlungen hervorgerufen worden sein konnten.

Ich denke dabei an die Einnahme von giftigen Substanzen, Pilzen und dgl., wo der Tod verspätet und nicht am Tatort eintritt.

Der zuständige Staatsanwalt beantragte jedenfalls eine gerichtliche Obduktion, die damals in der Leichenhalle des Friedhofes durchgeführt wurde.

Ich hatte den Fall aufgenommen und wohnte der Leichenöffnung bei. Auch für den ermittelnden Beamten ist die Obduktion eine wichtige Maßnahme, um die Todesursache zu klären.

Der Leiter des Gerichtsmedizinischen Institutes in Wien sagte mir einmal: „Wenn alle Leute, die umgebracht wurden, auf dem Friedhof schreien würden, gäbe es auf jedem Friedhof ein Schreikonzert."

Er meinte damit, dass zahlreiche ältere Menschen von ihren Angehörigen, oder Erben mit einfachen Mitteln ins Jenseits befördert werden. Bei alten und kranken Menschen, die zu Hause sterben, stellt der Gemeindearzt die Todesursache fest und vermerkte diese im Totenschein. Niemand machte sich Gedanken, wenn jemand mit 80 oder 90 Jahren tot im Bett aufgefunden wurde. Falls die Erben den Tod der Tante, oder eines anderen Angehörigen beschleunigten, indem sie die Atemwege verschließen, bleibt dies zumeist unentdeckt.

Vor Jahrzehnten sorgten Vorfälle in einem Krankenhaus, wo Patienten von Krankenschwestern brutal ermordet wurden, für Schlagzeilen in den Medien.

Eine Schwarze Witwe bediente sich vor mehreren Jahren ähnlicher Methoden und beförderte einige ihrer Mitmenschen vom Leben in den Tod. Erst nach einer bekannt gewordenen ungenauen Opferzahl konnte der Dame das Handwerk gelegt werden.

Ich sah damals, als die schwarze Witwe bereits verstorben war, eine Fernsehsendung, wo der Anwalt der Täterin über seine Mandantin sprach. Was mich an der Sendung erschütterte, war die Tatsache, dass der Advokat von der verurteilten Täterin ein Charakterbild darstellen wollte, als würde es sich um Mutter

Therese handeln. Er pries die guten und fürsorglichen Eigenschaften, die Opferbreitschaft und die Großzügigkeit der Frau zu diversen Nachbarn an.

Ein Frevel an der Gesellschaft, welche die Medien verbreiteten. Die Angehörigen der Opfer wurden in dieser Sendung nicht befragt und kamen nicht zu Wort. Es wäre sicherlich für die Zuseher interessant gewesen, wie die Angehörigen mit den schweren Schicksalsschlägen fertig wurden. Immerhin wurden ihre Angehörigen auf sehr hinterlistige Weise umgebracht und auch beerbt.

Böse Zungen behaupten, die Täterin hätte ihre Anwälte mit dem Geld der getöteten Opfer bezahlt. Legende, oder Wahrheit? Wer kann dies noch beurteilen?

Nun aber wieder zum vorliegenden Fall: Der Tag der Obduktion kam und der Gerichtsmediziner ließ sich den Brust- und Bauchraum der Leiche von seinem Gehilfen öffnen und die entnommenen Organe zeigen. Eine Todesursache konnte vorerst nicht ermittelt werden. Nun öffnete der Prosekturgehilfe den Schädel und kurz darauf war das Rätsel gelöst. Im entnommenen Gehirn, wo auch für einen Polizisten ohne medizinische Ausbildung eine massive Gehirnblutung wahrgenommen werden konnte, war deutlich dickflüssiges, geronnenes Blut zu sehen.

Es handelte sich daher um einen Tod ohne Fremdverschulden. Der Obduktionsbefund und ein Bericht wurde der Staatsanwaltschaft vorgelegt und die Leiche anschließend zur Beerdigung frei gegeben.

Eine antike Bestimmung, die von Maria Theresia verordnet und noch heute ihre Gültigkeit hat, möchte ich an dieser Stelle noch einflechten.

Nach dieser Verordnung, die bisher unerklärlicherweise noch nicht novelliert wurde, sind die Gerichtsmediziner und ihre Helfer nach einer Obduktion von der Gemeinde mit Speisen und Getränken zu versorgen.

Diese Bestimmung verweist darauf, dass bei Obduktionen oft gebrannte Getränke konsumiert wurden, um den Ekel und den Geruch, der bei alten oder verwesten Leichen vorhanden war, einigermaßen zu verdrängen.

Zu früheren Zeiten wurden Obduktionen oft unter unwürdigen Umständen vorgenommen. So sind Leichen schon mal auf einer ausgehängten Tür der Leichenhalle geöffnet worden. Ein Kühlsystem in den Leichenhallen war zu früheren Zeiten unbekannt und im Sommer konnte bereits nach wenigen Tagen ekelerregender Verwesungsgeruch von einer Leiche aus gehen. Der Gestank wurde noch verschärft, wenn der Brust- und Bauchraum geöffnet wurden.

Manche Leute können keine Leichen ansehen und manche müssen sich übergeben, wenn sie der ersten Obduktion beiwohnen. Das kommt aber auch bei Medizinstudenten vor und deshalb braucht sich niemand deswegen zu schämen. Manche gewöhnen sich an den Anblick und manche müssen auf Raten hinsehen und sich die Nase zuhalten, wenn der Obduzent mit seiner Arbeit beginnt.

Personen mit schwachen Magennerven werden von den Gerichtsmedizinern besonders behandelt und sie führen ihre Tätigkeiten mit großer Sorgfalt und Genauigkeit durch. Manchmal spritzen dabei die Körperflüssigkeiten der Leiche auf den sensiblen Beobachter.

Mir wurde dies von einem Mediziner auch einmal vorgeführt, als ich die Nase rümpfte und er ein Ekelgefühl bei mir zu sehen glaubte. Er warf die Leber der Leiche aus einiger Entfernung auf das Brett, welches auf den Beinen lag und der Saft spritzte auf mein Gesicht. Der Mediziner entschuldigte sich sofort, aber an seinem breiten Grinsen konnte ich mir ausmalen, dass der Leberwurf eine gewollte Aktion war.

Österreich hat im Fachgebiet der Gerichtsmedizin weltweit einen erstklassigen Namen. Personen wie Holczabek, Breitenecker, Bankl und Breitler sind allen Polizeibeamten ein Begriff. Prof. Dr. Breitler ist ein Koryphäe auf seinem Gebiet. Bei den meisten großen und spektakulären Mordfällen wurde er als medizinischer Sachverständiger zu Gericht berufen. In manchen Fernsehsendungen erklärte er sein Fachwissen und sagte humorvoll zu den Zuhörern im Institut neben dem Obduktionstisch: „Aufbrochen bist boid!"

Der Beruf eines Gerichtsmediziners ist sehr anspruchsvoll, erfordert genaueste Arbeit und hat einen mystischen Charakter.

Verkehrsunfall mit tödlichem Ausgang

Anfangs meiner Dienstzeit konnte ich im Bezirk Baden einer Obduktion beiwohnen, die ebenfalls sehr interessant war. Ich hatte in Günselsdorf einen Verkehrsunfall aufgenommen. Ein betrunkener Fahrzeuglenker stieß mit seinem Pkw gegen einen Alleebaum. Der Lenker und sein ebenfalls betrunkener Beifahrer wurden bei dem Unfall verletzt. Der Beifahrer beschimpfte die herbeigerufenen Rettungsleute und mich auf sehr ordinäre Weise und schien nur geringfügig verletzt worden zu sein.

Solche Vorfälle waren bei Verkehrsunfällen, wo der Verletzte alkoholisiert war, keine Seltenheit. Es kam anschließend öfters vor, dass ich als Rettungssanitäter oder Gendarm von Personen beschimpft wurde, denen ich helfen wollte.

Kurz nach seiner Einlieferung in das Krankenhaus rief mich ein Arzt der Unfallaufnahme an und teilte mir mit, dass der Beifahrer soeben verstorben sei.

Eine Obduktion wurde vom Gericht angeordnet, weil für ein Strafverfahren die Todesursache von wesentlicher Bedeutung war.

Es hätte ja sein können, dass der Mann beim Verkehrsunfall verletzt wurde und anschließend an einem Herzinfarkt verstorben war.

Die Obduktion wurde in der Prosektur des Krankenhauses Baden durchgeführt. Nach Entnahme sämtlicher Organe zeigte mir der Gerichtsmediziner die Aorta der Leiche. Ein zirka 3 cm langer Riss war deutlich zu erkennen, wenn man oberhalb und unterhalb leicht an der Hauptschlagader zog. Innerlich war ebenfalls eine deutliche Blutung im Brustraum zu sehen. Der Mediziner erklärte, dass derartige Verletzung von einem starken Anprall hervorgerufen werden und zum innerlichen Verbluten führen.

Der Obduzent ließ mich auch am entnommenen Gehirn riechen und ich konnte deutlichen Alkoholgeruch wahrnehmen.

Zum Zeitpunkt des Verkehrsunfalls im Jahre 1976 gab es in den Fahrzeugen noch kein ABS, keine Sicherheitsgurte oder Airbags. Nach reinen Erfahrungswerten hätte dieser Verkehrsunfall mit den Sicherheitsausrüstungen eines Pkws der heutigen Zeit sicherlich nur leichte bis mittelschwere Verletzungen für die Insassen zur Folge gehabt.

Ich wurde zu zahlreichen tödlichen Verkehrsunfällen in meiner Eigenschaft als Exekutivbeamter und auch als Rettungssanitäter des Roten Kreuzes, wo ich mehr als 30 Jahre ehrenamtlich Dienst verrichtete, gerufen. Zahlreiche Fahrzeuginsassen könnten mit Sicherheit noch leben, wenn sie angeschnallt gewesen wären. Die Gurtenpflicht ist meiner Ansicht nach einer der wichtigsten Bestimmungen des Kraftfahrgesetzes, da es wirklich Leben rettet.

Man fragt sich nur, warum so viele Personen auf einen so wichtigen Lebensretter verzichten. Es gibt keinen Rennfahrer oder Rallyefahrer, die sich nicht angurten, wenn sie ins Auto steigen. Bequemlichkeit und Gedankenlosigkeit haben manchen Leuten bereits das Leben gekostet.

Die Ausreden mancher Autofahrer, ihr Freund sei bei einem Verkehrsunfall ertrunken, oder in seinem Fahrzeug verbrannt, weil er angegurtet war, sind freie Erfindungen und Ausreden. In meiner Dienstzeit als Gendarm und als Rettungssanitäter ist mir kein einziger Unfall bekannt, wo der Gurt zum Tode geführt hätte. Vielleicht gibt es solche Unfälle in sehr, sehr geringer Anzahl.

Es ist ja auch noch niemand eingefallen, die Kreuzung bei Rotlicht zu übersetzen, weil der Freund einen schweren Verkehrsunfall hatte, als er bei Rot anhielt und ein nachfolgendes Fahrzeug auffuhr, oder auf der Autobahn grundsätzlich auf der linken Richtungsfahrbahn zu fahren, um einen Frontalzusammenstoß mit einem Geisterfahrer zu vermeiden, so wie dies einem Freund passiert war.

Würde jemand eine Person vor die Entscheidung stellen, eine von zwei Brücken zu wählen, die über eine Schlucht führen, so kann sich jeder selbst das Ergebnis ausmalen.

Eine Brücke würde die Belastung zu 30% aushalten und die andere zu 75%. Für welche Brücke entscheidet sich die Person?

Erlebnisse auf der Straße

Natürlich möchte ich auch über einige lustige Erlebnisse im Verkehrsdienst berichten:

Eine Sektorstreife fährt im Winter nachts auf der Bundesstraße 18 von Hainfeld in Richtung Gerichtsberg. Vor dem Dienstfahrzeug fährt ein VW-Bus in Schlangenlinie. Die Beamten überholen und führen eine Anhaltung durch. Da der Lenker vom Alkohol gezeichnet ist wird er zum Alkotest aufgefordert. Der Beifahrer, ebenfalls stark alkoholisiert, beginnt vom Beifahrersitz aus, die Beamten zu beschimpfen. Er sieht überhaupt nicht ein, dass der Lenker nun einen Alkotest vornehmen soll, da er ja kein Verbrecher sei. Während des Schimpfens öffnet der Beifahrer die Wagentür und verstummt sofort danach.

Der Grund dafür war folgender:

Der Lenker hielt auf der schneebedeckten Fahrbahn sehr weit rechts am Fahrbahnrand an. An die Straße grenzte ein steil abfallender Abhang. Als der Beifahrer das Fahrzeug verließ, stieg er ins Leere und purzelte den Abhang hinunter. Als er durch den tiefen Schnee auf allen Vieren wieder auf die Straße kroch, hatte er sich weitgehend beruhigt.

Ein weiteres lustiges Erlebnis war folgende Verkehrskontrolle

Mein Kollege hielt eine junge Mofa-Lenkerin an. Die routinemäßige Amtshandlung folgte. Nach Kontrolle der Fahrzeugpapiere, beanstandete der Kollege den lauten Auspuff. Er sagte zur jungen Dame, dass das Moped aber schön laut sei und stellt sich neben die Lenkerin, die noch auf dem Fahrzeug saß. Der Kollege dreht mit einer Hand am Gasgriff, um den Geräuschpegel bei höherer Drehzahl zu hören. Ihm war offenbar nicht bewusst, dass es sich um ein mit Riemenantrieb stufenlos beschleunigendes Kraftfahrzeug handelte.

Als er am Gasgriff drehte, setzte sich das Moped sofort in Bewegung und mein Kollege rannte neben dem Fahrzeug her. Die Lenkerin hielt sich am Lenker fest und strampelte mit. Kurz vor dem Straßengraben konnte das Gefährt anhalten. Ein Gelächter auf beiden Seiten war nicht zu überhören. Die Mopedfahrerin ersparte sich aufgrund des leichten Missgeschicks aber eine Strafe.

Auch solche lustigen Begebenheiten gehören zum Alltag und lockern den Dienstbetrieb etwas auf.

Diebstahl durch Arbeitnehmer

Ich hatte in meiner Dienstzeit mehrere schwere Straftäter, die sich so freundlich und gesprächsbereit erwiesen, dass wir einmal die Schuhe eines Beamten verschenkten, da der Täter sehr schlechtes Schuhwerk anhatte. Ein anderes Mal rief ich den Direktor einer großen Fabrik an und ersuchte ihn, den Arbeiter, der eine geringe Menge an Baumaterial von der Firma gestohlen hatte, nicht zu entlassen.

Der Mann hatte drei Kinder und eine Ehefrau zu versorgen und sein Einkommen war ebenfalls sehr gering. Ich hatte mit meiner Intervention leider keinen Erfolg, da der Firmendirektor sagte, er müsse den Mann alleine aus Abschreckung für andere Arbeiter entlassen, da schon zahlreiche Dienstgeberdiebstähle verübt wurden, die nicht geklärt werden konnten.

Leider konnte ich in diesem Fall dem Arbeiter nicht helfen und der Firmenchef betrachtete es als sehr edel von mir, dass ich mich für den Arbeiter einsetzte. Nicht immer ist ein beruflicher Erfolg auch mit der nötigen Freude verbunden.

Der Fall selbst begann eigentlich sehr interessant. Ich machte zu diesem Zeitpunkt in Traisen Dienst, als ich abends von einem unbekannten Anrufer die Mitteilung bekam, es würde gerade am Zaun der Firma Weiler ein VW-Bus mit Ware beladen. Der Hinweisgeber nannte auch das Kennzeichen des Tatfahrzeuges.

Als ich mit dem Dienstwagen an der angegebenen Stelle eintraf, war kein VW-Bus zu sehen.

Ich streifte danach durch die Stadt und bemerkte das gesuchte Fahrzeug anschließend auf dem Parkplatz eines Gasthauses.

Im unverschlossenen Laderaum des VW fand ich verschiedene Eisenteile die offenbar vom Lager der Fabrik stammten. Ich stellte meinen Dienstwagen in einiger Entfernung in eine Seitengasse, ging zum VW-Bus und setzte mich in den Laderaum. Nach einiger Zeit bestiegen zwei Männer den Bus und als das Kraftfahrzeug gestartet wurde, klopfte ich an die Scheibe der Trennwand. Beide Personen waren über mein Erscheinen natürlich sehr erschrocken und gaben sofort zu, die Eisenteile aus der Firma gestohlen zu haben.

Der Beifahrer arbeitete in der Fabrik und legte sich die Eisenteile während der Arbeit im Bereich des Zaunes zum Abholen bereit. Der Freund von ihm fuhr bei Dunkelheit mit ihm zum Zaun und holte das Diebesgut ab. Ein eher kleineres Delikt mit sehr großen Folgen, die auch die Familie zu tragen hatte. Jeder, der eine Straftat verübt denkt natürlich nicht, dass er erwischt wird. Deshalb macht er sich über die Folgen auch keine Gedanken. In diesem Fall erhielt der Täter seitens des Gerichtes nur eine geringfügige Strafe. Die wirkliche und bedeutende Strafe war der Verlust des Arbeitsplatzes.

Solche Straftaten werden auch oft als Kavaliersdelikte angesehen und der verursachte Schaden ist in den Fabriken oft sehr hoch, weil manche Leute glauben, es sei nichts Schlechtes, wenn geringe Mengen an Material mitgenommen werden, die man zu Hause benötigt. Die Menge macht den Schaden, wie ich in späteren Fällen belegen werde. Manche

Täter entschuldigten ihre Tat auch mit der Begründung, sie wären schlecht bezahlt, die Firma würde ihnen sowieso Geld schulden und der Firmenchef sei reich genug, um solche geringen Geldeinbußen zu verkraften.

Pkw Einbruch 1993

Ein Autobesitzer erstattete die Anzeige, dass in seinen Pkw eingebrochen und das Autoradio gestohlen worden sei.

Bei Besichtigung des Tatortes konnte festgestellt werden, dass die Täter die Seitenscheibe des Fahrzeuges zertrümmerten und so in den Innenraum gelangten.

Ein Routineeinsatz, wo die Tatortarbeit bald abgeschlossen war, da es keine verwertbaren Spuren gab. Das Autoradio fehlte und die Anschlusskabel hingen aus der Ausnehmung im Armaturenbrett.

Die Sache wäre bald erledigt gewesen, doch der Anzeiger gab uns einen Hinweis auf die Täter. Er sagte, er habe den Einbruch vom Fenster seines Wohnhauses aus beobachtet. Sein Fahrzeug war neben der Bundesstraße in einiger Entfernung geparkt. Als er zu seinem Pkw eilte, sah er gerade noch, wie die Täter in Richtung Berndorf davon fuhren. Er habe sich aber Fahrzeugtype, Farbe und Kennzeichen gemerkt.

Solche Hinweise bekamen wir nur sehr selten und wir freuten uns natürlich sehr, da ein wichtigster Ermittlungsansatz gegeben schien.

Da es sich beim Täterfahrzeug um einen Pkw mit bulgarischen Kennzeichen handelte, gaben wir eine Fahndung an alle Grenzübergänge durch. Computer hatten wir zu dieser Zeit noch nicht und die Grenzübergänge wurden noch vom Beamten kontrolliert.

Einige Stunden nach der Anzeige bekamen wir von Beamten eines Grenzüberganges nach Ungarn einen Telefonanruf. Der Kollege teilte uns mit, dass das gefahndete Fahrzeug angehalten und genauestens untersucht wurde. Das gestohlene Autoradio konnte jedoch nicht aufgefunden werden.

Die zwei Fahrzeuginsassen wurden vorläufig festgenommen und von meinen Kollegen zur Einvernahme abgeholt.

Ein Fahrzeuginsasse war Lehrer und teilte uns bei der Einvernahme mit, dass er mit seinem Freund nach Österreich gekommen war, um ein Auto zu kaufen. Er bestätigte auch, dass der von ihnen verwendete Pkw neben der B 18 parkte. Die Fahrzeuginsassen verbrachten die ganze Nacht im Pkw und schliefen, da sie sich die Kosten für ein Zimmer im Gasthaus sparen wollten.

Da die Angaben auch glaubwürdig klangen und die Bulgaren von ihrem Erscheinungsbild nicht zu den typischen Kleinkriminellen ohne Beschäftigung zählten, begannen wir genauer zu recherchieren.

Die Pässe von Kriminaltouristen waren auf allen Seiten mit Ein-und Ausreisevermerken gepflastert. Diese Merkmale konnten wir in den Pässen der Angehaltenen nicht feststellen und das Diebesgut, das Autoradio, fehlte ja ebenfalls.

Wir gingen der Aussage des Geschädigten anschließend genau nach und konnten einige Besonderheiten feststellen. Der Anzeiger hatte einem Freund vormittags vom Autoeinbruch erzählt. Als Tatzeitpunkt nannte er uns bei der Vernehmung aber die Nachmittagsstunden.

Die Bulgaren verbrachten ihren Angaben nach die Nacht im Auto und fuhren danach von Hainfeld fort, um bei Autohändlern nach einem geeigneten Kaufobjekt Ausschau zu halten.

Hätte es sich bei den Bulgaren tatsächlich um die Täter gehandelt, so wären die Angaben von ihnen sicherlich gelogen gewesen. Bei allen Ermittlungen müssen aber die Aussagen von allen Beteiligten überprüft und ernst genommen werden.

Die Kollegen besichtigten den Tatort genau und widerlegten die Aussage des Autobesitzers, wo er bei seiner Einvernahme auf dem Gendarmerieposten behauptet hatte, er habe vom Fenster des Hauses aus den Tatvorgang beobachtet.

Von keinem Fenster des Hauses konnte der Tatort eingesehen werden. Nun nahm ich mir den Herrn etwas genauer vor und hielt ihm die Ermittlungsergebnisse vor. Er leugnete nur kurz und gab dann zu, er habe die Scheibe seines Pkw selbst eingeschlagen und sein Autoradio ausgebaut und an einem weit entfernten Ort entsorgt. Er wollte einen Versicherungsbetrug begehen und sich mit dem Geld der Kaskoversicherung ein neues Autoradio kaufen.

Als er sein Haus morgens verließ und zu seinem Fahrzeug ging, bemerkte er den bulgarischen Pkw. Nun kam er auf die Idee, den Fahrzeuginsassen den fingierten Autoeinbruch in die Schuhe zu schieben.

Niemand braucht einen Exekutivbeamten in seinen Fähigkeiten überschätzen. Ein Fehler ist aber auch, unsere Tätigkeiten und Dienstauffassung zu unterschätzen, wie in diesem Fall.

Hier hatten wir ein bescheidenes Erfolgserlebnis und ein großes Lob von den Bulgaren, die uns mitteilten, dass die österreichische Gendarmerie sehr korrekt arbeite.

Ich konnte dem Geschädigten, der jetzt zum Täter geworden war, überreden, den Bulgaren als Entschädigung für ihre Unannehmlichkeiten und für die Stunden ihrer Festnahme eine Jause zu finanzieren. Der Mann war zwar nicht gut bei Kasse, da er ja sonst auch ein neues Autoradio gekauft hätte und nicht auf eine solche Torheit gekommen wäre, lud die Touristen aber auf Bier und Würstel ein.

Ein nicht alltäglicher Fall aus dem Alltagsleben eines Beamten.

Der Billa-Einbrecher

Ich fuhr mit meinem Kollegen Herbert Traxler eine Funkstreife, als wir über Funk die Meldung bekamen, dass in Tausendblum gerade ein Alarm von der Billa-Filiale eingelangt sei.

Da der Alarm nachts ausgelöst wurde, konnte von einem Einbruch ausgegangen werden. Einer der zahlreichen Fehlalarme bei manchen Objekten ließ zwar immer wieder die Vermutung zu, dass kein echter Einsatz zu erwarten ist, aber grundsätzlich mussten wir immer von einem echten Alarm aus gehen.

Obwohl der Zielort in einem anderen Bezirk lag, sagten wir sofort unsere Unterstützung zu. Es konnte ja auch sein, dass ein Täterfahrzeug in unsere Richtung kommen würde.

Ich fuhr also einsatzmäßig bis zur Billa und schaltete kurz vorher das Blaulicht ab. Über Funk hatten wir bereits erfahren, dass tatsächlich ein Einbruch verübt wurde und ein Täter zu Fuß geflüchtet sei.

Bei unserem Eintreffen befanden sich bereits mehrere Kollegen am Tatort.

In den 80er Jahren war es keine Selbstverständlichkeit, einen Diensthund zu bekommen, um eine Tätersuche zu beginnen. Auch wir bekamen keine positive Mitteilung, dass ein Helfer mit der kalten Schnauze zur Verfügung stünde. Eine Privatperson trug sich mit ihrem Schäferhund an, uns bei der Fahndung zu unterstützen.

Wir suchten mehr als zwei Stunden in der Umgebung, wo der Täter im Wald verschwunden war. Natürlich hatten wir keinen Erfolg, da in der Nachtzeit eine Hundertschaft und mehr für eine derartige Fahndung gebraucht worden wäre.

Wir trafen uns anschließend auf dem Gendarmerieposten zu einer Besprechung, tranken Kaffee und machten uns anschließend auf den Heimweg. Ich dachte bereits an meinen bevorstehenden Urlaub in Kroatien und freute mich, dass ich in einigen Tagen bereits am Meer liegen würde.

Bei der Heimfahrt machte ich mir aber Gedanken, wie der Täter zum Tatort gekommen war. Hier gab es natürlich mehrere Möglichkeiten. Er könnte in Tatortnähe wohnen und zu Fuß gekommen sein. Es könnte einen Mittäter geben, der nicht gesehen wurde und der ihn zum Tatort brachte. Es schien aber auch die Wahrscheinlichkeit gegeben, dass der Täter selbst mit einem Fahrzeug gekommen war, dieses in Tatortnähe abstellte und nach seiner Flucht nicht mehr in Betrieb nehmen konnte.

Ich fuhr also nochmals alle Seitenstraßen im Bereich der Billa ab und schaute mir die geparkten Fahrzeuge genau an.

Plötzlich gab es mir einen kräftigen Stich. Ich bemerkte einen geparkten Pkw mit steirischen Kennzeichen am Fahrbahnrand.

Ich hielt sofort an und mein Kollege und ich besichtigten den Pkw genau.

Der Zündschlüssel steckte im Zündschloss, im Kofferraum lag eine Werkzeugtasche, woraus das Werkzeug entnommen war und im Handschuhfach befand sich der Entlassungsschein einer Haftanstalt in Graz.

Da wir auf dem Tatort zahlreiche Werkzeuge fanden, die der Täter auf seiner Flucht zurück gelassen hatte, war uns sofort klar, dass wir das Täterfahrzeug gefunden hatten.

Ich öffnete den Motorraum und nahm die Kerzenschuhe von den Zündkerzen. Danach verständigte ich über Funk die zuständigen Kollegen und die legten sich mit einem Privatfahrzeug auf die Lauer.

Wie ich später erfuhr, kam der Täter nach etwa einer Stunde zu seinem Fahrzeug zurück und versuchte vergeblich zu Starten.

Während der Startversuche kamen die wartenden Kollegen und nahmen den Mann fest. Er ging wieder in die Strafanstalt, aus der er kurz vorher wegen ähnlicher Straftaten in Haft war.

Diesmal war das Glück auf unserer Seite und ich freute mich über den Erfolg. Mein Urlaub konnte nun ungehindert und mit guter Laune beginnen.

Bei der Besichtigung eines Tatortes ist das Umfeld von großer Wichtigkeit. Jeder Täter kommt auf irgendeine Art zum Tatort. Manchmal wird ihm diese Vorgangsweise zum Verhängnis.

Ladendiebe aus Polen

Es war in der Vorweihnachtszeit 1993 als mein Kollege und ich im Funk eine Fahndung mithörten. Es handelte sich um einen Pkw mit polnischen Kennzeichen, dessen Insassen in Wilhelmsburg bei Ladendiebstählen beobachtet wurden. Die Fluchtrichtung des Fahrzeuges war Traisen.

Norbert Böckl und ich eilten zum Streifenwagen und wir hatten vor, bis Traisen zu fahren und darauf zu achten, ob uns das Fahrzeug entgegen kommt. Sollten wir bis Traisen keinen Erfolg haben, so wollten wir die Parkplätze aller Einkaufsmärkte beobachten, ob der Pkw wegen einer neuerlichen Tathandlung dort parkte.

Wir fuhren bereits in St. Veit, als uns das Fahrzeug entgegenkam. Wir wendeten und hielten den Pkw bei der westlichen Ortsausfahrt an. Im Fahrzeug befanden sich zwei Männer und zwei Frauen. Wir ließen zuerst die Männer aussteigen und einer von uns sicherte mit gezogener Pistole. Nachdem wir die beiden Männer mit dem Oberkörper unsanft auf die Motorhaube gedrückt und die Handschellen angelegt hatten, ersuchten wir über Funk um Verstärkung, die bald darauf eintraf.

Bei der anschließenden Durchsuchung des Fahrzeuges bestärkte mich der Griff unter den Fahrersitz bei meiner vorsichtigen Vorgangsweise bei Lenkerkontrollen. Wie schon bei zahlreichen vorangegangenen Durchsuchungen zog ich ein scharf geschliffenes Jagdmesser hervor. Der Lenker hatte es mit Sicherheit nicht für den Zweck dort abgelegt, dieses nur zum Schneiden von Wurst zu verwenden.

Bei Verkehrskontrollen und Fahndungen stellte ich mich immer etwas abseits hinter dem Lenker, oder bei der Beifahrerseite auf. Sollte ein Messerangriff erfolgen, so konnte ich noch rechtzeitig Gegenmaßnahmen ergreifen.

Bei Lenkern aus Osteuropa gehörte das Messer unter dem Sitz zur Standardausrüstung eines Fahrzeuges, wie bei uns das Pannendreieck.

Im Kofferraum lagen zahlreiche Artikel, die von verschiedenen Ladendiebstählen stammten. Aufgrund des Diebesgutes konnten wir die Diebestour der zwei Pärchen bis in den Raum St. Pölten zurück verfolgen.

Bei den Tätern handelte es sich um polnische Zigeuner, die aufgrund ihrer Reisepasseintragungen dauernde Grenzübertritte durchführten. Da keiner der Polen einer Beschäftigung nachging, kann sich jeder ausrechnen, womit der Lebensunterhalt finanziert wurde.

Auf der Dienststelle wurden auch die beiden Frauen von unserer Reinigungsfrau einer Personsdurchsuchung unterzogen. Die beiden Ausländerinnen trugen unter ihren langen Röcken sogenannte Zigeunerschürzen. Diese bestanden aus Polsterüberzügen, die oben offen und mit einer Schnur versehen waren. Eine durchaus übliche Ausstattung von Berufsdieben. Die Täterinnen stellen sich nahe vor das Verkaufsregal, heben ihre langen Röcke und lassen die Ware in den Schürzen verschwinden. Anschließend werden die Röcke wieder nach unten gelassen. An der Kasse wird in den meisten Fällen keine Ware auf das Band gelegt, oder es werden Artikel von bis zu einem Euro gekauft.

Als wir den Frauen die Verwendung der Zigeunerschürzen vorhielten, begegneten sie dieser Feststellung sehr gelassen. Eine der Täterinnen sagte, die Schürze trage sie aus Tradition. Diese Aussage wertete ich nicht als Lüge. Wahrscheinlich stammte sie aus einer traditionellen Diebesdynastie.

Der Schaden durch solche Diebesbanden geht jährlich in die Millionen, die anständigen Kunden bei den Preiskalkulationen aufgerechnet werden.

Eine der Frauen war bereits in Deutschland nach der gleichen Gesetzesstelle verurteilt worden.

Ich freute mich nur, dass die vier Rumänen bis nach Weihnachten in Untersuchungshaft saßen.

Ich vermute, dass sie nach ihrer Haftentlassung ihrem alten Berufsstand wieder die Ehre erwiesen, da sie ja nichts Anderes gelernt hatten.

Der Kinderschänder

Im Juli 1999 bekam ich die Anzeige von einer Mutter, dass zwei Mädchen im Alter von 6 und 8 Jahren von einem Mann in den Wald gelockt und dort sexuell missbraucht worden waren.

Bei solchen Delikten schrillen im Kopf eines Beamten die Alarmglocken. Solche Delikte sind für jedermann abstoßend und für die Kinder grausam und immer mit einem Trauma verbunden.

Ich begann sofort mit den Ermittlungen und führte im gesamten Bereich des Tatortes eine Hausbefragung durch.

Da die Tat an einem heißen Sommertag verübt wurde, konnten den Täter mehrere Frauen wahrnehmen und ich bekam eine gute Personsbeschreibung. Ich erhielt auch den Hinweis, dass der verdächtige Mann eine Vespa mit wiener Kennzeichen benützte. Leider gingen bei der Kennzeichenbeschreibung die Zeugenaussagen weit auseinander. Eine Zeugin glaubte ein rotes Mofakennzeichen gesehen zu haben und die andere ein weißes Motorradkennzeichen.

Die Kinderbefragung führte eine Kollegin der Kriminalabteilung gemeinsam mit der Mutter durch. Die Befragungen gestalteten sich äußerst schwierig, da die Mädchen natürlich nicht genau beschreiben konnten, was ihnen der Täter tatsächlich angetan hatte.

Eine ähnliche Straftat wurde einige Zeit davor im angrenzenden Bezirk an einem Buben verübt.

Die Lehrer der Schulen und zahlreiche Eltern verfolgten die Presseberichte mit großer Sorge. Wir erhielten zahlreiche Anrufe und wurden ersucht, den Schulweg verstärkt zu überwachen. Natürlich nahmen wir die Sorgen der Eltern sehr ernst, da ja jeder von uns auch Kinder hatte.

Ich war durch den Fall so aufgebracht, dass ich auch in meiner Freizeit daran arbeitete. Hier stand die Aufklärung und nicht die Bezahlung von Überstunden im Vordergrund.

Ich ordnete die Hinweise und war überzeugt, dass ein Tatverdächtiger im Alter von ca. 60 Jahren, wie er mir beschrieben wurde, mit einer derartigen Neigung bereits einschlägige Vorstrafen haben musste.

Zum Glück bekamen wir erst vor kurzer Zeit Dienstcomputer und es waren uns zahlreiche Anfragemöglichkeiten gegeben, von denen wir vor einiger Zeit nur träumen konnten.

Leider erhöhte sich die Anzahl der zu überprüfenden Kraftfahrzeuge auf mehrere Hundert. Ich musste alle Zulassungsbesitzer der angegebenen Fahrzeugmarke mit Moped-und Motorradkennzeichen überprüfen. Die angegebene Farbe des Fahrzeuges ließ ich dabei unbeachtet, weil es schon oft vorkam, dass die im Zulassungsschein eingetragene Farbe mit der tatsächlichen Lackierung nicht überein stimmte.

Nachdem ich die Daten aller Fahrzeugbesitzer in Papierform erhalten hatte, begann ich jeden bezüglich Vormerkungen zu überprüfen. Falls der Lenker des Fahrzeuges nicht der Zulassungsbesitzer war, halfen diese Anfragen ebenfalls nichts.

Ich wollte daher die zuständigen Kommissariate von jedem Zulassungsbesitzer anschreiben, und um eingehende Erhebungen ersuchen. Ein schönes Stück Arbeit, das schließlich von Erfolg gekrönt wurde.

Im letzten Drittel der zu überprüfenden Zulassungsbesitzer stieß ich auf einen Mann, der wegen einschlägiger Sexualdelikte bereits mehr als die Hälfte seines Lebens hinter Gittern verbrachte. Die Personsbeschreibung traf haargenau den Typus des Mannes.

Ich legte den Zeugen das Lichtbild vor uns sie sagten übereinstimmend und unabhängig voneinander, dass es sich mit großer Wahrscheinlichkeit um den vermeintlichen Täter handelt.

Der Rest war nur noch Routine. Ich gab die Fahndung nach dem Mann an die Kollegen in Wien weiter und am nächsten Tag konnte ich den Täter bereits in Wien vernehmen.

Erstaunlicherweise legte der Mann sofort ein umfangreiches Geständnis ab und wir konnten auch die zweite Straftat im benachbarten Bezirk klären.

Für mich entstand der Eindruck, dass eine Haftstrafe für diesen Mann unbedingt erforderlich sei, aber viel wichtiger wäre es, ihn niemals wieder auf die Gesellschaft loszulassen. Er bekam vom Landesgericht St. Pölten sechs Jahre für seine verwerflichen Verbrechen.

Bei seiner Einvernahme gab er zu, in einer Zwangslage zu handeln, wenn er Kinder sehe. Auch wenn er diesen Drang zu unterdrücken versuchte, gelang es ihm nicht, seine abartigen Gedanken zu verdrängen. Die bisher in den Strafanstalten durchgeführten Therapien schienen nicht den geringsten Erfolg gebracht zu haben. Heute ist dieser Täter wahrscheinlich schon wieder frei.

Die Wohnungseinbrecher

In unserem Bezirk und auch in den angrenzenden verübten unbekannte Täter tagsüber zahlreiche Wohnungseinbrüche mit erheblichem Schaden. Die Täter stahlen alles was sie tragen konnten und wertvoll war.

Auch unsere Ortschaft blieb nicht verschont und eine Wohnung wurde aufgebrochen. Ich führte die Spurensicherung durch, konnte aber nichts Brauchbares finden.

Nach einiger Zeit erfolgte abermals ein Tageseinbruch in die gleiche Wohnung. Diesmal war die Spurenlage etwas besser und es folgten auch die Hinweise auf zwei Personen, die das Haus im fraglichen Zeitraum verließen.

Alle Erhebungen verliefen nachher erfolglos und es gab keine weiteren Ermittlungsansätze, wo ich hätte einhaken können.

Am 29. Jänner 1999, es war so gegen 11.00 Uhr, arbeiteten mein Kollege Anton Höller und ich auf der Dienststelle. Die uniformierten Kollegen wurden vorher zu einem schweren Verkehrsunfall gerufen. Es war eigentlich ein glücklicher Umstand, dass wir zwei Beamten in Zivil Dienst verrichteten, da die Personalsituation einen solchen Luxus normalerweise nicht zuließ.

Als das Telefon läutete schenkte ich dem Anruf keine Bedeutung mehr, da mein Kollege schneller war und den Hörer abhob. Erst als ich ihn laut reden hörte und er mit dem Finger auf die Eingangstüre deutete und schnelle Bewegungen in diese Richtung vollführte, war ich mir klar, dass ein schneller

Einsatz bevorsteht. Ich rannte um meinen Schulterhalfter, holte die Fahrzeugschlüssel und lief zur Garage gefolgt von meinem Kollegen. Anton teilte mir mit, dass in der Wohnhausanlage, wo ich wohne, soeben ein Einbruch verübt werde.

Die Hausnachbarin Veronika Tanner hörte verdächtige Geräusche bei der Nachbarswohnung und bemerkte, als sie durch den Türspion schauen wollte, dass dieser verklebt worden war. In der Aufregung rief sie meine Frau an, weil sie die Notrufnummer der Gendarmerie nicht mehr wusste.

Mein Kollege trug meiner Frau noch auf, auf eventuelle Täter und Fahrzeuge zu achten.

Die Fahrt auf der Schneefahrbahn bei starkem Schneetreiben war sehr riskant. Trotz Magnetblaulicht und Folgetonhorn nahmen uns manche Autofahrer nicht wahr und ich überholte mit nur wenigen cm Abstand, da ein Fahrzeuglenker absolut nicht zur Seite fahren wollte. Vor dem Einsatzort mussten wir natürlich Blaulicht und Folgetonhorn abschalten, um die Täter nicht auf uns aufmerksam zu machen.

Ich wollte gerade nach links in die Wohnhausanlage abbiegen, als ich meine Frau, die mit einer Schneeschaufel bewaffnet war, bemerkte. Sie eilte hinter zwei männlichen Personen her, die gerade in einen Pkw steigen wollten. Ein weiterer Mann saß bereits auf dem Fahrersitz und sah uns mit weit geöffneten Augen an.

Als uns die zwei Männer bemerkten, die gerade einsteigen wollten, warf einer einen Sack in den Schnee. Ich stellte den Zivilstreifenwagen quer vor das Täterfahrzeug, so dass eine Flucht nach vorne nicht mehr möglich war.

Mein Kollege und ich sprangen aus dem Dienstfahrzeug, schrien die Männer an, dass wir von der Gendarmerie seien und dass sie die Hände in die Höhe geben sollen. Zur gleichen Zeit hatten wir unsere Dienstpistolen gezogen und in Richtung des Fahrzeuges gezielt. Der Lenker und ein Beifahrer kamen unserer Aufforderung nach, nur der zweite Mitfahrer machte keine Anstalten stehen zu bleiben und wollte sich rasch entfernen.

Ich schrie nochmals und gab kurz darauf einen Schuss in die Luft ab. Mit dieser Aktion hatten die Männer offenbar nicht gerechnet. Alle drei Täter zuckten erschrocken zusammen und wir hatten die Lage bis zum Eintreffen unserer Kollegen unter Kontrolle.

Wie sich später herausstellte, hatten wir an diesem Tag drei dicke Fische gefangen. Bei den anschließenden Erhebungen konnten den drei Jugoslawen 87 Einbrüche mit einer Gesamtschadenssumme von 3,5 Millionen Schilling nachgewiesen werden.

Pech auch für den Lenker des Fluchtwagens, der angab nur als Fahrer fungiert zu haben. Bei der Aufnahme des zweiten Einbruches in unserer Stadt hatte ich einen Fingerabdruck des Lenkers auf der Innenseite der aufgebrochenen Eingangstür gesichert.

Ein wichtiger Beweis bei der Strafbemessung, da ihm das gleiche Schuldausmaß, wie den anderen beiden Tätern nachgewiesen werden konnte.

Die Bande hatte auch Wertgegenstände eines Kollegen bei einem Wohnhauseinbruch erbeutet. Der Gendarm freute sich sehr über die Verhaftung der Täter, da einer von ihnen noch die Armbanduhr mit Gravur trug, die er seinem Sohn anlässlich der Matura geschenkt hatte.

Nach der Verhaftung der drei Männer fuhren wir noch in der Nacht nach Wien und durchsuchten die Wohnung der Tatverdächtigen, wovon einer mittels Steckbriefes gesucht wurde.

In der Wohnung hielten sich noch einige Familienangehörige auf und wir trauten unseren Augen nicht, als wir die Räumlichkeiten betraten.

Wir glaubten uns im Auslieferungslager eines Versandhandels zu befinden und fanden Diebesgut, das wegen der Menge erst am nächsten Tag mit einem Lastwagen abgeholt werden konnte. Ein Familienmitglied hatte noch die Quittung von Dorotheum bei sich, wo er am gleichen Tag Diebesgut verhökerte.

Für die Beihilfe bei der Klärung dieser Straftaten wurden meine Gattin und die Nachbarin von der Gesellschaft der Freunde und Förderer der Gendarmerie in Rahmen einer Feier in Wien geehrt.

Über die Klärung solcher Straftaten freut man sich natürlich besonders, weil unsere Tätigkeit auch in den Medien positiv verbreitet wird. Die Mithilfe der Bevölkerung zeigt damit deutlich ihren Erfolg.

Verkehrskontrollen

Nun wieder eine lustige Begebenheit aus meiner Dienstzeit im Bezirk Baden:

Wir hatten in der Heurigengegend zahlreiche betrunkene Autofahrer. Im Gegensatz zu heute, bekam damals jeder Alkoholisierte die gleiche Strafe. Ob der 0,8 oder 3,0 Promille hatte, ob er den Alkotest und die Klinische Untersuchung verweigerte, oder nicht.

Alle bekamen damals die Universalstrafe von 5.000,— Schilling. Die Röhrchentests waren zwar umstritten, wurden für einen Beweis aber auch nicht herangezogen. Nur der Verdacht war gegeben, wenn die Verfärbung der Reagenzmasse bis zur Markierungslinie reichte.

Grundsätzlich wurde der Fahrzeuglenker nach einem positiven Test zum Arzt vorgeführt, wenn er nicht verweigerte und sich das Geld sparen wollte.

Wir brachten also einen Probanden, so wie üblich während der Nachtstunden zu einem Arzt nach Baden. Der Doktor war im Umgang mit alkoholisierten Fahrzeuglenkern sehr geübt. Im Monat führte er so zwischen 30 bis 40 klinische Untersuchungen durch.

Dr. Huber verlangte bei diesen Untersuchungen auch Sprach- und Reaktionstests, die oftmals sehr lustig anzusehen waren.

Nicht selten, dass ein Proband umfiel, wenn ihm der Arzt sagte, er möge mit geschlossenen Augen und vorgehaltenen Händen einige Schritte in gerader Richtung gehen. Obwohl sich die Leute bemühten, ihren Alkoholkonsum zu verbergen, gelang dieses

Vorhaben natürlich nicht immer. Einmal brachten wieder wir einen alkoholisierten Lenker zu diesem Arzt.

Unser Proband wurde nun von Dr. Huber aufgefordert, die Augen zu schließen und mit dem Zeigefinger die Nasenspitze zu berühren. Der Arzt saß dem Probanden genau gegenüber und dieser schloss die Augen und fuhr Dr. Huber mit dem Zeigefinger ins Gesicht. Er hatte angenommen, er müsse die Nasenspitze des Arztes treffen.

Der Arzt musste kurzfristig die Untersuchung unterbrechen, da er sich vor Lachen den Bauch hielt. Wir konnten uns ebenfalls nicht mehr beherrschen und ein lautes Kichern nicht verkneifen. Der Proband fand das nicht so lustig, weil ihm nach der Untersuchung der Führerschein abgenommen wurde.

Wie ich bereits anführte, gab es nicht immer lustige Amtshandlungen. Besonders bedrückend war die Überbringung von Nachrichten über tödliche Verkehrsunfälle. Solche Hiobsbotschaften kommen für die Angehörigen völlig unvermutet und waren auch für mich eine schwere seelische Belastung. Stirbt ein 85- jähriger nach schwerer Krankheit im Krankenhaus, so haben seine Angehörigen meistens damit gerechnet und die Anspannung hat mit der Todesmeldung ein Ende.

Überbringt man jedoch die Nachricht, dass ein junger Mensch oder ein Familienvater bei einem Unfall getötet wurde, so verhält sich die Situation völlig anders. Für die Familie bedeutet es die Umstellung in eine andere Lebenssituation, wenn der Alleinverdiener oder der Sohn nicht mehr nach Hause kommen.

Solche Botschaften haben wir immer persönlich überbracht und Sorge getragen, dass die Angehörigen nicht alleine gelassen werden. Telefonische Todesmeldungen lehnten wir grundlegend ab, da das Umfeld der Angehörigen nicht überprüft werden konnte.

In solchen schweren Stunden müssen unbedingt Personen bereit stehen, die den Angehörigen eine Hilfestellung geben und die Trauer auf ein erträgliches Maß bringen.

Heute sind die Hilfsorganisationen für solche Fälle gerüstet und es gibt speziell für solche Situationen ausgebildete Teams.

Der schlimmste Fall in meiner Berufslaufbahn war die Verständigung der Angehörigen von drei Unfallopfern, die in einer Nacht bei zwei Verkehrsunfällen ums Leben kamen.

Eine Verkettung unglücklicher Umstände. In dieser Nacht herrschten frostige Temperaturen und in kurzer Zeit waren die Straßen mit einer dünnen Eisdecke versehen.

Ein Fahrzeuglenker geriet ins Schleudern und verursachte einen Verkehrsunfall. In der Nacht kam zufällig ein anderer Fahrzeuglenker an der Unfallstelle vorbei. Er sah den schwer beschädigten Pkw und die verletzten Fahrzeuginsassen. Als Angehöriger der Freiwilligen Feuerwehr wollte er mit seinem Fahrzeug schnellstens zum Feuerwehrhaus fahren und Alarm auslösen. Er fuhr in dieser Situation zu schnell und prallte mit einem Rettungswagen zusammen, der zur Unfallstelle fahren wollte.

Die zwei Verkehrsunfälle forderten insgesamt drei Todesopfer.

Als wir in der Nacht eine Mutter aufsuchten, um ihr die Todesnachricht zu überbringen, brauchten wir nur zweimal antworten. Diese Situation werde ich auch nie vergessen. Als die Frau die Tür öffnete, dürfte sie an unserem Gesichtsausdruck gesehen haben, dass wir keine gute Nachricht zu überbringen hatten.

Ihre erste Frage war: „Mein Sohn?"
Wir antworteten mit „Ja".
Und die zweite Frage: „Tot"?
Wir antworteten abermals mit „Ja".

Das furchtbare Leid und die Schreie der Mutter schlugen eine Kerbe in mein Bewusstsein. Die Frau erklärte mir noch, dass sie nicht einmal genug Geld habe, um ihren Sohn ein würdiges Begräbnis zu ermöglichen.

Nach solchen Nächten war ich auch nach Dienstende nicht in der Lage zu schlafen. Erst nach einigen Stunden, als die Müdigkeit immer größer wurde, schlief ich ein, wurde jedoch nach kurzer Zeit wieder wach, da mir die Reaktionen der Angehörigen nach den Todesnachrichten im Kopf umher geisterten. Die Bilder der Toten und Schwerverletzten vergingen erst nach einigen Tagen.

Besonders schreckliche Erlebnisse für mich, waren verstorbene Kinder. Auch hartgesottene Kollegen der Mordgruppe hatten oft Probleme damit.

Ich wurde einmal zu einem 6-jährigen Mädchen beordert, das im Bett tot aufgefunden wurde. Das Kind hatte zwar eine Erkältung, die aber laut Arzt nicht den Tod verursacht haben konnte.

Ich machte die sogenannte „Tatortarbeit" und wurde dabei von einem Kollegen unterstützt.

Das Kind sah aus, als ob es schlafen würde und ich konnte meinen Blick nur schwer von der Kleinen abwenden, da man glaubte, sie würde jeden Augenblick die Augen öffnen. Den Zustand der Angehörigen möchte ich hier nicht beschreiben. Jeder der Kinder hat, kann sich die Trauer vorstellen, wenn völlig unvermutet und aus heiterem Himmel ein Kind aus unbekannter Ursache und ohne Anzeichen einer schweren Erkrankung plötzlich stirbt.

Ich war froh, als ich die Arbeit abgeschlossen hatte und das Sterbezimmer verlassen konnte.

Nun wurde seitens der Staatsanwaltschaft eine Obduktion angeordnet, der ich natürlich als aufnehmender Beamter beiwohnen musste. Es war das erste Mal, dass ich mich vor dieser Aufgabe drücken wollte. Ein Kollege nahm mir Gott sei Dank diese Aufgabe ab, wofür ich ihm heute noch dankbar bin.

Ich kann mich an einen Gerichtsmediziner erinnern, der mir während einer Obduktion erklärte, dass er frisch blutende Wunden und die Teilnahme an Operationen nicht mochte. Er wurde deshalb Gerichtsmediziner, da eine Leiche mehr nicht blutet. Dass Leichen oft nicht frisch sind, manchmal Tage oder Wochen bei Hitze im Wald liegen und deutlichen Madenbefall sowie Verwesungserscheinungen aufweisen, machte dem Herrn Doktor nichts. Er obduzierte ohne Handschuhe und entnahm die Organe der Verstorbenen mit bloßen Händen.

Er hatte offenbar auch seinen Traumberuf gefunden und führte ihn mit größter Sorgfalt aus. Jeder blaue Fleck an den Armen der Leiche wurde bis zum Knochen aufgeschnitten und dokumentiert. Die ganze Prozedur dauerte mehr als eine Stunde.

Wohnwageneinbrüche im Jahr 2002

Wieder einmal wurde der Campingplatz in Hainfeld von Einbrechern heimgesucht.

Die Täter brachen insgesamt elf Wohnwagen und Mobilheime auf und stahlen alles, was nur zu gebrauchen war. Ich machte die Tatortaufnahme und ärgerte mich über das überaus brutale Vorgehen der Einbrecher. Mobile Wohnheime und Wohnwagen gehören nicht zu den Tatorten, die beim Einbrechen besondere Hindernisse darstellen. Die keuschen Verriegelungen sind oft schon unter Anwendung von Körperkraft, oder unter Zuhilfenahme eines Schraubenziehers zu öffnen.

Hier hatten aber Täter gewütet, die offenbar auch an purer Zerstörung ihre Freude hatten. Hier spürte ich auch, wie Gefühle von Zorn in mir hoch kamen, da ich für sinnlose Aktionen, wie bei diesen Tatorten, kein Verständnis aufbringen konnte.

Bei einem Mobilheim hatten die Täter eine Zwischentüre völlig zertrümmert, obwohl sie auch ohne Beschädigungen zu öffnen gewesen wäre.

Die Straftäter hatten auch leichtes Spiel, weil in den Wintermonaten nur einige Dauercamper auf dem Campingplatz wohnten.

Ich musste nun jeden Wohnwagenbesitzer anrufen und ihn zur Einvernahme bitten, um eine Schadenslisten zu erstellen.

Mit den einzelnen Geschädigten suchte ich nochmals den Tatort auf. Die Bewohner mussten mir zeigen, wo die gestohlenen Gegenstände standen und welchen Wert sie hatten. Die Spurensicherung war von mir schon abgeschlossen und leider nicht sehr erfolgreich. Ein Wohnwagenbesitzer machte mich aber nachträglich darauf aufmerksam, dass er eine auf dem Tisch abgestellte Tetrapak mit Orangensaft mit Sicherheit original verschlossen zurück gelassen habe, als er den Wohnwagen verließ. Die Packung war jedoch offen und ich sicherte eine vermutete DNA-Spur.

Das Ergebnis einer Spurenauswertung bekam ich oft erst nach mehreren Monaten, wie auch in diesem Fall.

Wenn ich das Gutachten, auf das ich so lange wartete, endlich bekam, so war dies oft wie am Heiligen Abend, wenn ich die Verpackung eines Geschenkes öffnete.

Auch in diesem Fall war ich wieder aufgeregt und ich freute mich, wie zu Weihnachten. Ich bekam eine Treffermeldung mit den vollständigen Daten eines Ungarn. Eine zweite Treffermeldung bezog sich auf einen Tatort im Burgenland, wo ebenfalls eine DNA-Spur nach einem Einbruch gesichert wurde.

Wenn einem die vollständigen Personalien eines Täters zur Verfügung stehen, ist es nur eine Frage der Zeit, wann er ins Netz geht.

Auch in diesem Fall dauerte es nicht sehr lange und der Ungar konnte in Leobersdorf verhaftet werden. Dem Mann konnten insgesamt sechzig Einbruchsdiebstähle nachgewiesen werden und er verbrachte längere Zeit hinter Gittern. Insgesamt gehörten der Bande zwölf Personen an.

Ich freute mich natürlich besonders, dass die Straftaten mit der brutalen Arbeitsweise geklärt werden konnten.

In meiner Dienstzeit hatten wir in Hainfeld insgesamt drei größere Serien von Wohnwageneinbrüchen, die alle geklärt werden konnten. Die Camper waren darüber sehr erfreut und stellten uns ein gutes Zeugnis aus, was uns wiederum sehr freute.

Die Leergutdiebe

Im Jahr 2002 häuften sich die Diebstähle von Leergut bei einem Supermarkt in Hainfeld. Bisher hat es immer Diebe gegeben, die vom ungesicherten Lagerplatz eine oder mehrere Bierkisten stahlen, um vom Einsatzgeld ihren Lebensunterhalt aufzubessern, oder ihre Alkoholsucht zu finanzieren. Die Filialleiter erstatteten bei solchen Diebstählen oft keine Anzeige, weil der Aufwand zu groß und die Aussichten, den Dieb zu erwischen meist gleich Null waren.

Ich hatte einige solcher Diebe angezeigt, weil sie bei der Tatausführung beobachtet wurden.

Bei den Leergutdiebstählen, die mir aber jetzt in Serie angezeigt wurden, konnte man nicht von geringen Mengen sprechen. Hier wurden bei jeder Tathandlung 40 Kisten und mehr gestohlen.

Einmal bekamen wir kurz nach 2:00 Uhr den Anruf eines Zeugen, der beobachtete, wie Personen beim Einkaufsmarkt Leergut in einen Kastenwagen verluden.

Ich war mit meinem Kollegen nach ca. 6 Minuten auf dem Tatort, da wir bei der Anzeigeerstattung zufällig in der Nähe waren. Das Tatfahrzeug konnten wir nicht mehr wahrnehmen und es stellte sich die

Frage, ob die Täter in Richtung Traisen, oder in Richtung Berndorf wegfuhren.

Wir entschieden uns in Richtung Traisen zu fahren. Ich fuhr einsatzmäßig, was unser Dienstfahrzeug hergab. In Traisen kehrte ich unverrichteter Dinge wieder um. Wie sich später heraus stellte, hätte ich in Richtung Berndorf fahren müssen.

Unsere Laune war nach dem Misserfolg auf dem Nullpunkt und nach kurzer Zeit schlugen die Täter schon wieder zu.

Ich setzte mich mit dem Filialleiter zusammen und wir besprachen etwaige Präventivmaßnahmen.

Grundsätzlich ist jedermann für sein Eigentum und die Sicherung von Wertgegenständen selbst verantwortlich. Wir geben jedoch Ratschläge, wie Straftaten verhindert werden können.

Der Filialleiter wollte Maßnahmen setzen, aber die Leute im Chefbüro zeigten sich nicht interessiert an vorbeugenden Maßnahmen, die unnötiges Geld kosten.

Ich kenne Firmen, wo die Angestellten aus eigener Tasche eine Alarmanlage kauften, um sich den Stress nach einem Einbruch zu ersparen.

Die Alarmanlagen machten sich bezahlt, weil danach noch mehrere Einbrüche erfolgten, aber die Täter sofort nach dem Ertönen des akustischen Signals der Alarmanlage flüchteten. Außer einer aufgebrochenen Eingangstür wurde kein Schaden verursacht. Nach zahlreichen Telefonaten gelang es dem Filialleiter und mir endlich einen Schritt betreffend Prävention zu setzen.

Die Leute im Chefbüro beauftragten eine renommierte Detektei mit der Überwachung des Lagerplatzes. Es dauerte nicht lange, und an einem Wochenende fehlte eine ganze Wagenladung von Leergut. Die Auswertung der von der Detektei übergebenen Videoüberwachung ergab, dass die Tat in zwei Angriffen von zwei männlichen Tätern vorgenommen wurde. Auf dem Videoband konnte für zwei Sekunden auch das Kennzeichen des Kastenwagens erkannt werden.

Das Kennzeichen war auf einen Mann namens Alfred Plank aus Wien zugelassen. Plank schien in unserem System nicht auf und hatte eine sogenannte „Weiße Weste".

Den vermeintlichen Täter sofort aufzusuchen erschien mir nicht zielführend, da er mir sicherlich die beiden auf Video aufgezeichneten Diebstähle zugegeben hätte und die anderen ungeklärt geblieben wären. Den Namen des zweiten Täters kannte ich ebenfalls nicht und der Zulassungsbesitzer musste nicht der Täter sein.

Ich fuhr also nach Wien und gemeinsam mit meinen Kollegen von der Kriminalabteilung observierten wir Alfred Plank einige Wochen. In der Zwischenzeit begann ich mit den routinemäßigen und sehr eintönigen Ermittlungen. Ich versuchte, nach dem Branchenverzeichnis alle Großmärkte und Getränkehändler in Wien telefonisch zu kontaktieren. Ich hätte für meine Fragen auch eine Tonbandaufzeichnung verwenden können, da sie sich immer wiederholten. Ich stellte mich vor, fragte, ob der Name Alfred Plank in ihrem Kundenverzeichnis aufscheinen würde, oder ob ihnen die Rückgabe von größeren Mengen Leergut durch die gleiche Person aufgefallen wäre.

Nach dem Konsum zahlreicher Tassen Kaffee und noch mehr Zigaretten — ich rauchte damals noch — schienen meine Ermittlungen keinen Erfolg zu bringen.

Mein Kollege Franz Förster und ich konnten aber plötzlich einen Erfolg verbuchen. Ein Getränkemarkt hatte den Namen Alfred Plank in seiner Kundenkartei. Da auch schon damals alle Daten auf dem Computer gespeichert waren, übermittelte uns die Firma alle Kundendaten ausgedruckt in Ordnergröße.

Wie ich bereits vorher erwähnte, kommt es immer auf die Menge an, welche den Schaden verursacht. Franz Förster und ich staunten nicht schlecht, als wir die Akten durchgerechnet hatten.

Wir kamen auf eine Summe von mehr als 800.000,— Schilling, die Plank in den letzten zwei Jahren für die Rückgabe von Leergut erhalten hatte. Der Mann ließ sich die Summe immer in bar auszahlen und hat bei diesem Händler niemals Getränke gekauft.

Dieser Umstand ist den Angestellten zwar sehr auffällig vorgekommen, aber dass sämtliches Leergut von Diebstählen stammte, konnten auch sie nicht ahnen.

Wir konnten bei unseren Observationen im Umfeld von Franz Plank auch einen anderen Mann wahrnehmen. Die Zeit war nun gekommen und wir holten Plank und seinen Begleiter zur Vernehmung.

Nachdem wir die Abrechnungsbelege vorgelegt hatten und Plank nicht erklären konnte, woher er die Unmengen an Leergut her hatte, legte er ein Geständnis ab. Er versuchte zwar, die Menge des Diebesgutes zu reduzieren, aber die Aufzeichnungen sprachen dagegen.

Beide wurden der Staatsanwaltschaft St. Pölten angezeigt. Plank erhielt eine bedingte Freiheitsstrafe von acht Monaten und sein Mittäter musste die gleiche Strafe in der Justizanstalt absitzen, weil er schon einige Vorstrafen hatte.

Der Mittäter laborierte auch noch an Lungentuberkulose und wir fürchteten, uns angesteckt zu haben. Zum Glück zeigten sich nachträglich keine diesbezüglichen Symptome.

Messingdiebe

Bei einer Veranstaltung im August 2003 in Kaumberg fuhr ein Feuerwehrmann während der Nachtzeit bei einer Metallfirma, wo er als Arbeiter beschäftigt war, mit dem Feuerwehrauto vorbei. Er bemerkte einen weißen Kastenwagen im Bereich des Zaunes und dachte sofort an Messingdiebe. Das begehrte Metall lagerte teilweise im Freien und war schon oft das Ziel von Dieben. Das Areal war zwar mit einem Maschengitter eingezäunt, doch für Diebe stellte dies bisher kein Hindernis dar.

Die herbeigerufenen Kollegen konnten einen Messingdieb noch im Bereich des Tatortes festnehmen, dem zweiten gelang die Flucht.

Die nächtliche Fahndung verlief erfolglos und am Morgen wurde noch ein Wohnhauseinbruch angezeigt.

Ich fuhr auf den Tatort, der nahe der Firma lag, wo der Metalldieb festgenommen wurde. Aus dem Haus fehlte sämtlicher Schmuck im Gesamtwert von 1.800,— Euro. Aus der Garage wurde auch ein Damenfahrrad von auffälliger Farbe gestohlen. Ich vermutete, dass es sich bei dem Täter um den zweiten Ungarn handelte, dem die Flucht gelang. Er stahl das Fahrrad, da der Kastenwagen von uns sichergestellt worden war. Er stahl außerdem nur Schmuck und einen Rucksack, den er auch leicht auf dem Fahrrad transportieren konnte.

Auf dem Tatort selbst gab ich mir große Mühe und konnte mehrere Fingerabdrücke sichern.

Ich fuhr auf der Dienststelle zurück und stellte die Überlegung an, der Täter könnte mit dem Fahrrad zurück bis Ungarn fahren. Diese Vorhersage klang vorerst auch für mich etwas phantastisch, da es bis Ungarn eine lange Wegstrecke war.

Ich rief trotzdem den Grenzübergang, den die Täter bei ihrer Einreise nach Aussage des Festgenommenen benützten, an und erzählte den Kollegen die Geschichte. Ich ersuchte sie, besonders auf einen Mann mit einem auffallenden Damenfahrrad zu achten, da dies ein Einbrecher sei.

Nach etwa zwei Stunden läutete das Telefon und der Kollege teilte mir mit, dass er für mich eine schlechte und eine gute Nachricht habe. Er fragte mich, welche ich zuerst hören wollte. Ich wählte die schlechte Nachricht zuerst und mein Amtskollege erzählte mir, dass der Mann mit dem besagten Fahrrad und einem Rucksack auf dem Rücken in Richtung Ungarn radelte und sich der Grenzkontrolle entziehen wollte.

Erst als ihn die Kollegin anschrie, stieg er vom Fahrrad und kam in die Kanzlei mit. Anschließend machte die Frau Inspektor den großen Fehler und ließ den Ungarn nächst der Eingangstür stehen, als sie mit der Durchsuchung des Rucksackes begann.

Als der Schmuck entdeckt wurde, rannte der Ungar aus dem Gebäude, schwang sich auf das Fahrrad und radelte nach Ungarn. Die Kollegin und ihr Mitarbeiter eilten zwar nach, konnten den Flüchtenden aber nicht mehr einholen. Ein Dienstfahrzeug stand den Polizisten auch nicht zur Verfügung und so mussten sie sich mit einem Anruf bei den Kollegen in Ungarn begnügen. Auch die ungarische Polizei konnte den Mann auf dem Fahrrad nicht mehr sehen, da er sich offenbar in die Büsche verdrückte.

Ich machte bei meinen Diensten auch so manchen Fehler, musste der Kollegin aber eine schwere Rüge erteilen. Sie hätte sofort einen Kollegen zu Hilfe nehmen sollen und bereits vor dem Verbringen in die Kanzlei dem Verdächtigen Handschellen anlegen müssen. Einen so sorglosen Umgang mit einer Person, die des Einbruches verdächtigt wurde, hätte ich einem Exekutivorgan nicht zugetraut.

Die gute Nachricht folgte und der Kollege erzählte mir, dass er den Reisepass des Flüchtigen im Rucksack gefunden habe.

Ich fuhr also zum Grenzübergang und holte mir den Schmuck und den Reisepass ab.

Wie sich später herausstellte, stammten die von mir gesicherten Fingerabdrücke von einem ungarischen Straftäter, der bereits in Traisen angefallen war und dort erkennungsdienstlich behandelt wurde. Der Mann wies sich damals mit einem gefälschten Reisedokument aus. Auch beim zurückgelassenen Reisepass stellte sich heraus, dass das Dokument nicht auf den Namen des Täters ausgestellt war.

Der Einbrecher narrte uns noch längere Zeit und konnte anschließend nach einer verübten Straftat in Österreich abermals festgenommen werden. Auch jetzt waren sehr sorglose Kollegen am Werk und ließen den Mann kurze Zeit unbeobachtet. Der Ungar gab sofort Fersengeld und rannte aus dem Gebäude. Den Fehler konnte ein Kollege wieder gut machen. Er hetzte dem Flüchtenden nach und jetzt hatte er keine Chancen mehr. Bei dem Kollegen handelte es sich um einen Leistungssportler und Marathonläufer.

Trotz seines Vorsprunges wurde der Ungar bald eingeholt und konnte dingfest gemacht werden. Der Ungar hatte einen besonderen Freiheitsdrang und begann angeblich zu toben, als er merkte, jetzt geht er für längere Zeit in den Bau. Dem Mann konnten anhand der Spuren eine große Anzahl an Einbrüchen nachgewiesen werden und er verbrachte mehrere Jahre auf Staatskosten in Österreich.

Der Eifersuchtsmord

Es war am 17. April 1984, als der Flüchtling Dimitri Kirnak sehr aufgeregt auf die Dienststelle kam. Er setzte sich sofort unaufgefordert auf einen Sessel und erklärte mir, dass er soeben auf einen Mann eingestochen habe.

Ich war alleine auf dem Posten, als plötzlich mein Kollege Franz Baumann Kanzlei betrat, obwohl er dienstfrei hatte. Ich ersuchte meinen Kollegen, bei Kirnak zu bleiben, da ich zum Firmengelände fahren wollte, wo die Tat angeblich verübt wurde. Ich kannte Kirnak persönlich, so wie die meisten Flüchtlinge, da wir dauernd fremdenpolizeiliche Akten der Bezirkshauptmannschaft erledigen mussten. Der Mann war vorher noch nicht negativ in Erscheinung getreten.

Wegen der schlechten Sprachkenntnisse konnte er mir auch den genauen Sachverhalt nicht schildern.

Als ich auf dem Tatort eintraf war die Rettung bereits anwesend. Richard Neuwirth, den ich seit meiner Jugend kannte und der mehrere Jahre mein Türnachbar war, wand sich vor Schmerzen am Boden und hatte zahlreiche Stichverletzungen am ganzen Körper.

Da eine Befragung unter keinen Umständen durchgeführt werden konnte und ich noch immer nicht die leiseste Ahnung über den Tathergang und das Motiv hatte, fuhr ich vor der Rettung in das Krankenhaus Lilienfeld und machte dem Krankentransport den Weg frei. Im Krankenhaus wurde Neuwirth notversorgt und anschließend nach St. Pölten überstellt, wo er während der Notoperation verstarb. Die Obduktion ergab, dass innere Organe durch die Messerattacken so schwer verletzt wurden, dass sie unweigerlich zum Tod führten. Auch eine sofortige Operation hätte keinen Erfolg mehr gebracht.

Wie sich später heraus stellte, handelte es sich bei der Tat um ein Motiv aus Eifersucht. Die Freundin von Neuwirth war vorher die Freundin des Flüchtlings. Als Kirnak im Pkw eines befreundeten Emigranten in Richtung seiner Unterkunft fuhr, bemerkte er, wie seine ehemalige Freundin mit Neuwirth gerade in ihr Wohnhaus gehen wollte. Kirnak ersuchte den Fahrzeuglenker zu wenden und in Richtung des Wohnhauses zu fahren.

Als der Pkw anhielt sprang Kirnak sofort aus dem Wagen und ging auf Neuwirth zu. Danach rammte er ihn ein Jagdmesser, das er ständig mit sich führte, mehrmals in den Körper.

Als Neuwirth zusammenbrach, ließ er sich von seinem Freund zur Gendarmerie bringen, wo er sich stellte.

Ich erhielt für die Schöffenverhandlung eine Zeugenladung und war natürlich erschüttert, warum der Mord nur mehr als Totschlag angeklagt wurde.

Ich sagte anschließend als Zeuge aus und blieb nach meiner Aussage im Verhandlungssaal. Die Verhandlung selbst dauerte weniger lange, als eine Verhandlung nach einem Verkehrsunfall.

Das Urteil von viereinhalb Jahren für diese Tat, schien mir ebenfalls als weit zu gering. Bankräuber haben schon höhere Strafen erhalten und niemand getötet.

Neben mir im Zuschauerraum saß ein älterer Mann, der sich nach der Verhandlung als pensionierter Richter vorstellte. Der Zuhörer schüttelte den

Kopf und brachte mir gegenüber seinen Unmut über das milde Urteil zum Ausdruck. Die Schwester des Opfers, die als Zuhörerin an der Verhandlung teilnahm, konnte ebenfalls einen Zwischenruf nach der Urteilsverkündung nicht unterdrücken.

Da weder der Angeklagte, noch der Staatsanwalt, oder der Verteidiger einen Antrag stellten, war das Urteil rechtskräftig.

Hier wurden in mir natürlich wieder Emotionen wach, die eine Folge der Umstände waren, auf die ich schon hingewiesen habe. Ich hatte zum Opfer seit meiner Jugend ein freundschaftliches Verhältnis. Der Mann war mehrere Jahre mein Nachbar und sein Tod bedrückte mich persönlich. Es wäre sicherlich nicht gerecht gewesen, hätte ich in diesem Fall den Richterspruch fällen müssen. Ich denke aber, dass jeder andere auch diese Empfindungen wie ich gehabt hätte.

Es handelte sich um eine Straftat, die mich noch lange beschäftigte und dessen mildes Urteil ich nicht vergessen werde.

Zorn und verschmähte Liebe können bei manchen Menschen so großen Hass erzeugen, dass sie zu Mördern werden. Nach der Tat beginnt erst die Nachdeckphase, wo sie ihre Tat bereuen, aber nicht mehr rückgängig machen können. Hätten die Täter keine Waffe mitgeführt, so hätte der Angriff nicht tödlich geendet.

Der bestohlene Fahrraddieb

Während meines Außendienstes führte ich eines nachmittags eine Streifenfahrt in Richtung Ramsau durch. Ich fuhr sehr langsam und blickte in alle Seitenstraßen, so wie ich es gewohnt war.

Nach der Ortschaft Ramsau bemerkte ich ein neuwertiges Fahrrad, das neben der Straße an einen Baum gelehnt war.

Da weit und breit kein Haus stand und ich auch keinen Fußgänger bemerkte, hielt ich an und besichtigte mir das Bike näher. Ich sah, dass auf dem Rahmen eine Codenummer aufschien. Eine Anfrage über Funk bestätigte mir, dass das Fahrrad vor einiger Zeit in unserem Bereich gestohlen worden war.

Ich packte das Diebesgut in den Streifenwagen und brachte es zu unserer Dienststelle.

Aufgrund des Aktenvorganges konnte ich den Eigentümer rasch ermitteln und ihm sein Fahrrad kurz darauf ausfolgen. Der Geschädigte war sehr froh über meinen Fund und ich wurde wieder bestärkt, dass die Fahrradcodierung, die von uns jährlich mehrmals im Bezirk durchgeführt wurde, im Falle eines Diebstahls rasch zum Erfolg führen kann.

Aufgrund der Codenummer kann die Ortschaft, die Straße, die Hausnummer und die Anfangsbuchstaben des Namens des Fahrradbesitzers ermittelt werden. Natürlich stimmen diese Daten nicht mehr, wenn der Besitzer sein Fahrrad verkauft oder verschenkt. Dies kann aber bei einem Anruf immer erfragt werden.

Ein neues Fahrrad weist in der Regel immer eine Rahmennummer auf, die der Besitzer im Falle eines Diebstahls bei der Anzeige bekannt geben soll. Ist die Rahmennummer, wie dies in den meisten Fällen war, nicht mehr bekannt, weil der Kauf schon längere Zeit zurück liegt, wurde zwar eine Anzeige aufgenommen, die Chancen, ein gestohlenes Fahrrad zurück zu bekommen waren jedoch äußerst gering, da meistens Geschädigten nur die Marke und die Farbe des Fahrrades kannten. Die unvollständigen Daten wurden aber in keiner Datenbank gespeichert.

Wird ein Fahrrad bei einer Aktion von der Polizei codiert, so kann der Eigentümer auch ermittelt werden, wenn er die erhaltenen Unterlagen nicht mehr findet und ihm die Codenummer seines Fahrrades nicht mehr bekannt ist.

Einige Tage nach dem Vorfall mit dem Fahrrad, kam eine Mutter mit ihrem schulpflichtigen Sohn auf die Dienststelle und wollte eine Anzeige erstatten. Ihrem Sohn sei nämlich sein Fahrrad gestohlen worden.

Ich nahm die notwendigen Daten auf und als ich den Tatort näher beschrieben haben wollte, erzählte mir Norbert Siebenhofer, er habe sein Fahrrad nach Ramsau an einen Baum gelehnt. Als er es später abholen wollte, sei es nicht mehr dort gewesen.

Der Bursche nannte mir genau die Stelle, wo ich das gestohlene Fahrrad gefunden hatte.

Es dauerte zwar einige Zeit, aber ich konnte den Hergang dieser Geschichte genau nachvollziehen:

Norbert Siebenhofer stahl das Fahrrad und fuhr damit nach Hause. Als seine Mutter das neue Fahrrad sah und nach dessen Herkunft fragte, erzählte er ihr eine Lügengeschichte.

Als ihr Sohn einmal zu Fuß nach Hause kam, fragte sie ihn nach dem Verbleib seines neuen Fahrrades und er erzählte ihr, dass ein Dieb das Bike gestohlen habe. Die Mutter hat somit an der Aufklärung eines Fahrraddiebstahls in umgekehrter Reihenfolge beigetragen.

Es gibt bei der Kleinkriminalität einige verworrene Delikte, die Dank der ungewollten Mithilfe der Täter auch aufgeklärt werden können.

Weil ich gerade beim Fahrraddiebstahl angelangt bin, erinnere ich mich an eine Straftat, die auch rasch geklärt werden konnte.

An einem Sonntag verrichtete ich nachmittags Verkehrsdienst und stand unterhalb des Gerichtsberges, wo ich Lasermessungen durchführte. Nach dieser Tätigkeit fuhr ich zum Gendarmerieposten.

Gleich nach meinem Eintreffen kam ein Friseurmeister und erzählte mir, dass er nur für kurze Zeit sein Geschäft aufsuchte und sein Fahrrad an die Hausmauer lehnte. Nach wenigen Minuten wollte er nach Hause fahren, aber sein Fahrrad war verschwunden.

Als er mir seinen fahrbaren Untersatz genauer beschrieb, erinnerte ich mich, dass ich einen Ausländer auf einem solchen Fahrrad während der Lasermessungen in Richtung Kaumberg radeln sah.

Ich lief sofort zum Streifenwagen und fuhr mit eingeschaltetem Blaulicht in rasender Fahrt Richtung Kaumberg und weiter bis Altenmarkt. Dort sah ich den Mann auf dem Fahrrad, der wie ein

Radrennfahrer in die Pedale trat. Nach der Anhaltung stellte sich heraus, dass es sich um einen Flüchtling aus Altenmakrt handelte. Ich lud das Fahrrad in den Streifenwagen und fuhr gemeinsam mit dem Emigranten nach Hainfeld. Der Friseurmeister erkannte sein Fahrrad wieder und freute sich über den raschen Erfolg. Den Täter zeigte ich wegen Diebstahls an.

Ich hatte trotzdem etwas Glück, da der Mann ca. fünfhundert Meter nach der Anhaltung seine Flüchtlingsunterkunft erreicht hätte. Danach wäre er mit dem Fahrrad von der Bildfläche verschwunden gewesen.

Dem Fahrraddiebstahl wird oft nicht die nötige Bedeutung zugemessen, weil es sich um ein nicht sehr spektakuläres Delikt handelt und auch die Täter mit sehr milden Strafen davonkommen. Ich kenne aus der Praxis nur einen Fall, wo der Täter dafür auch ins Gefängnis wanderte, weil er dieses Delikt mehrmals und immer wieder beging.

Zufällig sind in meinem Laptop die Statistikzahlen des Jahres 2007 noch nicht gelöscht. So wurden in diesem Jahr in Österreich an die 24.000 Fahrräder mit einem Gesamtwert von ca. 7,2 Millionen Euro gestohlen. Das sind in der Fahrradsaison 100 bis 120 Fahrräder pro Tag. Eine beachtliche Summe an gestohlenen Fahrrädern und ein hoher Sachschaden.

Manche Diebstähle können natürlich nicht verhindert werden, weil die Täter das mit einem Seilschloss versperrte Fahrrad in ein Transportmittel verbringen. Die meisten Fahrraddiebstähle werden jedoch an ungesicherten Fahrrädern begangen, weil die Besitzer ihr Bike ja nur kurze Zeit unbeaufsichtigt ließen. Auf dem Fahrrad ist leider keine Markierung angebracht, wann es von seinem Besitzer wieder abgeholt wird. Die Diebe schwingen sich auf den Sattel und sind in wenigen Sekunden außer Sichtweite.

Ich kann nur immer wieder empfehlen, das Fahrrad immer zu sichern, wenn sich der Eigentümer entfernt.

Die Vergewaltigung

An einem Nachmittag kam eine Frau mit ihrer Enkelin auf den Gendarmerieposten. Sie wollte eine Anzeige erstatten und erzählte mir, dass ihre Enkelin in ein Auto gezerrt und dort von einem Mann vergewaltigt worden wäre.

Ich holte mir eine weibliche Beamtin, wie dies bei Sexualdelikten vorgeschrieben ist, für eine Vernehmung und las mir später die Aussage der 14-Jährigen durch.

Bei den einzelnen Punkten der Vernehmung fiel mir auf, dass das Mädchen am Abend der Straftat ihren Angaben nach alkoholisiert war. Sie konnte sich aber an Dinge genau erinnern, die bedeutungslos schienen. Den Pkw, in den sie von einem Mann gezerrt worden war, konnte sie nicht beschreiben. Ebenso war sie nicht fähig, von ihrem Peiniger eine Beschreibung abzugeben.

Das mehrere Seiten umfassende Protokoll schien mir deshalb sehr merkwürdig. Das Mädchen sprach bei der Vernehmung auch ohne Nervosität und hatte entgegen ähnlich gelagerter Straftaten keine Anzeichen von Ekel, oder Hass auf den Täter.

Ich befragte das Mädchen selbst noch einmal und sagte ihr auf den Kopf zu, dass ihre ganze Geschichte unglaubwürdig und offenbar frei erfunden sei. Ich ging vor allem auf einige Punkte ihrer Aussage ein, die sehr phantastisch klangen.

Als ich mit meiner Befragung am Ende war und die Frage stellte, ob ich mit meiner Vermutung richtig lag, gab sie zu, die Vergewaltigung erfunden zu haben, um ihrer Großmutter das späte nach Hause kommen zu erklären.

Die Jugendliche wurde nun wegen Vortäuschung einer mit Strafe bedrohten Handlung dem Gericht angezeigt. Wahrscheinlich bekam sie deswegen eine Ermahnung, so wie dies in solchen Fällen bei Tätern in diesem Alter üblich war.

Zum Glück wurde durch die Aussage des Mädchens keine unschuldige Person belastet, wie dies beim nächsten Fall leider geschah.

Dieser Fall liegt schon mehrere Jahrzehnte zurück, als eine Anzeige wegen eines sexuellen Missbrauches bei mir erstattet wurde.

Eine Schülerin erzählte den Sachverhalt vorerst einer Sozialarbeiterin, die mit zur Einvernahme gekommen war.

Die Schülerin schilderte mir, sie sei nachmittags per Autostopp unterwegs gewesen. Ein Mann mit einem Lieferwagen hielt an, nahm die Autostopperin mit und belästigte sie während der Fahrt unsittlich. Er griff ihr zwischen die Beine und fummelte im Schambereich umher. Er ließ sie auch nicht aussteigen, als sie ihn darum bat. Bei der Einvernahme sagte uns das Opfer, dass der Fahrer bei einem Frisör-Geschäft in Hainfeld angehalten und Ware geliefert habe.

Ich begann mit meinen Erhebungen und es war nicht schwer, den Lenker des Lieferwagens namentlich zu ermitteln.

Der Mann im reiferen Alter arbeitete bei einer Firma in Wien, die Frisöre und andere Geschäfte mit Artikeln belieferte.

Ein Kollege und ich fuhren nach Wien und suchten die Firma auf. Ich hatte bereits vorher einen Vernehmungstermin vereinbart, damit der Verdächtige nicht wegen einer Lieferfahrt abwesend war.

Als wir uns im Firmengebäude trafen, kam auch die Chefin des Mannes zu uns. Wir erklärten unsere Absicht und Armin Wolf sagte uns sofort, dass er bereits einen Zusammenhang mit der Autostopperin und unserem Erscheinen vermutete.

Die Chefin von Wolf zeigte sich sehr bestürzt, da ihr Angestellter als äußerst verlässlich und gewissenhaft galt.

Wir fuhren mit Wolf auf das zuständige Polizeikommissariat und begannen mit der Vernehmung.

Wolf zeigte sich sehr bestürzt und hatte offenbar mit der Exekutive vorher noch keine Anstände.

Der Mann erzählte uns die Sache mit der Autostopperin und alle Gegebenheiten glichen sich mit der Aussage des Mädchens.

Die Sache hatte nur einen Haken. Die Schülerin fuhr freiwillig die ganze Strecke mit und wurde nicht am Aussteigen gehindert. Eine unsittliche Berührung, oder ein Angriff habe niemals stattgefunden, erzählte uns Wolf.

Der Mann war ca. 160 cm groß und sehr schmächtig. Mir kamen nun starke Zweifel an der Aussage des Mädchens und ich fuhr mit Wolf zu seiner Firma, wo der Lieferwagen parkte. Ich ersuchte ihn, sich ans Steuer zu setzen und ich setzte mich daneben auf den Beifahrersitz.

Ich rückte ganz nach rechts und trug Wolf auf, er möge mit seiner rechten Hand meinen Körper erfassen. Aufgrund der Körpergröße war ihm dies nicht möglich, zumal er die Pedale des Lieferwagens bedienen musste.

Ich fuhr nach der Einvernahme auf meine Dienststelle und holte mir das Opfer mit der Sozialarbeiterin abermals zur Befragung.

Ich erzählte von meinen Ermittlungen und erklärte die gravierenden Widersprüche.

Die Aussage, der Fahrer habe nicht angehalten, als sie dies wollte und sie gegen ihren Willen im Fahrzeug behalten, widerlegte ich mit der Feststellung, sie hätte ja flüchten können, als der Lenker den Lieferwagen verließ und das Geschäft aufsuchte. Außerdem hätte sie Passanten um Hilfe bitten können.

Die Schülerin erzählte mir, sie habe Angst gehabt und sei deshalb nicht geflüchtet.

Ich erklärte ihr auch, dass der Fahrer während der Fahrt niemals die Möglichkeit gehabt hätte, ihr zwischen die Beine zu greifen, da der Abstand zu groß gewesen wäre.

Ich konfrontierte sie auch mit den Folgen, falls sie einen Unschuldigen einer solchen Tat bezichtigte, die er nicht begangen hatte. Der Sozialarbeiterin schien die Sache ebenfalls mehr als merkwürdig und auch sie ermahnte die Schülerin mehrmals, die Wahrheit zu sagen.

Das Mädchen zeigte keine Gefühlsregung und blieb bei ihrer Version. Ich erstattete gegen Wolf eine Strafanzeige.

Wie ich später erfahren habe, war die ganze Sache von der Schülerin frei erfunden und sie hatte Wolf fälschlich einer Straftat bezichtigt.

Die Schülerin bekam für ihre Verleumdung keine Strafe, weil sie noch nicht strafmündig war.

Bei Sexualdelikten ist es immer schwierig, den genauen Sachverhalt ans Tageslicht zu bringen, weil fast immer nur Täter und Opfer beisammen sind. Zeugen gibt es bei solchen Straftaten fast nie. Zum Glück können echte Vergewaltigungen meistens anhand von Spuren nachgewiesen werden. In manchen Fällen sind sich auch die Gerichte nicht sicher, wie die Sachlage zu beurteilen ist, da entscheidende Beweise fehlen und im Zweifel für den Angeklagten entschieden wird. Zum Glück sind solche Fälle die Ausnahme und nicht die Regel.

Genaue Ermittlungen sind jedenfalls die Grundlage für die Darstellung des genauen Tatablaufes. Es kommt oft auf Kleinigkeiten an, die eine Aussage bestätigen, oder auch entkräften können.

Das Ermittlungsergebnis und der Wert einer Vernehmung hängen auch von der Erfahrung des Beamten ab. Viele taktische Fragen stehen in keinem Lehrbuch und die Aussagefreudigkeit hängt oft von der Sympathie und Überzeugungskraft des Beamten ab.

Pater Brown

Am 18. Oktober 1995 kam ein Mann von zierlicher Gestalt in den Pfarrhof von Hainfeld und erzählte dem Pfarrer, dass er eine Wohnung suche.

In einem unbeobachteten Augenblick stahl er jedoch aus der Brieftasche der Pfarrersköchin einen Geldbetrag von 1200,— Schilling. Obwohl der aus dem Irak stammende Bittsteller viel redete, fiel der Köchin der fehlende Geldbetrag in der Brieftasche bald auf.

Der Pfarrer, der bei Spendenvergaben und Vorsprachen von Bettlern immer sehr vorsichtig war und im Zweifelsfall immer die Gendarmerie um Überprüfung ersuchte, schaltete wieder sehr schnell.

Er vermutete sofort, dass der Hilfesuchende der Dieb war und sperrte die Eingangstür ab. Danach verständigte er die Gendarmerie und meine Kollegen fanden den gestohlenen Geldbetrag bald nach einer Personsdurchsuchung im Socken des Täters.

Der Täter war als Asylant in unser Land gekommen und hatte schon bald die Österreichische Staatsbürgerschaft erhalten. Für mich eine nicht völlig klare Entscheidung unseres Staates, zumal Farid G. niemals einer geregelten Beschäftigung nachging und nur von Betrügereien lebte. Er suchte immer wieder Pfarreien auf und brachte Mitleid erregende Geschichten vor, um Geld zu bekommen.

Da Farid G. keinen ordentlichen Wohnsitz angemeldet hatte, wurde ein Haftbefehl erlassen und wir fuhren mit dem Täter in die Justizanstalt St. Pölten, wo er kurze Zeit in Untersuchungshaft verbrachte.

Ich befasste mich mit dem Fall nur bis zur Anzeige und weiß heute nicht mehr, wie hoch die Strafe ausfiel.

Auf Farid G. wurde ich erst wieder aufmerksam, als er in der Fahndung aufschien, da er abermals Pfarren aufsuchte, Diebstähle verübte und Geldspenden durch falsche Angaben ergatterte. Meistens erzählte er sehr traurige Geschichten und erhielt dafür Geldzuwendungen der Kirchenmänner.

Eines Tages hörte ich über Funk, dass ein Kollege aus Traisen einen verdächtigen Mann auf einer Bank liegend angetroffen habe. Routinemäßig machte er über Funk eine Personenanfrage an die Leitfunkstelle RAX. Als ich den Namen Farid G. vernahm, konnte ich die Anfrage sofort beantworten.

Ich teilte meinem Kollegen mit, dass der Mann per Haftbefehl gesucht werde und gleich darauf klickten die Handschellen.

Meine persönliche Meinung zu Farid G. ist, dass manche Staatsbürgerschaften zu schnell vergeben werden. Die Aberkennung wird natürlich nicht vollzogen, auch wenn der neue Staatsbürger fortwährend gegen unsere Gesetze verstößt. Das Fremdenrecht wird zwar immer wieder neu geformt und novelliert, aber bisher ist es nicht gelungen, eine Gesetzesform zu schaffen, die mit potentiellen Straftätern richtig verfährt und sie des Landes verweist.

Die Maßnahmen der Schubhaft sind meiner Ansicht nach nicht praxisbezogen und führen nur zur Abschiebung von Personen, die sich in ihr Schicksal fügen.

Ich selbst habe zahlreiche Abschiebungen vorgenommen und weiß von Kollegen, dass hartnäckige Häftlinge sehr erfolgreich gegen ihren Rausschmiss aus Österreich vorgingen.

Manche suchten im Flughafengebäude von Schwechat die Toilette auf und bestrichen ihren Körper nach dem Besuch des Häuschens mit Kot. Jeder Flugkapitän und jedes Besatzungsmitglied verweigerte danach verständlicherweise den Transport und die Abschiebung war somit aufgehoben. Hungerstreiks und Selbstmorddrohungen in der Abschiebehaft bewirkten das gleiche Ergebnis. Eine große Anzahl von nicht anerkannten Asylanten sicherten sich auf diese Weise den Aufenthalt in Österreich bis an ihr Lebensende. Ihre Bleibe war nicht legal, eine polizeiliche Anmeldung erfolgte auch nicht und eine angemeldete Beschäftigung konnte ebenfalls nicht ausgeführt werden.

Gegen diese Missstände haben aber alle EU-Staaten zu kämpfen und manchmal sind behördliche Entscheidungen bei Abschiebungen sehr umstritten und lösen gewaltige Reaktionen nach Medienberichten aus.

Rasant ohne Führerschein

Nun wieder ein Vorfall aus dem Alltag eines Gendarmen, der Verkehrsdienst verrichtet.

Ich fuhr mit dem Zivilstreifenwagen auf der B 18 von Hainfeld in Richtung Traisen, um Geschwindigkeitsmessungen vorzunehmen.

Bereits mitten im Ortsgebiet wurde ich von einem Pkw rasant überholt. Ich heftete mich an die Fersen des Fahrzeuges und konnte kaum folgen, da der Lenker kräftig aufs Gaspedal stieg. Beim Nachfahren konnte ich gravierende Geschwindigkeitsüberschreitungen feststellen. Ich wollte die gefährliche Fahrweise des Lenkers rasch beenden und stellte das Magnetblaulicht auf das Armaturenbrett. Gleich danach fuhr der Bursche zum rechten Fahrbahnrand. Ich führte eine Kontrolle durch und siehe da, der junge Mann besaß keinen Führerschein. Er besuchte gerade einen Kurs in der Fahrschule und hätte sicherlich bald das begehrte Dokument erhalten, wenn er nicht zu voreilig gewesen wäre.

Wie in diesen Fällen vorgesehen, verständige ich sofort die Führerscheinabteilung der BH Lilienfeld von den Übertretungen und die angesagte Führerscheinprüfung wurde vorerst auf unbestimmte Zeit verschoben. Eine saftige Geldstrafe war eine unliebsame Begleiterscheinung des Ausfluges mit dem Pkw des Vaters. Der Vater des Lenkers erhielt ebenfalls eine Anzeige nach dem Kraftfahrgesetz. Eine teure Spazierfahrt, die durch auffällige Fahrweise abrupt beendet wurde.

Solche Vorfälle waren keine Seltenheit, da manche Leute den Zeitraum bis zur Erlangung des Führerscheines nervlich nicht bewältigten und vorher Fahrten unternahmen. Natürlich erwischte ich in meiner Dienstzeit nur eine geringe Anzahl der Personen, die ohne Führerschein fuhren. Die Dunkelziffer lässt sich nicht abschätzen, dürfte aber sicherlich sehr hoch sein.

Alarmfahndungen

Bei schweren Straftaten wurden sogenannte Alarmfahndungen ausgelöst und wir bezogen anschließend unsere Kontrollpunkte, um nach den Tätern zu fahnden. Zu diesem Zweck hielten wir alle, oder nur gezielt Fahrzeuge an, wenn uns die Marke des Täterfahrzeuges bekannt war.

Zwei solcher Alarmfahndungen sind mir noch deutlich in Erinnerung.

Bei einer Fahndung wurde ein Kleinwagen angehalten, dessen Lenker die zulässige Anzahl der transportierten Personen laut Zulassungsschein überschritt. In dem Wagen saßen mehrere Ausländer, wie Sardinen geschlichtet.

Nach einer genauen Kontrolle stand fest, dass es sich um Rumänen handelte, die offenbar von einem Schlepper illegal durch Österreich transportiert wurden.

Nach einer Sammelfestnahme wurden die Leute auf den Gendarmerieposten gebracht, wo ich Innendienst verrichtete. Der Fahrzeuglenker war mir persönlich bekannt und er gab auch kurze Zeit später zu, seine Landsleute durch unser Land bringen zu wollen.

Damals eine häufige Straftat vor dem Sturz und der Hinrichtung vom Staatspräsidenten und seiner Frau.

Da der Pkw noch am Ort der Amtshandlung abgestellt war, fuhren die Kollegen zum Kontrollpunkt und holten das Fahrzeug ab. Als sie in den Kofferraum sahen, trauten sie ihren Augen nicht. Dort lag zusammengekrümmt wie ein Embryo ein weiterer illegaler Rumäne. Eine Kunst der Verrenkung in diesem Kleinwagen.

Der Flüchtling war sichtlich froh, dass er aus seiner Lage befreit wurde und seine Gelenke nach einer kräftigen Massage wieder einigermaßen bewegen konnte.

Der Schlepper erhielt eine Anzeige, wurde danach in sein Heimatland abgeschoben und wir glaubten, dass die Sache damit erledigt sei.

Ich führte mit einem Kollegen die Abschiebung bis zur Grenze durch und wunderte mich einige Wochen später, als ich den Abgeschobenen mit einem Fahrzeug durch Hainfeld fahren sah. Eine kurze Verfolgung und der Mann saß wieder bei uns. Er gab auch sofort zu, wieder illegal nach Österreich eingereist zu sein, da er in seiner Heimat nicht leben könne. Der Rumäne war sehr intelligent und sprach fließend mehrere Sprachen. Der Mann wurde in Schubhaft genommen und es erfolgte neuerlich eine Abschiebung, die wieder von mir und einem Kollegen durchgeführt wurde.

Während der Wartezeit auf dem Bahnhof in Bruck/Leitha zahlte ich dem Mann noch verbotenerweise ein Bier, da wir ja bereits alte Bekannte waren. Er zeigte sich sehr erfreut und gab mir zu verstehen, dass ich in der glücklichen Lage war, in Österreich geboren zu sein. Er sei nicht vom Glück erkoren gewesen und musste sich nach seiner Geburt in Rumänien mit Gelegenheitsarbeiten sein Geld verdienen. Das Regime in seinem Heimatland und die damit verbundene Armut, die nur den sogenannten Bonzen erspart blieb, prägten ihn für sein weiteres Leben.

Bis zu seiner Abholung durch die Grenzbeamten führten wir eine angeregte Unterhaltung und ich musste dem Mann in fast allen Punkten seiner Ausführungen zustimmen.

Es kommt tatsächlich darauf an, ob ich in einem reichen Land, oder in einem Entwicklungsland auf die Welt komme. In einem armen Staat kann ich noch so viel Ehrgeiz und Tatendrang besitzen, ich werde nicht zum Wohlstand gelangen. Dies ist in diesen Ländern nur einer gewissen Oberschicht gegönnt.

Ich habe von diesem Rumänen nach ein paar Jahren wieder etwas gehört, als er nun offiziell einen Antrag stellte, wieder nach Österreich einreisen zu dürfen. Die Akte landete auf meinem Schreibtisch und ich befürwortete sein Ansuchen.

Ich war der Ansicht, dass wir solch intelligente Leute, die auch unsere Sprache beherrschend, in unser Land lassen können. Der Mann war während seines Aufenthaltes in Österreich nie straffällig geworden, außer als er seine Landsleute für ein besseres Leben durch Österreich kutschieren wollte.

Solche Entscheidungen sind natürlich nicht objektiv und es gibt dazu sehr unterschiedliche Meinungen. Wäre der Rumäne als Einbrecher, oder Dieb in Erscheinung getreten, wäre meine Stellungnahme sicherlich nicht gut ausgefallen.

Ich kann aber nicht sagen, ob mein positiver Bericht ausschlaggebend für eine vorschriftsmäßige Einreise war.

Ein weiteres Ereignis bei einer Alarmfahndung war eine Verkehrsanhaltung, wo ich einen Lenker anhielt, der keine Lenkberechtigung, also keinen Führerschein besaß. Die Amtshandlung war an sich nichts Ungewöhnliches, da ich immer wieder Fahrzeuglenker und auch Lenkerinnen anhielt, die keinen Führerschein besaßen.

Die Besonderheit an diesem Fall ist nur, dass ich nach einigen Monaten zu einer anderen Tageszeit wieder an der gleichen Stelle stand, da ein Raubüberfall im Bezirk Baden verübt wurde.

Nach einiger Zeit hielt ich den gleichen Lenker an, der keinen Führerschein besaß. Ich erkannte den Mann sofort wieder und er mich auch. Er gab nur einen seufzenden Laut von sich, stieg aus seinem Fahrzeug, versperrte es und übergab mir den Fahrzeugschlüssel. Ich brauchte die Vorgangsweise nicht mehr zu erklären, weil er den Ablauf von der vorigen Amtshandlung her noch kannte. Die Strafe war diesmal sicherlich noch härter ausgefallen und er hätte mit dem Strafbetrag eine Führerscheinprüfung und die nachträgliche Feier mit Freunden bezahlen können. Der Mann hatte nur Pech und das Prinzip des Zufalles nicht einkalkuliert. Wahrscheinlich fuhr er fast täglich mit seinem Auto und er wurde nicht erwischt.

In diesem Zusammenhang kenne ich einen Fall, der sich während meiner Dienstzeit in Traisen ereignete:

Dort fuhr ein Mann auch ohne Führerschein durch die Gegend. Jeder meiner Kollegen kannte das Kennzeichen und die Fahrzeugmarke bereits auswendig.

Der junge Mann verfügte aber über die notwendige Unverfrorenheit und Impertinenz täglich mit seinem Fahrzeug zu fahren. Er fuhr dabei nicht über

Schleichwege, wie andere Führerscheinlose, sondern benützte die Hauptstraße und fuhr auch am Gendarmerieposten vorbei. Einmal wurde er an einem Tag zwei Mal angehalten und angezeigt.

Betrachtet ein normaler Staatsbürger diese Situation, so kommt er zur Überzeugung, dass etwas an der Gesetzgebung nicht stimmen kann. Diese Ansicht vertrete ich auch heute noch als pensionierter Polizist.

Bis zum heutigen Tage hat die Exekutive keine Möglichkeit, solche Übertretungen im Vorfeld zu verhindern. Dies wäre nur möglich, wenn der Lenker trotz Abmahnung sofort wieder in seinen Pkw steigt und abermals die gleiche Übertretung setzt. Erst jetzt wäre eine Festnahme möglich. Das Fahrzeug kann auch nach diesen Vorfällen nicht beschlagnahmt werden.

Eine Gesetzeslücke, die offenbar niemand schließen möchte. Solche Delikte sind keine Einzelfälle und auch bei alkoholkranken Personen keine Seltenheit. Ein solcher Alkoholiker setzte sich immer wieder schwer betrunken ans Steuer und verursachte auch Verkehrsunfälle mit Personenschaden. Der Mann war wegen eines Krebsleidens nicht haftfähig und hatte somit Narrenfreiheit. Auch hier gab es keine gesetzliche Handhabe, dem gefährlichen Treiben ein Ende zu setzen.

Der Mann verstarb anschließend bei einem Verkehrsunfall, wo er als Beifahrer tödlich verletzt wurde.

Der Tod eines Menschen ist immer eine Tragik. Vielleicht war es aber in diesem Fall eine Vorsehung, um andere Menschen vor weiteren Schäden zu bewahren. Der vorerst geschilderte Sachverhalt löste sich aber auch von selbst und völlig unvorhersehbar. Als die Strafverfügungen der Reihe nach einlangten und das Geld ausging, verkaufte er sein Auto, um mit dem Erlös die Strafen zu bezahlen. Eine ausgezeichnete Handlungsweise und ein gutes Ergebnis für die Staatskasse.

Zwei lustige Motorradfahrer

An einem schönen Wochentag, verrichtete ich Verkehrsdienst und hatte mich am Rande der Bundesstraße 18 in Hainfeld neben dem Streifenwagen postiert. Nach einigen routinemäßigen Kraftfahrzeugkontrollen, sah ich zwei Motorradfahrer in Richtung Traisen fahren. Von rückwärts bemerkte ich, dass bei beiden Motorrädern die Kennzeichen fehlten.

Ich stieg sofort in den Streifenwagen und nahm die Verfolgung auf. Die beiden Motorradlenker bemerkten mich natürlich sofort im Rückspiegel und gaben kräftig Gas. Bei der Ortsausfahrt fuhr ich immerhin 130 km/h und merkte, dass es sich bei dem einen Motorrad um eine PS- schwache Maschine handelte. Ich konnte den Abstand verringern und das Motorrad überholen. Der Lenker folgte dem Haltezeichen und fuhr an den Fahrbahnrand.

Der andere Motorradfahrer zeigte mir, dass ich keine Chance hatte, ihn zu erwischen und flüchtete in rasender Fahrt in Richtung Traisen.

Ich hatte wenigstens einen Lenker erwischt und führte eine genaue Kontrolle durch. Vorher hatte ich über Funk eine Fahndung nach dem zweiten Motorradfahrer ausgelöst.

Der angehaltene Lenker konnte sich mit einem Führerschein ausweisen und folgte mir auf die Dienststelle.

Kurz darauf hörte ich über Funk, dass auch der zweite Motorradfahrer gestellt werden konnte.

Mein Kollege aus St. Veit brachte mir den Mann auf den Posten und ich hörte mir die lustige Geschichte, die zur Ausforschung des Flüchtigen führte, an.

Mein Kollege erzählte mir, dass er aufgrund der Fahndung auf der B 18 in Richtung Hainfeld fuhr.

In Rainfeld sah er einen Mann in Lederbekleidung bei der Ecke eines Hauses stehen. Der Motorradfahrer blickte in gebückter Haltung in Richtung Hainfeld und hatte seinen Körper hinter der Hausecke versteckt. Er bemerkte nicht, wie mein Kollege den Streifenwagen anhielt und sich von hinten leise anschlich. Erst als er den Mann auf die Schulter klopfte, durchzuckte diesen ein starker Schauder.

Das Motorrad hatte der Lenker von der Straße entfernt abgestellt. Ich konnte nun beide Lenker wegen zahlreicher schwerer Übertretungen zur Anzeige bringen. Die Geschwindigkeitsüberschreitung im Ortsgebiet um mehr als 70 km/h waren wohl die ärgsten Verfehlungen der Biker.

Als Grund, warum sie keine Kennzeichen führten, gaben mir die Männer an, sie hätten beide während der Fahrt die Tafeln verloren.

Ich glaubte natürlich kein Wort und war der Überzeugung, dass sich die jungen Männer einen Spaß machen wollten, indem sie die Kennzeichen von ihren Motorrädern entfernten. Ohne die Nummernschilder konnten sie auch nicht zur Verantwortung gezogen werden, wenn sie eine Übertretung begingen. Ein Anhalten bei einer Verkehrskontrolle war natürlich ebenfalls nicht vorgesehen.

Die beiden Leute hatten aber bei dieser Fahrt eines nicht einkalkuliert: Ihre nicht besonders überdurchschnittliche Intelligenz. Es wäre ihnen sicherlich weit billiger gekommen, wenn sie ihren Spaß nicht auf diese Weise besorgt hätten. Es gab ja auch ein lustiges Ende an diesem Tag. Leider nur für die Exekutivbeamten, die spaßige Kommentare abgaben, als wir unseren Kollegen von den tollpatschigen Bikern erzählten.

Die Autoeinbrecher

Nach einigen ruhigen Wochen im Jahr 2003 häuften sich die Anzeigen über Autoeinbrüche. Die Täter stahlen vorwiegend Autoradios und räumten die Handschuhfächer aus. Sie stahlen eigentlich alles, was nicht niet- und nagelfest war.

Vorerst gab es keine verwertbaren Spuren und meine Stimmung war dementsprechend. Einen Lichtblick schenkten mir nur meine Kollegen bei den täglichen Besprechungen am Morgen bei Kaffee und Butterbrot. Hier sind die Kameradschaft und der Humor sehr wichtig, da sie von der miesen Stimmung ablenken.

Eine weitere Serie von Fahrzeugeinbrüchen trug nicht zur Verbesserung meiner Laune bei. Nur einen Umstand nützte ich sofort aus: Die Täter hatten ein eingeschaltetes Handy, dass das Opfer im Fahrzeug vergessen hatte, mitgenommen.

Über Gerichtsbeschluss bekam ich die Mobilfunkdaten des Handys. Die Täter hatten sofort nach dem Einbruch mit dem gestohlenen Handy zahlreiche Telefonate geführt.

Eine große Anzahl von Telefongesprächen wurde nach Moldawien geführt. Das Handy war zuletzt fortwährend in einem Sendemast bei Neulengbach eingeloggt.

Ich rief daher die Kollegen dort an und fragte, ob ihnen ein Bezug von ihrer Ortschaft nach Moldawien bekannt sei. Die Kollegen gaben mir den Typ, in einer Flüchtlingsunterkunft im Gasthaus Landsberg weiter zu ermitteln.

Ich setzte mich zum Computer und eine Meldeanfrage ergab, dass im angeführten Gasthaus zahlreiche Flüchtlinge untergebracht waren. Unter den sogenannten Gästen befanden sich nur zwei Emigranten aus Moldawien.

Jetzt hatte ich endlich einen Ermittlungsansatz und konnte mich auf das Gasthaus und die zwei Flüchtlinge konzentrieren.

Vorerst wollte ich die Flüchtlingsunterkunft nur in ungleichen Zeitabständen beobachten und von Kollegen beobachten lassen.

Es vergingen ein paar Wochen, ohne dass es Besonderheiten gab. Natürlich hatten wir nicht die Personalstärke, die wir für lückenlose Überwachungen gebraucht hätten.

An einem dienstfreien Sonntag rief mich mein Kollege zu Hause an und teilte mir mit, dass vor dem besagten Gasthaus ein gestohlener Pkw parke, auf dem auch gestohlene Kennzeichen montiert waren. Diese Feststellung haben die Kollegen vom zuständigen Gendarmerieposten während des Nachtdienstes gemacht.

Diese Meldung passte mir nicht in mein Konzept, da ich eine Amtshandlung und einen Zugriff auf die Täter besser vorbereiten wollte. War aber ein gestohlenes Fahrzeug aufgetaucht, so ist ein sofortiges Handeln notwendig, da uns der Geschädigte sonst Vorwürfe machen würde, falls der Pkw wieder verschwindet.

Der Sonntag war für mich gelaufen und der geplante Ausflug gestrichen. Ich begab mich rasch auf meine Dienststelle und mein Kollege und ich legten uns im Bereich des Gasthauses auf die Lauer. Wir wurden von einem anderen Kollegen abgelöst und bekamen kurz darauf über Funk die Mitteilung, dass das gestohlene Fahrzeug mit zwei Männern besetzt in Richtung Autobahn fahre. Wir fuhren sofort zur Landesstraße und bemerkten das besagte Fahrzeug. Wir folgten in angemessenem Abstand und fuhren auf die Autobahn Richtung Wien auf.

Ich ersuchte bei der Leitfunkstelle um Unterstützung durch Beamte der Polizei Wien. Nachdem eine Funkverbindung hergestellt worden war, bat ich die Kollegen, nach der Autobahnabfahrt Auhof eine Anhaltung vorzunehmen.

Eine Anhaltung auf der Autobahn hielt ich für zu gefährlich, weil wir solche Aktionen von den Kollegen der Autobahngendarmerie kannten. Beim Versuch, gestohlene Kraftfahrzeuge anzuhalten, hielten die Täter auf dem ersten Fahrstreifen an und verließen fluchtartig den Pkw. Diese Situation löste beinahe Verkehrsunfälle aus und die Kollegen waren mit den

Absicherungsmaßnahmen so beschäftigt, dass eine Verfolgung der Täter nicht mehr möglich war.

Die Straftäter hatten ja auch nichts zu verlieren, außer einem gestohlenen Fahrzeug. Nicht selten wurde nach solchen Aktionen gleich wieder ein Pkw gestohlen und die Fahrt fortgesetzt.

Einen solchen Fehler wollten wir nicht begehen und die Anhaltung so vornehmen, dass wir auch den Fahrzeuginsassen habhaft wurden.

Die Kollegen der Polizei Wien erwarteten uns in Auhof, überholten das gestohlene Fahrzeug einsatzmäßig und schnitten den Weg nach vorne ab.

Den nachfolgenden Zivilstreifenwagen hatte das Duo offenbar noch nicht wahrgenommen.

So wie ich vermutete, sprang der Lenker sofort aus, rannte zur Rückseite des Pkw und wollte über die Leitschiene zu einer angrenzenden Wiese flüchten. Er blickte dabei immer auf den Streifenwagen vor dem Täterfahrzeug.

Ich war in der Zwischenzeit ebenfalls aus dem Streifenwagen gesprungen, zog meine Dienstpistole, schrie den Mann an er soll sofort stehen bleiben und gab auf einer Entfernung von ca. eineinhalb Metern einen Schuss in die Luft ab.

Der Fahrzeuglenker erschrak sichtlich, da er mich erst jetzt wahrgenommen hatte und riss die Hände in die Höhe.

Er sah meine Entschlossenheit und dürfte geahnt haben, dass der nächste Schuss vermutlich sein Bein getroffen hätte.

Die Festnahme der beiden Flüchtlinge war der Schlag gegen eine hochkarätige Einbrecherbande. Leider hatte die Aktion ein Angehöriger des ORF beobachtet und die Reporter strömten schnell herbei. Für mich in diesem Fall sehr deprimierende, da bereits in den nächsten Nachrichten im Radio von der Festnahme der Autoeinbrecher berichtete wurde. Mittäter, die unseren Ermittlungen nach auf jeden Fall existierten, waren durch die Medien natürlich gewarnt.

Ein übereifriger Kollege hatte die Presseanfragen schon beantwortet, bevor er sich von uns ein Okay einholte.

Die beiden Flüchtlinge wurden in der Nacht in die Justizanstalt St. Pölten eingeliefert. Einen der Täter transportierten mein Kollege und ich im Streifenwagen. Der Mann schlief nach etwa zehn Minuten friedlich neben mir auf der Rückbank ein. Ein wahrlich deprimierendes Erlebnis. Er fühlte sich in der Obhut der Exekutive sichtlich wohl und hatte nicht die geringsten Sorgen über seine Zukunft.

Ob ein österreichischer Straftäter nach einer Festnahme in Moldawien oder einem Staat mit ähnlicher Strafrechtsstruktur genau so friedlich geschlafen hätte, ist eine andere Frage. Ich persönlich glaube es aber nicht.

Ein Fall, der die Flüchtlingsproblematik wieder in ein schräges Licht bringt. Diese Flüchtlinge haben sich Österreich nur aus bestimmten Gründen ausgesucht. Sie leben in einer ordentlichen Unterkunft, haben täglich drei Mahlzeiten, können sich ihre Krankheiten unentgeltlich behandeln lassen und können auf ein sehr mildes Urteil rechnen, falls sie nach einer Straftat erwischt werden.

Da die weiteren Ermittlungen sehr aufwendig und für ein kleines Team nicht zu bewältigen waren, wurde ich der Kriminalabteilung-Außenstelle St. Pölten zugeteilt. Dort konnte ich mit einer Gruppe von Kollegen an den sehr zeitaufwendigen Ermittlungen weiterarbeiten.

Die Tatortgruppe der Kriminalabteilung sicherte die Spuren und Gegenstände im gestohlenen Pkw und in einem weiteren Tatfahrzeug. Ich bekam die DNA Treffermeldung eines festgenommenen Täters. Die Tatortspur hatte ich selbst in einem Pkw, der zirka 100 m vom Gendarmerieposten Hainfeld entfernt aufgebrochen wurde, gesichert.

Die Täter selbst machten uns gegenüber keinerlei Angaben und mit einem Geständnis konnten wir nicht rechnen.

Eines zeigte sich aber nach kurzer Zeit als ich eine DNA-Treffermeldung erhielt. Die Asylanten waren bereits mit einem gestohlenen Auto zum Flüchtlingslager nach Traiskirchen gekommen, wo sie am gleichen Tag das Zauberwort: „ASYL" sagten.

Die im gestohlenen Pkw und im zweiten Tatfahrzeug vorgefundenen Gegenstände wurden mit den Listen aller in den Bundesländern Niederösterreich, Burgenland und Oberösterreich verübten Kfz-Einbrüchen verglichen.

Das Bundesland Wien ersparten wir uns, da ich wahrscheinlich heute in meiner Pension noch daran arbeiten müsste.

Die Sachen wurden auch fotografiert und in den Medien verbreitet. Leider kommt es bei der Aufnahme von Einbrüchen oft vor, dass kleine Gegenstände, oder Sachen von geringem Wert nicht angegeben werden, da dies für die Opfer bedeutungslos scheint. Die Versicherung zahlt auch keinen Kugelschreiber oder ein Reklamefeuerzeug, dass aus dem Auto geklaut wurde.

Wie sich immer wieder herausstellt, sind es gerade solche kleinen Dinge, die zur Klärung eines Einbruches beitragen können.

Diese Kleinarbeit dauerte Wochen, aber wir konnten auf diese Weise insgesamt 75 Einbrüche klären. Die Täter hatten die Autoradios und anderen Wertgegenstände bis nach Wien gebracht, wo ein Autobus bis nach Moldawien fährt. Das Diebesgut wurde jeweils nach den Einbrüchen sofort weggebracht. Mehr konnten wir nicht ermitteln, weil sich am Südbahnhof sämtliche Spuren verloren.

Aufgrund der kleinen Sachen war es aber möglich, einzelne Beutestücke Kfz-Einbrüchen von Oberösterreich bis Burgenland zuzuordnen. Einmal war es ein in Moskau gekauftes Jagdmesser mit einigen Besonderheiten, die der Eigentümer genau beschreiben konnte. Danach waren es Musik-CDs, die das Opfer selbst in eigener Reihenfolge aus dem Internet auf den Datenträger kopierte und deshalb genau identifizieren konnte. Solche Dinge sind für ein Beweisverfahren von unschätzbarem Wert, da sich Richter und Staatsanwalt nur auf die Beweislage stützen.

Bei diesen Amtshandlungen ist es immer ein schönes Gefühl, wenn man den Opfern persönliche Gegenstände wieder geben kann, an denen sie sehr hingen und deren Wert durch keine Versicherung gedeckt ist.

Nach mehreren Monaten konnten wir die Akten schließen und der Staatsanwaltschaft in der Größe von mehreren Ordnern übergeben. Wir bekamen auch eine Zeugenladung bei der Verhandlung. Der

Verhandlungssaal war gestopft voll, da die Schüler einer höheren Schule als Zuhörer anwesend waren.

Besondere Empörung bei den Schülern rief die Aussage des einen Täters hervor, der behauptete, noch niemals in seinem Leben eine strafbare Handlung verübt zu haben.

Die Aussage wurde von einem Gerichtsdolmetsch übersetzt. Der Mann saß als Lenker im gestohlenen Pkw und seine DNA wurde von mir in einem aufgebrochenen Fahrzeug gesichert.

Auch dem Richter erschien diese Aussage vermutlich als Provokation. Er verurteilte den Täter zu einer Freiheitsstrafe von zweieinhalb Jahren. Sein Partner bekam einige Monate weniger.

Bei diesen Gerichtsverfahren ist sehr bedauerlich, dass die Täter zur Schadensgutmachung nicht herangezogen werden, weil sie keinen Besitz haben und die Flüchtlingszuwendung dafür nicht verwendet werden kann.

Die Kollegen erzählten mir, dass ein Straftäter nach der Haftentlassung bereits wieder Gegenstand von Ermittlungen wegen Einbruchsdiebstählen sei.

Einen Autoeinbruch kann man eigentlich nicht verhindern, da die Türen für einen routinierten Täter kein wirkliches Hindernis darstellen. Der Einbau einer Alarmanlage, die ordentlich Lärm verursacht, ist noch die beste Möglichkeit einen Diebstahl zu verhindern, da die Täter nicht die Nerven haben, nach deren Auslösung ihr Tatvorhaben umzusetzen.

Wir geben auch immer die Ratschläge, keine Wertgegenstände sichtbar im Fahrzeug zu lassen. Ich selbst weiß natürlich auch, dass dies nicht immer möglich ist, da niemand den Laptop, das Navigationsgerät, die Freisprecheinrichtung und andere Elektrogeräte ständig mitnehmen kann, wenn er das Fahrzeug verlässt. Man sollte jedenfalls diese Gegenstände verdeckt verwahren, dass sie von außen nicht gesehen werden. Gelegenheit macht Diebe, wie das Sprichwort besagt. Nicht alle Autoeinbrüche werden nachts verübt. Da tagsüber in Städten zwar reger Fahrzeugverkehr herrscht, aber fast keine Fußgänger zu beobachten sind, haben die Täter auch bei Tag wenig Risiko, gesehen zu werden. Das Einschlagen einer Seitenscheibe wird aufgrund des Verkehrslärmes nicht wahrgenommen und die Teilnahmslosigkeit mancher Mitbürger ist auch niederschmetternd.

Die Serieneinbrecher

Nicht alle Amtshandlungen sind von Erfolg gekrönt und manche Täter können auch bei den besten Voraussetzungen nicht gestellt werden, weil in der Kette der Fahndungsmaßnahmen ein Glied einen Fehler aufweist.

Im Bezirk Lilienfeld kam es zu zahlreichen Wohnhauseinbrüchen, wo die Täter Wertgegenstände in großer Zahl mitgehen ließen.

Wir verstärkten die Zivilstreifen, konnten jedoch mehrere Wochen lang keinen Erfolg verzeichnen. Die Einbruchsserien verlagerten sich jeweils von einer Ortschaft auf die nächste. Es war Sommer und die Temperaturen oft über 30 Grad. Da die Täter auch Nahrungsmittel stahlen und auf einem Tatort Eismarillenknödel aus dem Gefrierschrank nahmen und offenbar in noch gefrorenem Zustand aßen, nahm ich an, dass sie über keine Unterkunft verfügten. Als ich meinen Verdacht äußerte, wurde ich belächelt und manche rissen ein paar Witze, so wie dies bei abstrakten Vorstellungen üblich war.

Eines Nachts bekamen wir die Mitteilung, dass sich zwei verdächtige Männer in einem Siedlungsgebiet bei St. Veit umher trieben. Mein Kollege und ich dachten sofort an unsere Einbrecher und forderten Verstärkung an. Als nun auch zwei Hundeführer und zwei weitere Streife eintrafen, durchkämmten wir die Siedlung. Kurz darauf sahen die Kollegen zwei Männer von einem Grundstück laufen. Die Verdächtigen wurden mehrmals aufgefordert, sofort stehen zu bleiben. Als sie der Aufforderung nicht nachkamen, wurde der Schäferhund nachgeschickt. Alle freuten sich über den Einsatz und niemand zweifelte daran, dass der abgerichtete Hund die beiden Männer nicht stellen würde.

Der Hund lief den Männern in die Dunkelheit nach und auch die vermeintlichen Einbrecher liefen und liefen und liefen, bis sie im angrenzenden Wald untertauchten. Warum der Diensthund versagte, war völlig unklar. Sein Herrchen vermutete, dass die Täter mit einem Gegenstand auf den Hund einschlugen, da dieser nachträglich etwas verwirrt wirkte. Den genauen Grund weiß aber nur der Hund und wir hatten das Nachsehen.

Aber nicht nur wir Beamten machen Fehler, sondern auch Tiere, auf die man sich sonst verlassen kann.

Ein schwerer Tiefschlag für meine Kollegen und mich. Die Suche am Morgen brachte einen kleinen Teilerfolg, weil ich im Wald ein verlassenes Lager mit einigen Beutestücken, Schlafsäcken und dergleichen finden konnte. Das Lager strotzte natürlich von DNA-Spuren der Täter. Ein wahres El Dorado für den Spurensucher. Meine Vermutung, die Täter seien zu Fuß unterwegs und könnten sich tagsüber im Wald verstecken, die vorerst belächelt wurde, bestätigte sich. Die vorher gelacht hatten, gaben nun kleinlaut zu, dass mein Verdacht richtig war.

Ein gutes Ende fand die Sache dennoch. Nach mehreren Monaten konnten die Täter festgenommen und aufgrund der gesicherten Spuren den Straftaten überführt werden.

Leider haben die Erfolge der Exekutive einen bitteren Beigeschmack. Ist eine Bande unschädlich gemacht und kann endlich in Haft genommen werden, warten schon die nächsten Tätergruppen auf ihren Einsatz bei uns.

Das Täterbild hat sich in den letzten Jahren seit den Grenzöffnungen grundlegend geändert. Früher, in den Anfängen meiner Dienstzeit, wurden die schweren Eigentumsdelikte von Straftätern begangen, die entweder arbeitsscheu waren, oder schnell zu Geld kommen wollten. Auch beide Untugenden gemeinsam kamen bei manchen Straftätern vor.

Diese Umstände haben sich aber grundlegend geändert. Die Täter treten in gut organisierten Gruppen auf, sind auf ausgesuchte Waren spezialisiert, haben schon im Vorfeld einen Hehler, der sich der gestohlenen Waren annimmt und werden oft bei den verschiedenen Straftaten untereinander ausgetauscht. All diese Neuerungen bei den Tatausführungen erschwerte wesentlich unsere Arbeit. Das Täterschutzgesetz — Verzeihung — ich meinte natürlich das Datenschutzgesetz wirft uns bei den Ermittlungen zahlreiche Prügel vor die Füße. Haben wir endlich nach zahlreichen Anträgen und mehreren Tagen oder Wochen die erforderlichen Gerichtsbeschlüsse in den Händen, um Daten von Behörden, Netzbetreibern, oder Geldinstituten zu bekommen, sind die erhaltenen Auskünfte nicht mehr aktuell und wir beginnen von vorne.

Ich hatte bei meinen Vernehmungen von russisch sprechenden Personen meistens eine aus St. Petersburg stammende Dolmetscherin mit dem Vornamen Tatjana. Diese Dame war im Umgang mit Straftätern sehr versiert und kannte so manche Verbrecherszene aus ihrer Heimat. Sie sprach mit den Festgenommenen auch private Worte und erzählte mir nach ihrer Arbeit beim Kaffee, dass die Einbrecher in Russland in den ärmsten Schichten der Bevölkerung ausgesucht werden.

Die mafiaähnlichen Keiler suchen amtsbekannte Spelunken auf und zeigen den zumeist arbeitslosen Jugendlichen Bilder auf ihren Laptops. Die Bilder einer in Österreich neu eröffneten Strafanstalt sind dafür ein gutes Beispiel.

Nachdem sie den Jugendlichen die Bilder zeigten und auch einige Runden Wodka springen ließen, fragen sie die Runde, was die Bilder wohl dargestellt hätten?

Nach einer kurzen Diskussion gibt jeder seine Vermutung bekannt. Einer sagt, er glaube, die Bilder vom Speisesaal, der Turnhalle mit den neuesten Fitnessgeräten und der wunderschöne Aufenthaltsraum mit allen modernen Möbeln stammen von einem neuen Hotel in Österreich. Die Mehrheit der Zuschauer schließt sich dieser Meinung an, bis der Werber sagt, dass diese Bilder in der neuen Strafanstalt in Österreich aufgenommen wurden.

Natürlich treffen sich hier zwei Welten, die man nicht vergleichen kann. Für manche Leute in diesen Regionen Russlands, vor allem in den Armenschichten, ist eine dreimalige Mahlzeit pro Tag ein Luxus, den sich die meisten der armen Schlucker nicht leisten können. Die neue Einbrecherbrigade wird gerade in solchen Gegenden gesucht und später rekrutiert. Die neue Garde wird in den EU-Raum geschleust und später als Flüchtlinge deklariert.

Die einzelnen Gruppen stehlen danach gezielt Autos, Elektrogeräte, Kleidung oder andere Artikel, die ihnen aufgetragen wurden.

Die Tat selbst ist ebenfalls gut vorbereitet. Eine Gruppe führt die Einbrüche durch, das Diebesgut wird anschließend sofort in ein Fluchtfahrzeug verladen und vom Tatort weggebracht. Danach erfolgt die Umladung in ein anderes Fahrzeug in der Nähe des Tatortes. Wird das Einbrecherfahrzeug zufällig von einem Zeugen beobachtet, der sich auch noch dankenswerter Weise das Kennzeichen notiert, so hilft dies sehr wenig. Auch wenn das gesuchte Fahrzeug während einer gezielten Fahndung angehalten wird, so ist der Kofferraum sozusagen keimfrei und völlig leer.

Der Fahrer des vermeintlichen Tatfahrzeuges lächelt bei der Kontrolle und fragt noch unverschämt: „Was du wollen?"

In den meisten Fällen verlässt der vermeintliche Mittäter nach kurzer Zeit die Dienststelle. Kein Staatsanwalt beantragt bei einer solchen Beweislage und bei Fehlen der gestohlenen Ware einen Haftbefehl.

Der Mann wird zwar angezeigt und zur Aufenthaltsermittlung ausgeschrieben, aber in Wirklichkeit hat er mit keiner Strafe zu rechnen. Die Täter sind über unser Rechtssystem bestens informiert und ich hatte schon eine Begebenheit, wo der 16-jährige ungarische Dieb sofort nach einem Rechtsanwalt verlangte.

Nun gibt es ja auch in diesem Fachbereich einen Journaldienst und der Anwalt riet dem Täter, keine Aussage zu machen. Der Ungar hielt sich daran und ich ersparte mir die Einvernahme und die teuren Dolmetschkosten. Die Namen der Mittäter, die bei der Tat geflüchtet waren, nannte mir der Mann natürlich nicht. Zu früheren Zeiten hätte ich die Namen sicherlich bekommen, da die Vernehmung längere Zeit und bei Bedarf auch mehrere Stunden gedauert hätte. Einen sogenannten Ersttäter hätte ich schon weich bekommen, wie dies in unseren Kreisen genannt wird.

Ich war immer dafür, bei Vorträgen auf die Prävention hinzuweisen und die Bevölkerung zur Mitarbeit zu bewegen. Straftaten werden in fast allen Fällen von Privatpersonen entdeckt und auch direkt wahrgenommen. Wichtig für uns ist eine sofortige Mitteilung, die im Zeitalter des Handys auch möglich ist. Leider kenne ich aus meiner Dienstzeit auch Vorfälle, wo der Täter beim Versuch, in das Haus einzusteigen, vom Hauseigentümer überrascht wurde. Der Hauseigentümer wunderte sich, über das dreiste Verhalten des Einbrechers, teilte mir diese Wahrnehmung aber erst mit, als ich wegen anderer Einbrüche in der Nachbarschaft eine Hausbefragung durchführte. Wenn ich Stunden nach der Tat solche Hinweise bekomme, sind die Täter meist bereits im benachbarten Ausland. Obwohl jetzt auch Fahndungen an die ausländischen Behörden weiter geleitet werden, kann sich jeder die Erfolgsaussichten vorstellten. Ich müsste schon ein genaues Kennzeichen des Fluchtfahrzeuges haben, um im Ausland den Fahrzeughalter zu bekommen.

Auch ein Fahrzeughalter ist noch kein wirklicher Ermittlungserfolg, da es sich meist um Mietwagen handelt, die auch noch unter falschen Namen angemietet werden.

In machen Staaten ist es noch immer üblich, Originaldokumente mit dem entsprechenden Trinkgeld an den jeweiligen Beamten zu bekommen. Ein türkischer Fremdenführer, der nicht wusste, dass ich ein Sicherheitsorgan bin, erzählte mir voll Stolz, dass er soeben einen Führerschein zum Preis von 500,- US Dollar von einem Beamten des zuständigen Amtes unter der Hand gekauft habe. Voller Freude zeigte er mir das druckfrische Dokument und gab an, niemals auch nur eine Minute eine Fahrschule besucht zu haben. Mit solchen Missständen muss man sich als ermittelnder Beamten natürlich auch auseinander setzen. Die Korruption in unseren Nachbarländern ist zwar zurück gegangen, existiert aber noch immer in abgeschwächter Form.

In meinem Beruf waren die Anrufe und Hinweise von Zeugen eine der wichtigsten Grundlagen für unsere Aufklärungsarbeit.

Wahrnehmungen von Privatpersonen sind für uns immer sehr wichtig und haben in manchen Fällen schon zum Erfolg geführt.

Falls um 2.00 Uhr morgens ein Fahrzeug mit ausländischen Kennzeichen langsam durch eine Siedlung fährt, ist dies bereits Grund genug, die Polizei zu verständigen. Niemand besucht zu dieser Zeit Verwandte, oder hat eine geschäftliche Unterredung. Die sogenannte Blaulichtsteuer, die jedoch nur bei Verkehrsunfällen mit Sachschaden, oder bei Fehlalarmen eingehoben wird, scheint einen Abschreckungseffekt bewirkt zu haben. Manche Leute glauben, sie werden zur Kasse gebeten, wenn sie den Notruf ungerechtfertigt anrufen. Eine Anzeige wegen des Missbrauches von Notzeichen, wie es im Gesetz heißt, erfolgt aber nur, wenn jemand aus Jux eine wissentlich falsche Anzeige erstattet.

Alle Anrufe, die auf guten Glauben beruhen, werden natürlich nicht verfolgt.

Wichtig für uns ist natürlich auch ein richtiges Verhalten bei solchen Wahrnehmungen. Der Hinweisgeber sollte in jedem Fall mit uns in Verbindung bleiben und fortwährend die neuesten Wahrnehmungen mitteilen. Dazu gehören die Beschreibung eines Tatfahrzeuges, die Anzahl der Personen und die Fluchtrichtung, falls sich die Täter vor unserem Eintreffen gesetzt haben. Normalerweise wird der Beamte in der Notrufzentrale die erforderlichen Fragen stellen.

Einmal verhielt sich ein Anrainer vorerst zwar richtig und rief den Notruf, als er während der Nachtzeit verdächtige Geräusche hörte und vom Fenster aus Einbrecher bemerkte, die soeben in eine Werkstätte einbrachen.

Da die entsandte Streife nicht sofort eintraf, wurde er nervös, nahm eine Taschenlampe und leuchtete von seinem Fenster aus in Richtung Werkstätte. Die Täter sahen den Lichtschein und flüchteten sofort vom Tatort. Kurz darauf traf die Gendarmeriestreife ein und konnte nur mehr den Tatort absichern. Hätte der Zeuge nicht zur Taschenlampe gegriffen, so wären die Täter beim Eintreffen der Beamten gerade in der Werkstätte gewesen und hätten nicht mehr rechtzeitig flüchten können.

Die Spurenlage war sehr schlecht und die Täter konnten bis heute nicht ermittelt werden.

Ein Mordversuch

Es war der 2. September 1987, als ich wegen einer laufenden Alarmfahndung in den Dienst geholt wurde. Ich kann mich an das Datum genau erinnern, da ich an diesem Tag meinen Geburtstag feiern wollte. Daraus wurde aber nichts, weil man sich bei meinem Beruf den Tag nicht aussuchen kann, wo Straftaten verübt werden.

Als Grundlage für die Fahndung war die Tatsache, dass ein Bursche seine Ex-Freundin angeschossen und mit drei Schüssen in Bauch und Oberarm lebensgefährlich verletzt hatte. Als der Vater der Frau seiner Tochter zu Hilfe eilte, gab der Täter auf den Vater ebenfalls einen Schuss ab. Das Projektil durchschlug das Hosenbein des Mannes, ohne jedoch seinen Körper zu verletzen.

Nach diesen Attacken flüchtete der Mann mit seinem Pkw in unbekannte Richtung.

Mein Kollege Franz und ich nahmen im Bereich der Klammhöhe Aufstellung und hielten nach dem gesuchten Pkw Ausschau.

Wie bei allen Fahndungen, die längere Zeit nicht zielführend waren, ließ auch bei uns die Erwartung, den Täter noch während der Fahndung zu stellen, bald nach. Positiv war, dass der Name und das Fluchtfahrzeug bekannt waren. Gefährlich war der Umstand, dass der Täter eine Pistole mitführte und eine drohende Gefahr darstellte. Niemand konnte voraussagen, wie der Mann in einer Ausnahmesituation reagiert.

Die Anspannung war bereits gewichen, als wir plötzlich den Funkspruch mithörten, dass das Zielfahrzeug kurz vor der Klammhöhe im Straßengraben steckte.

Diese Meldung fuhr ein, wie ein Donnerschlag. Wir eilten zum Streifenwagen und fuhren Richtung Klamm. Kurz darauf bemerkten wir den gesuchten Pkw mit der halben Fahrzeugseite im Straßengraben.

Ich verließ den Streifenwagen und begab mich auf eine angrenzende Wiese, wo ein vereinzelter Baum stand. Mein Kollege bezog hinter dem Streifenwagen Stellung.

Zu dieser Zeit verfügten wir nur über wenige Schutzwesten, die auf dem Bezirksposten lagerten. Ich forderte also über Funk Unterstützung an und ersuchte um Übermittlung der Schutzwesten.

Als der Täter sein Fahrzeug verließ, schrie ich ihn an, er möge die Hände über den Kopf geben und sich in die Wiese legen. Der Mann reagierte auch nicht auf andere gerufene Aufforderungen und auch die Androhung der Schusswaffe zeigte nicht die geringste Wirkung.

Dem Burschen gelang es nun, seinen Pkw wieder flott zu bekommen und in Richtung Hainfeld zu flüchten. Nach der Abgabe von mehreren Warnschüssen, wurde nun das Feuer auf die Reifen des Pkw eröffnet.

Wir nahmen anschließend die Verfolgung auf und das Fahrzeug konnte nach ein paar Kilometern von meinen Kollegen gestoppt werden. Der Täter wurde festgenommen und auf die Dienststelle nach Hainfeld gebracht.

Wie sich später herausstellte, war das Fahrzeug von mehreren Projektilen unserer Dienstwaffen durchlöchert worden, ohne dass der Lenker verletzt wurde. Ein Projektil durchschlug die Fahrertür und drang unterhalb des Sitzes bis zur Mittelkonsole vor, wo die Herrenhandtasche des Täters stand. Das Projektil durchschlug auch die Herrenhandtasche und traf das volle Reservemagazin der Tatwaffe, einer 9mm Pistole.

Das Projektil riss ein Loch in das Magazin und die oberhalb der Einschuss-Öffnung befindlichen Patronen sprangen heraus. Das Magazin war daher nicht mehr verwendungsfähig.

Der Täter stand bei seiner Festnahme unter starker Alkoholeinwirkung und konnte vorerst nicht einvernommen werden.

Die Anklage lautete auf Mordversuch, da er die Tat lange vorbereitete und die Tathandlung auf eine Tötung des Opfers gerichtet war.

Die Freundin trennte sich vom Täter, was der Mann offenbar nicht verkraftete. Er hegte daraufhin schon eine Mordabsicht und besorgte sich über die zuständige Bezirkshauptmannschaft eine Waffenbesitzkarte. Zu diesem Zeitpunkt erfüllte er alle diesbezüglichen Voraussetzungen, da er nicht vorbestraft war und auch die Erhebungen bei der zuständigen Gendarmeriedienststelle keine nachteiligen Vormerkungen aufzeigten.

Nach Erhalt des waffenrechtlichen Dokumentes kaufte er sich eine 9mm Pistole und dazugehörende Munition.

Danach lauerte er seiner Ex-Freundin an ihrem Arbeitsplatz auf und verübte die Tat. Zum Glück hatte der Täter im Umgang mit Faustfeuerwaffen keine Erfahrung und die Schüsse trafen kein lebenswichtiges Organ. Es könnte aber auch der berüchtigte Zufall gewesen sein, der dem Mädchen das Leben rettete.

Der Täter wurde im Landesgericht St. Pölten zu einer mehrjährigen Freiheitsstrafe verurteilt.

Die Eifersucht wird von den Menschen sehr unterschiedlich aufgenommen und die Reaktionen sind auch sehr verschieden. In seltenen Fällen nehmen abnorme Formen der Eifersucht gefährliche Prägungen an.

Während die Frauen solchen Problem manchmal durch Selbstmord beenden, scheinen die Männer mit solchen Angelegenheiten weit radikaler umzugehen. Sie bestrafen die Frauen mit körperlicher Gewalt, dauernden Belästigungen und psychischen Drohungen, die heute unter dem Begriff Stalking zu finden sind.

Männer glauben oft, Frauen sind ihr persönlicher Besitz und sie können uneingeschränkt über sie verfügen. Solche Besitzansprüche werden manchmal auch mit dem Tode bestraft, da sie die Ware bis zum Ableben besitzen wollen.

Bei solchen extremen Formen der Eifersucht kann auch nur geschultes Personal eine Hilfestellung geben, da die Personen, die es betrifft eine Behandlung benötigen. Ich kenne solche Fälle aus meiner Dienstzeit. Mit den Leuten kann nicht vernünftig geredet werden, da sie von ihrer Meinung überzeugt sind. Zum Glück enden solche Geschehnisse nicht immer im Desaster. Die Zeit ist ein wichtiger Faktor, um die Eifersucht und Rachegefühle einzudämmen. Jeder hat wahrscheinlich ein- oder mehrmals in seinem Leben eine Partnerschaft, die einseitig gelöst wurde. Die unglückliche Liebe war vorerst ein Schlag gegen die Seele und führte auch zu körperlichen Unbehagen, da einem das Essen nicht schmeckte und manche Leute dadurch zum Alkoholiker wurden.

Betrachtet man die Sache Jahrzehnte später, so kann man darüber lachen und wundert sich, wie einfältig und naiv man damals war.

Eine intakte Familie und ein guter Freundeskreis sind bei solchen Katastrophen ein Heilmittel, die helfen können. Gegen Eifersucht gibt es ja bekanntlich keine Medikamente.

Verkehrsanhaltungen

Manchmal stand ich auch mit der Laserpistole, wie sie im Volksmund genannt wurde, und hielt nach Schnellfahrern Ausschau.

Diese Personengruppe lag mir sehr im Magen, da die überwiegende Anzahl der Verkehrsunfälle durch sie ausgelöst wurde. Im juristischen Sinne hieß es: „Nicht angepasste Fahrgeschwindigkeit."

Hier wurden, wie beim Falschparken, die meisten Ausreden gebraucht wie zum Beispiel: „Normalerweise fahre ich nicht so schnell, aber heute muss ich noch dringend…!"

Oder die Beifahrerin antwortet auf jede Frage, die ich dem Lenker stelle, für ihn mit einer Entschuldigung.

Auch Aussagen wie: „Der Vati fährt immer so langsam, dass ihm die anderen Lenker den Vogel zeigen oder ihn anblinken", bekam ich oft zu hören.

Wahrscheinlich lag die Durchschnittsgeschwindigkeit des Vati bei 70 km/h, gleichbleibend auf Autobahnen und im Ortsgebiet.

Jeder Kollege eignet sich in den Jahren eine gewisse Vorgangsweise bei Amtshandlungen im Straßenverkehr an.

Ich hielt auch die Lenker bei geringeren Geschwindigkeits-Überschreitungen an und kontrollierte das Fahrzeug. War der Lenker angegurtet und auch der Zustand des Pkw in Ordnung, so mahnte ich ihn wegen der Geschwindigkeitsüberschreitung ab.

Normalerweise sind bei den Radargeräten verschiedene Toleranzgrenzen gesetzlich vorgeschrieben. Es kommt dabei immer auf den Gerätetyp an. Manchmal beträgt diese Toleranz 3 km/h und manchmal 5 km/h.

An einem Tag hielt ich einen Pkw-Lenker an, der 67 km/h im Ortsgebiet fuhr, wo 50 km/h erlaubt waren.

Ich sagte mein Sprüchlein — und noch bevor mir der Lenker den Führerschein zeigte, hielt er mir eine Visitenkarte unter die Nase. Er erklärte mir, dass er mit dem derzeitigen Landesgendarmerie-Kommandanten ein freundschaftliches Verhältnis pflege und ihn besonders gut kenne.

Der Mann machte somit einen Fehler und ich zog meine Abmahnung, die ich bereits auf der Zunge hatte, im Gedanken schleunigst wieder zurück. Eines konnte ich nie leiden und zwar, wenn jemand seine Beziehungen spielen lassen wollte, um damit einer Bestrafung zu entgehen.

Der Ausspruch: Vor dem Gesetzt sind alle Hilfsarbeiter gleich, fand bei mir keinen Anklang.

Ich bedankte mich beim Lenker sofort für den Hinweis und gab ihm zu verstehen, dass ich schon eine Abmahnung vorgehabt hätte. Da er mir jedoch die Visitenkarte des ranghöchsten Gendarmeriebeamten von Niederösterreich zeigte, müsste ich streng nach den Buchstaben des Gesetzes vorgehen. Ich hätte nämlich eine kräftige dienstliche Rüge zu erwarten, falls er dem Herrn Brigadier bei einem Treffen von meiner unkorrekten Abmahnung erzählen würde.

Der Mann sah mich ungläubig an und sagte nichts mehr. Er bezahlte die Organstrafe und dürfte vermutlich die Visitenkarte in Zukunft bei Verkehrskontrollen nicht mehr vorgezeigt haben, weil der Schuss genau nach hinten losging.

Ein ähnlicher Vorfall ereignete sich im Sommer, wo ich in Ramsau einen viel zu schnell fahrenden Motorradfahrer anhielt. Der Lenker redete ununterbrochen und fragte mich, ob ich den Herrn Major Baumgartner von der Polizei Wiener Neustadt kennen würde.

Es handelt sich bei dem Mann um einen Freund, der auch schon oft mit ihm eine Motorradtour unternommen habe.

Eine sehr unbeholfene Form der versuchten Unterhaltung. Ich wäre sicherlich in einer Fernsehsendung aufgetreten, falls ich die Namen sämtlicher Exekutivbeamten in Niederösterreich gekannt hätte.

Ich verneinte die Frage des Motorradlenkers und stellte ihm die Gegenfrage, ob der den Herrn Strebinger aus Hainfeld kennen würde, weil ihm das vielleicht helfen könnte. Diesmal verneinte der Motorradfahrer und ich sagte ihm: „Den müssten sie kennen, weil das bin ich."

Von diesem Augenblick an hörte ich keine Aussage mehr und der Mann bezahlte wortlos seine Strafe.

Die hätte er auch bezahlt, wenn mir der Herr Major bekannt gewesen wäre. Er verließ den Ort der Anhaltung ohne Gruß, obwohl ich mich am Ende der Amtshandlung, wie immer, freundlich verabschiedete. Diese Form der grußlosen Verabschiedung stellte im Gedankenbild der Gesetzesübertreter offenbar eine Bestrafung des Exekutivorgans dar. Eine Beschimpfung, die jeder gerne ausgesprochen hätte, ließ eine Geldstrafe erwarten. Ein versagter Gruß stellte keine Übertretung dar. Es handelte sich lediglich um ein unkorrektes Verhalten im Sinne der Umgangsformen.

Ich billige aber jeder Person, die Strafe bezahlte, eine solche kleine Anstandsverletzung zu, weil auch in unserem Beruf kleine Nadelstiche ausgeteilt wurden, wenn jemand zu frech auftrat.

Die Bürger hatten ja auch keine Möglichkeit, die angeschlagene Ehre rechtens zu verteidigen. Eine Beschwerde schien dem Bürger auch eine gewisse Befriedigung zu verschaffen, wenn er sich ungerecht behandelt fühlte. Auch ein wichtiger Bestandteil einer Demokratie.

Auch wir können Fehler machen, weil wir auch nur Menschen sind. Gravierende Fehler und falsches Verhalten gehören in jedem Fall gerügt.

Ein netter Einspruch

Ich möchte hier einen netten Einspruch im Verwaltungsstrafverfahren beschreiben. Der Mann schrieb handschriftlich nur mit Großbuchstaben, da er vermutlich Fehler bei der Groß- und Kleinschreibung vermeiden wollte.

Ich möchte auf die Anzeige selbst nicht näher eingehen, kann jedoch versichern, dass die Einzelheiten im Schreiben mit den Tatsachen nicht die geringste Übereinstimmung aufwiesen. Lediglich die schadhaften Reifen, die anschließend ersetzt wurden, waren der Grund für das Verwaltungsstrafverfahren.

Der Mann beschrieb meine Amtshandlung als reinen Bosheitsakt und manche Wörter musste ich mehrmals lesen, um die Bedeutung zu erkennen.

Er schrieb zum Beispiel: „besoffen" wörtlich „PSONFN".

Hier bedarf es einer guten Phantasie diesen Ausdruck zu deuten. Hätte nicht der ganze Satz einen gewissen Sinn ergeben, wäre die Deutung des Wortes unter dem Aspekt einer archäologischen Bedeutung zu suchen gewesen.

Die Schreibweise des Wortes Alkohol war ihm offenbar auch nicht genau bekannt, da er die Schreibweise „Allkohol" verwendete.

Ich hätte den Einspruch gerne vollinhaltlich zu Papier gebracht. Eine solche Vorgangsweise scheitert jedoch am Urheberrecht des Verfassers.

Die Anzahl der Fehler auf einer Briefseite war enorm. Der Bürger hat sich leider durch seinen Einspruch kein Geld erspart, weil das Verfahren nicht zu seinen Gunsten ausging. Das Schreiben selbst zeigte, dass die Pisa-Studie in manchen Fällen den Nagel auf den Kopf trifft.

Der Bürger hat natürlich sein Recht, gegen alle Verfahren einen Einspruch zu erheben, auch wenn er beim Schreiben sehr unbeholfen scheint. Bei dem Mann handelte es sich um einen gebürtigen Österreicher und um keinen Ausländer. Wäre der Verfasser ein Ausländer gewesen, so hätte ich den Einspruch nicht im Buch vermerkt, da wir oft Schriftstücke erhielten, die wir fast nicht entziffern konnten. Dies war natürlich begreiflich, wenn die Leute erst kurze Zeit in Österreich lebten und die Sprache erst lernen mussten.

Dieses Schreiben war jedoch ein Paradebeispiel, wie Volks- und Hauptschule spurlos an einer Person vorbeigingen. Dieser Mann ist nicht nur gratis zur Schule gegangen, sondern fast umsonst, da er die einfachsten Wörter im Sprachgebrauch nicht fehlerfrei schreiben konnte.

Die Einbrecher auf dem Fahrrad

Das Telefon läutete und ich nahm zu Hause schlaftrunken den Hörer ab. Wenn jemand vor 6.00 Uhr bei mir zu Hause anrief, so konnte dies nur einen dienstlichen Hintergrund haben. Ich wurde all die Jahre meiner Dienstzeit unzählige Male mitten in der Nacht und in den frühen Morgenstunden aus dem Bett geholt. Als ich den Kriminaldienst der Dienststelle gemeinsam mit meinem Kollegen Anton Höller übernahm, wussten wir, was uns in den nächsten Jahren erwartet.

Der Kollege aus Lilienfeld sagte mir, dass in der Nacht einige Einbrüche angezeigt wurden und ich die Tatortaufnahmen durchführen solle.

Ich fuhr also auf die Dienststelle und begab mich mit meinen Tatortutensilien auf die einzelnen Tatorte.

Die Täter hatten in einer Fabrik die Büroräume aufgebrochen und zahlreiche Gegenstände gestohlen.

Weiteres brachen sie auch die Getränkeautomaten im Aufenthaltsraum der Arbeiter auf und stahlen das Bargeld und einige Getränke, die sie noch auf dem Tatort konsumierten.

Die leeren Flaschen ließen sie offenbar mir zuliebe auf den Tischen stehen. Zum Tatzeitpunkt hatte die Spurensicherung gerade mit der Auswertung der DNA-Spuren begonnen.

Die Öffentlichkeit und die Medien wussten über diese Spurenauswertung noch keine genauen Einzelheiten und die Täter verhielten sich anfangs noch dementsprechend sorglos.

Mit zunehmenden Erfolgen weckte die Ursache der Aufklärung auch das Interesse der Medien. Damit war unsere Vorherrschaft mit der Spurensicherung und der Auswertung gebrochen. In den verschiedenen TV-Sendern und in den Zeitungen waren die Informationen, die zur Auswertung der Spuren führen, genau aufgelistet.

Die Auswertung der Fingerabdrücke war anfangs eine revolutionäre Erfindung. Als die Verwertbarkeit dieser Spuren auch den Tätern durch Medienberichte zur Kenntnis gelangte, ging die Aufklärungsquote stark zurück.

Ähnlich verhielt es sich bei der Spurensicherung der DNA-Spuren. Vorerst wussten die Täter nicht, wodurch sie der Tat überführt wurden. Die Vorlage der Anzeigen und die Aussagen ihrer Rechtsanwälte veranlassten sie, nach ihrer Haftentlassung vorsichtiger zu arbeiten.

Die Anwälte brachten ihnen den Inhalt unserer Anzeigen und die Untersuchungsgutachten der Kriminaltechnik und des Institutes für gerichtliche Medizin zur Kenntnis. In den Gutachten schienen alle Spuren auf, die sie bei der Tatausführung hinterließen.

Ein wichtiger Anhaltspunkt, worauf sie in Zukunft achten mussten, um derartige Spuren nicht mehr zu verursachen.

Nach einem ersten Hoch, kam auch bald das große Tief, bezüglich der Spurensicherung.

Ich bearbeitete Tatorte, wo die Täter nach einem Einbruch eine Fäkalienspur auf einem Tisch am Tatort zurückließen. Diese Art war bei verschiedenen Volksgruppen, hauptsächlich bei Zigeunern durchaus üblich und schien sich großer Beliebtheit zu erfreuen.

Den Tätern bereitete es offenbar große Freude einen großen Haufen Scheiße auf dem Esstisch zu hinterlassen. Sie wollten uns damit auch verhöhnen und uns wissen lassen, dass wir sie niemals kriegen.

Bei der Tatortaufnahme nahe an einem stinkenden Haufen zu arbeiten, bereitete uns auch sicherlich keine Freude zumal wir auch die DNA-Spuren darauf sichern mussten.

Die Ausscheidungen der Täter brachten uns bei den Tatortaufnahmen geradezu eine zwar stinkende aber fast hundertprozentige Aufklärungsquote, wenn das DNA-Profil des Täters bereits in der Datenbank gespeichert war.

Die Fehler, die vorerst auf dem Tatort begangen wurden, kamen später nicht mehr vor.

Ich sicherte im besagten Fall daher die vorhandenen Spuren und fuhr anschließend zum zweiten Tatort.

Die Täter hatten auch das Büro eines Steinbruchunternehmens aufgesucht und dort beträchtlichen Schaden verursacht.

Ich konnte vor dem aufgebrochenen Fenster im Staub ausgezeichnete Schuhabdrücke sichern.

Vorerst hatte ich keine Verwendung für die Spuren und die Auswertung wurde danach vom Landeskriminalamt vorgenommen.

Bei der Durchsicht der Fahndungen konnte ich feststellen, dass Einbrüche nach dem gleichen Modus auch in anderen Bezirken verübt wurden.

Ich behielt die Sache im Auge und sah im Computer, dass die Fahndung bezüglich der Einbrecher in allen Bezirken und auch im Bundesland Steiermark auf Hochtouren lief.

Die Kollegen in der Steiermark hatten bereits konkrete Hinweise, dass die Täter mit Fahrrädern unterwegs und bereits einmal vor einer Kontrolle geflüchtet waren.

Die Gendarmen aus der Steiermark sind als gute Strategen bekannt und bereiteten sich auch in diesem Fall vorzüglich auf die nächsten Einsätze vor.

Sie verbreiteten in den Medien die Fahndung nach den Einbrechern, die auf Fahrrädern unterwegs waren und hatten bald darauf Erfolg. Sie erhielten die Mitteilung, dass zwei Radfahrer während der Nachtzeit auf der Bundesstraße in Richtung Mürzzuschlag unterwegs seien.

Die Kollegen legten sich einen genauen Plan zurecht, da sie eine Flucht bereits im Vorfeld vereiteln wollten. Sie suchten sich für ihren Zugriff eine Stelle aus, wo die Bundesstraße an einer Seite von einer Felswand und auf der anderen durch ein steiles Flussufer eingegrenzt wurde.

Nun gingen die beiden Radfahrer in die Falle. Sie radelten während der Nachtzeit ohne Bedenken in die angesagte Richtung. Rückwärts folgten ihnen Kollegen mit dem Zivilstreifenwagen und vorne hatten Gendarmen bereits eine Sperre errichtet.

Die beiden Rumänen waren bei der nachfolgenden Anhaltung so schockiert, dass sie keinen Widerstand leisteten. Bei der Personsdurchsuchung hatten sie noch einen erheblichen Geldbetrag bei sich. Es handelte sich um einen Teil der Beute aus den vorher begangenen Einbrüchen.

Nachdem ich die Mitteilung über die Festnahme der Einbrecher erhielt, fuhr ich sofort in die Steiermark, um mich in die Erhebungen einzuschalten.

Mein Kollege teilte mir mit, dass die beiden Straftäter keine Gesprächsbereitschaft zeigten. Sie sagten, sie wären lediglich Touristen, die im schönen Österreich einen netten Urlaub verbringen wollten. Ich besah mir die beiden Kriminaltouristen und kam auch zu dem Entschluss, es sei sinnlos, eine Vernehmung zu beginnen. Mein Entschluss sah sich auch bestätigt, da ich auf meinen Tatorten genug Beweise sammeln konnte, die eine Identifizierung der beiden Rumänen auch ohne Geständnis ermöglichte.

Einer der beiden Radfahrer hatte noch die Schuhe an, deren einwandfreies Sohlenmuster ich auf dem Tatort des Steinbruchunternehmens gesichert hatte. Die DNA beider Rumänen fand ich im Gutachten des Gerichtsmedizinischen Institutes von Innsbruck wieder.

Die Spuren wurden von mir auf dem Tatort der Fabrik gesichert. Ein Geständnis brauchte ich in beiden Fällen nicht mehr. Eine Spur sagt mehr als tausend Worte und ist bei Gericht oft mehr Wert als ein Geständnis, das später auf Anraten des Anwaltes widerrufen wird.

Gab es früher einmal bei den Vernehmungen leichte Schläge auf den Hinterkopf des sogenannten Gauners, um die Blutzirkulation zu verbessern und die Gesprächsbereitschaft zu steigern, so finden solche Vorgangsweisen heute keine Nachahmer mehr.

Ein durch Drohungen, oder Gewaltanwendung erhaltenes Geständnis zählt auch nicht zu den Methoden eines guten Vernehmungsbeamten.

Die besten Erfolge bei Einvernahmen erzielte ich durch gewonnenes Vertrauen und korrekte Aussagen. Ich machte auch niemals Versprechungen, die ich nicht einhalten konnte. Da ließ ich lieber alle Türen offen, um nicht als Blender da zu stehen.

Es gab natürlich auch Fälle, wo die freundlichsten Worte nichts halfen und keine Gesprächsbereitschaft zu erkennen war.

Beim vorliegenden Fall gingen die Täter vorerst in Untersuchungshaft und anschließend verbüßten sie eine längere Strafhaft. Die Dauer ihres Aufenthaltes auf Staatskosten ist mir nicht mehr in Erinnerung.

Jedenfalls waren die Straftaten geklärt und die Opfer hatten eine gewisse Freude, dass die Täter ermittelt und ihrer gerechten Strafe zugeführt werden konnten.

Für die beiden Kriminaltouristen hat sich die Urlaubsreise nach Österreich nicht gelohnt. Hoffentlich kamen sie nie mehr in unser schönes Land.

Beweissicherung

Der Sachbeweis ist zwar keine neue Methode und wurde von den Gerichten auch schon früher für eine Verurteilung herangezogen, aber im Zeitalter der Rechtsanwälte und des humanen Strafvollzuges werden die Vernehmungen immer schwieriger und Geständnisse sind immer seltener zu bekommen.

Ich persönlich kam mit den Rechtsanwälten immer sehr gut aus und hatte ein gutes Einvernehmen. Ich riet auch jedem Opfer einer Gewalttat, sich einen Anwalt zu nehmen, der die Schmerzensgeldforderungen bei Gericht durchsetzen konnte. Meine Beratungen auf diesem Sektor waren sehr mangelhaft, da wir zwar mit dem Strafrecht, aber nicht mit Zivilrecht und Schadenersatzforderungen zu tun hatten. In den Vernehmungsprotokollen gab es zwar Datensätze, die solche Forderungen bereits im Vorfeld aufzeigten, aber die Höhe richtete sich nach der Dauer der Gesundheitsstörung und nach der Schwere der zugefügten Verletzungen. Die Rechtsanwälte konnten die Opfer in dieser Beziehung wirkungsvoll beraten und das Schmerzensgeld überstieg oft die Höhe der Strafe. Manche Raufbolde zahlten so manchen Bausparvertrag an ihre Opfer und an das Gericht. Fast immer standen die Täter bei Körperverletzungen unter Alkoholeinwirkung. Zum Zeitpunkt der Tat war ihnen offenbar nicht bewusst, was ihnen die paar Schläge in das Gesicht ihres Opfers kosten. Hätten sie ihre Tat in nüchternem Zustand vorhergesehen, wäre ein Delikt weniger angezeigt worden. Manche brauchten für diese Einsicht mehrere Jahre und viele haben die Lage bis heute nicht erkannt.

Ich kenne Leute, die ich während der gesamten Dienstzeit in unregelmäßigen Abständen immer wieder wegen der gleichen Straftaten anzeigen musste.

Mangelnde Intelligenz und eine Vorliebe zu Alkohol haben diesen Personen Geldbeträge gekostet, welche für die Anschaffung eines schönen Mittelklassewagens gereicht hätten. Jeder Mensch macht in den Jahren seines Lebens mehr oder weniger Fehler. Manche werden einmal straffällig und einige immer wieder. Gegen Dummheit gibt es leider keine Medikamente und Körperverletzungen gehören meistens zu diesen Delikten. Der Dieb hat von seinen Straftaten einen Gewinn. Der Schläger oft nur einige Sekunden, wo er sich als Held glaubt. Würde er die Meinungen anderer Personen hören, so wäre er von seiner Einstellung nicht mehr so überzeugt.

Wir alle wissen, welchen Ruf ein Säufer und Raufbold bei anständigen Menschen hat. Das Ansehen des Täters nach einer solchen Tat steigt nur bei seinen Freunden, die denselben Charakter und die gleiche Intelligenz haben.

Mangelnde Intelligenz dürfte bei fast allen Gewaltdelikten vorliegen, da ich in meiner Dienstzeit niemals Raufereien zwischen einem Arzt und dem Baumeister einer Ortschaft aufnehmen musste.

Körperverletzungen sind Straftaten, die oft ohne zu denken begangen werden und eine große Anzahl davon wird an Ehefrauen verübt.

In den ersten Jahren meiner Dienstzeit hatte ich mehrere solcher Fälle zu behandeln. Wurde die Ehefrau geschlagen und nur leicht verletzt, bekamen wir mit Sicherheit keinen Haftbefehl und nicht selten mussten wir bei Nacht mehrere Male intervenieren, da die Handgreiflichkeiten fortgeführt wurden.

Mit der gesetzlichen Bestimmung der sogenannten Wegweisung wurde uns endlich die Befugnis erteilt, den schlagenden Aggressor aus dem Haus, oder der Wohnung wegzuweisen. Endlich eine Maßnahme, wo die geschundenen Frauen geschützt wurden.

Manche Ehefrauen erlitten jahrelang ein Martyrium, ohne gegen den schlagenden Ehemann mit einer Anzeige vorzugehen. Meistens war die soziale Situation für die Duldung der dauernden Demütigungen ausschlaggebend.

Der Mann arbeitete und brachte das Geld nach Hause. Die Frau kümmerte sich um die Kinder und versorgte den Haushalt. Die Wohnung, oder das Einfamilienhaus wurde mit dem gemeinsamen Vermögen gekauft oder errichtet.

Im Falle einer Scheidung, wäre das Vermögen geteilt worden und keiner der beiden Ehepartner hätte für die Zukunft ein anständiges Einkommen erhalten. Der soziale Abstieg und der Empfang von Sozialhilfe und Notstand wären die Folgen einer Scheidung gewesen.

In fast allen Fällen, wo ich eine Wegweisung aussprach, haben sich die Partner bald wieder versöhnt.

Der brutale Ehemann

Ich kann mich an einen Fall im Jahre 1978 erinnern, wo die Ehefrau seit Jahren von ihrem Mann geschlagen wurde. Die Straftaten gelangten niemals zur Anzeige und uns war die Situation der armen Frau unbekannt.

Eines Tages übertrieb Hubert Neuhauser und schlug seine Frau so heftig, dass sie gegen eine Glastür prallte und zahlreiche Verletzungen erlitt. Sie wurde mit einem Rettungswagen in das Krankenhaus Lilienfeld eingeliefert.

Wir bekamen über die Rettung eine Anzeige und mein Kollege und ich fuhren zu dem Siedlungshaus, wo die Tat verübt wurde.

Die Rettungsleute brachten die verletzte Frau gerade auf einer Tragbahre zum Rettungswagen. Nachdem sie uns die Tat kurz schilderte, konnten wir den Ehemann bei einem Nachbarn im Garten antreffen.

Er hatte gerade von seinem Nachbarn ein Glas Wein bekommen und schien über unser Erscheinen nicht sonderlich aufgeregt zu sein.

Ich erklärte ihm die Lage und sprach die Verhaftung aus. Hubert Neuhauser nahm dies ohne Gefühlsregung zur Kenntnis und sagte mir, er werde erst mitkommen, wenn er seinen Wein getrunken habe. Neuhauser dürfte schon vor der Tat einigen Alkohol konsumiert haben und richtete sein Verhalten danach aus.

Die Aussage Neuhausers hatte meine Schmerzgrenze erreicht und ich sagte ihm laut, deutlich und unmissverständlich, dass er sofort mitzukommen habe. Er könne sich die Form seiner Verhaftung jedoch selbst aussuchen. Wir könnten die Amtshandlung ruhig vornehmen, aber er könnte auch die andere Variante gerne genau kennen lernen. Diese Form der Verhaftung sein etwas grober und er würde in einer Sekunde auf dem Boden liegen.

Neuhauser schien erst jetzt die Situation zu begreifen und sah ein, dass wir nicht zum Spaß gekommen waren. Mein Gesichtsausdruck und die laute Anrede dürfte ihn vom Ernst der Lage überzeugt haben.

Wir brachten Neuhauser auf den Gendarmerieposten und der zuständige Staatsanwalt beantragte einen Haftbefehl. In den Stunden, die er bei uns verbrachte, schien auch seine Alkoholisierung langsam zu verschwinden.

Erst jetzt begann er, über die Sache genau nachzudenken. Er fragte, was mit seiner Arbeit sei, wenn er im Häfen ist und wann er wieder entlassen werde.

Diese beiden Fragen konnte ich ihn nicht beantworten und am Abend ging es ab nach St. Pölten in die Justizanstalt.

Bei seiner Einlieferung war Neuhauser sehr kleinlaut und hätte durch einen Türspalt schlüpfen können. Für einen Mann, der zum ersten Mal in die Justizanstalt eingeliefert wird, ist das sicherlich ein einschneidendes Erlebnis. In einer Zelle mit Straftätern zu sitzen und die nächsten Ereignisse nicht selbst bestimmen zu können, ist vermutlich keine Freude.

Neuhauser befand sich einige Wochen in Untersuchungshaft und kam danach zu mir auf die Dienststelle. Er entschuldigte sich für sein Verhalten und seine Frau nahm ihn wieder zu Hause auf.

Seit meiner Amtshandlung gab es in der Familie keine Probleme dieser Art mehr. Ein sehr freudiges Erlebnis für einen Beamten, da keine Scheidung und kein Rosenkrieg folgten. Neuhauser kam zur Besinnung und überdachte die schlimme Zeit, wo er seine Frau tyrannisierte. Die späte Einsicht kam gerade zur richtigen Zeit. Solche Vorfälle haben auch schon schlimmer und manchmal sogar mit dem Tod eines Menschen geendet.

Die rasche Aufklärung

Mein Kollege Franz Baumann und ich fuhren im Jahr 1990 mit dem Streifenwagen während der Nachtzeit auf der Landesstraße von Hainfeld in Richtung Klammhöhe. Vor uns fuhr ein Pkw in auffälliger Fahrweise. Ich überholte und mein Kollege führte anschließend eine Anhaltung durch.

Im Fahrzeug befand sich ein Ehepaar, wobei der Mann das Fahrzeug lenkte und die Frau auf dem Beifahrersitz saß.

Der durchgeführte Alkotest beim Fahrer verlief positiv und wir mussten Herbert Hofer den Führerschein abnehmen. Bei Kontrolle des Pkw fiel uns auf, dass der Rücksitz und auch der Kofferraum vollständig mit Kohlepaketen ausgefüllt waren. Ich fragte, woher die Kohle stammte und warum er diese von Hainfeld bis nach Tulln transportiert.

Hofer, den ich von früheren Zeiten her kannte, erzählte, dass er seine Mutter besuchte. Da die Kohlen in der Genossenschaft Hainfeld billiger als in Tulln waren, ersuchte er seine Mutter, ihm eine entsprechende Menge für einen Heimtransport zu besorgen. Die Erklärung schien uns zu diesem Zeitpunkt einleuchtend und die Gattin konnte die Fahrt nach Tulln fortsetzen, da sie nicht alkoholisiert war und auch einen Führerschein besaß.

Am Morgen des nächsten Tages rief der Lagerleiter des Raiffeisen-Lagerhauses Hainfeld bei mir an und erstattete die Anzeige, dass ihm eine größere Menge an Kohlepakten in der Nacht gestohlen worden waren.

Ich musste schon heimlich mein Lachen unterdrücken, da ich den Täter bereits namentlich kannte. Eine solche Form der Amtshandlungen war eher selten, da wir die unbekannten Täter nach der Anzeigeerstattung zumeist nicht kannten und erst mit den Ermittlungen beginnen mussten.

Ich rief meine Kollegen in Tulln an und ersuchte sie, bei Hofer eine Nachschau vorzunehmen und die Kohlen zu beschlagnahmen. Nach kurzer Zeit riefen mich die Kollegen an und teilten mir mit, dass Hofer geständig sei und alle gestohlenen Kohlen beschlagnahmt werden konnten.

Ich fuhr zum Lagerleiter des Lagerhauses und teilte ihm mit, dass der Täter bekannt sei und die Kohlen sichergestellt werden konnten.

Der Mann glaubte an einen Scherz und ich musste ihm den Grund unseres Erfolges erklären. Er zeigte großes Interesse für unsere Arbeit und freute sich mit uns über die flinke Aufklärung der Straftat.

Leider musste ich dem Lagerleiter auch eine kleine Rüge erteilen. Es wurde dem Täter auch sehr leicht gemacht, den Diebstahl zu verüben. Große Warenmengen wurden außerhalb der Lagerhalle völlig frei zugänglich aufbewahrt. Hofer hätte sicherlich keinen Einbruch begangen und versperrte Türen aufgebrochen, um an die Kohlen zu gelangen. Die günstige Gelegenheit und das geringe Risiko erwischt zu werden, haben den Mann zum Dieb werden lassen. Dies ist sicherlich keine Entschuldigung für die Straftat, aber mit ein wenig mehr Sorgfalt und Sicherheitsempfinden wäre dieses Delikt verhindert worden.

Wir freuten uns jedenfalls über die Aufklärung des kleinen Deliktes und die anerkennenden Worte der Lagerhausmitarbeiter. Ein Lob ist für jedermann ein positives Erlebnis, egal welcher Berufssparte er angehört.

Ein Lob kostet nichts, spornt den Diensteifer an und jeder bemüht sich, abermals eine gute Leistung zu erbringen.

Der Stadtbeamte

Beim Verkehrsdienst lernte man die unterschiedlichsten Menschen und auch Charaktere kennen.

Jeder, gegen den eine Verwaltungsanzeige erstattet wird, hat natürlich die Möglichkeit einen Einspruch zu erheben. Diese Vorgangsweise ist eine demokratische Maßnahme, die in Staaten mit sozialen Strukturen angewendet werden kann.

Ich begrüßte eine solche Möglichkeit, da ich mir auch ein paar Mal während meiner Dienstzeit eingestehen musste, bei meinen Amtshandlungen auch Fehler gemacht zu haben.

Es fällt einem kein Stein aus der Krone, wenn Fehler auch zugegeben werden. Jede Berufssparte hat Mitarbeiter wo Fehler gemacht werden. Die Auswirkungen sind nur sehr unterschiedlich. Ein Fehler beim Dachdecker beschert einem beim nächsten Regen eine nasse Überraschung. Der Fehler eines Arztes, kann unter Umständen auch den Tod eines Menschen herbeiführen und der Fehler eines Beamten kann zu unliebsamen finanziellen Einbußen führen.

Ich bekam aber auch Einsprüche auf meinen Tisch, die oft sehr erheiternd und von den tatsächlichen Gegebenheiten weit entfernt waren.

So hielt ich im Kreuzungsbereich einen Pkw-Lenker an, der nicht angegurtet war. Der Lenker hielt neben mir an und ich erklärte ihm, dass ich ihn anhielt, weil er keinen Gurt verwendete. Der Mann lächelte, deutete auf seinen Hosengurt und sagte, er verwende ja einen Gurt.

Die Amtshandlung verlief zuerst eher freundschaftlich und der Lenker erklärte mir, dass in Wien solche kleinen Fehler von der Polizei nicht beanstandet werden. Ich schenkte dieser Aussage auch bedingt Glauben, weil ich mir nicht vorstellen konnte, dass Kollegen in Wien auf der Ringstraße oder einer anderen Straße im Stadtgebiet solche Kontrollen durchführen. Ein Verkehrschaos wäre die Folge und manche Amtshandlungen, die auf dem Lande vollzogen werden, sind in einer Großstadt nicht auf die gleiche Art zu erledigen.

Der Fahrzeuglenker zeigte sich nicht einsichtig und verweigerte auch die Bezahlung einer Organstrafverfügung.

Nachdem ich die Daten für eine Anzeige notiert hatte, hielt mir der Mann einen Zehneuroschein unter die Nase und betonte, dies sei eine Spende für arme Angehörige von Exekutivbeamten.

Meine Antwort, er möge Spenden mit einem Erlagschein, die in jedem Geldinstitut aufliegen, an einen sozialen Verein überweisen, erzeugten einen gewissen Unmut.

Er erwiderte mit einem bestimmten Unterton, ihm sei bekannt, dass wir solche Spenden annehmen müssten und ich sei auch verpflichtet, ihm darüber eine Bestätigung zu schreiben.

Woher solche Unsinnigkeiten stammen, ist mir unerklärlich. Wahrscheinlich werden solche Weisheiten in Gasthäusern zu fortgeschrittener Stunde von Kampftrinkern verzapft.

Ich beendete die Amtshandlung und erklärte dem Lenker, er würde von der zuständigen Bezirkshauptmannschaft eine Strafverfügung erhalten.

Nach drei Wochen bekam ich den Einspruch des Mannes auf meinen Schreibtisch.

Ich muss dazu anführen dass auf der Anzeige als Tatfahrzeug ein Omnibus angeführt war. Dieser Punkt musste von mir natürlich berichtigt werden. Der Fehler kam dadurch zustande, dass die notwendigen Daten auf dem PC in eine Datenmaske eingegeben werden.

Bei den auszuwählenden Fahrzeugen erscheint ein Datenfeld mit allen Fahrzeugtypen, die für eine Anzeige verwendet werden können. Das reicht vom Motorboot bis zum Sattelzugfahrzeug. Die Felder Pkw und Omnibus liegen untereinander und ich klickte offenbar zu weit in das Feld Omnibus, wodurch dieser Fehler entstand. Solche Eingaben können aber bei Einsprüchen korrigiert werden, da auch einem Beamten ein Fehler zugestanden wird.

Im Einspruch gab der Mann auch an, dass er selbst Beamter bei der Stadt Wien sei. Falls er zu seiner Kundschaft zu unfreundlich wäre, wie ich bei der Amtshandlung war, hätte er seine Arbeit beim Stadtdienst schon verloren.

Abschließend möchte ich noch bemerken, dass nicht überprüft werden konnte, ob der Stadtbeamte zu seinen Kunden tatsächlich so freundlich war, wie er in seinem Einspruch schrieb. Die Kunden können nicht befragt werden, weil sie auf dem Zentralfriedhof einige Meter unter der Erde liegen. Der Mann war nämlich bei der Bestattung Wien beschäftigt.

Der Einspruch wurde abgewiesen und der Lenker bezahlte schließlich die verhängte Strafe.

Die Reifenspur

An einem Wintermorgen riefen mich meine Kollegen zu einer Transportfirma, wo ein schwerer Einbruch verübt wurde.

Der, oder die Täter brachen die Tür eines Bürogebäudes auf und drangen in das Tatobjekt ein. In der Nacht herrschten eisige Temperaturen, die einige Spuren tief gefroren hatten.

Zu Beginn führte ich die Spurensuche im Umfeld der Firma durch. Dabei konnte ich feststellen, dass zumindest ein Täter von einem benachbarten Grundstück zum Tatort kam. Im gefrorenen Schnee konnte ich deutliche Schuhspuren sichern.

Auf dem Nachbargrundstück dürfte auch das Tatfahrzeug geparkte worden sein. Die Reifenspuren im Schnee waren deutlich wie in einem Lehrbuch und durch Frost tief gefroren.

Ich hatte also zwei verschiedene Tatortspuren zu sichern. Vorerst kein Grund zum Jubeln, aber besser als nichts, dachte ich mir.

In der Firma selbst war es wie auf allen anderen Tatorten. Der Sachschaden war größer, als die Beute und außer Werkzeugspuren hatte der Täter keine brauchbaren Hinweise im Gebäude hinterlassen.

DNA Auswertungen gab es zu dieser Zeit noch nicht und ich schloss meine Tatortarbeit nach einigen Stunden ab.

Was erwartet ein solcher Einbrecher in einer Firma. Niemand lässt in der heutigen Zeit Bargeld in den Schreibtischen liegen. Geringe Beträge aus Kaffeekassen, oder Hartgeld aus aufgebrochenen Getränkeautomaten fallen den Tätern meistens in die schmutzigen Hände. Von der Beute kann man nur ein paar Tage leben. Solche Typen gehen aber oft vom Arbeitsaufwand aus. Ein Einbruch ist eben schneller verübt, als eine achtstündige Tätigkeit in einem Betrieb. Vom Finanzamt wird man auch nicht zur Kasse gebeten und Lohnsteuer wird einem nicht abgezogen.

Arbeitslosengeld und Notstandsunterstützung bekommen auch Einbrecher und diese Zusatzeinkommen sind auch gesichert.

Im Bezirk Lilienfeld wurden in diesem Zeitraum auch noch mehrere Einbrüche verübt, wo die Spurenlage nicht gerade rosig war.

Bei einem Transportunternehmer im Gölsental verwendete der Einbrecher Arbeitshandschuhe, die er vorher aus einem geparkten Lkw gestohlen hatte.

Vorerst verliefen die Ermittlungen im Sand und meine Kollegen und ich konnten keinen Zusammenhang mit den anderen Straftaten erkennen.

Da auch Gasthauseinbrüche zu verzeichnen waren, glaubten wir vorerst, mehrere Tätergruppen verübten unabhängig voneinander Einbrüche.

Normalerweise ließ sich an der Arbeitsweise der Täter erkennen, welche Straftaten von einer Tätergruppe verübt wurden. Wir nannten solche Übereinstimmungen: Handschrift der Täter.

Eine Tätergruppe machte sich über Trafiken her, andere drangen in Tankstellen ein und manche spezialisierten sich auf Supermärkte.

Im Beruf des Straftäters gab es aber auch wenige Ausnahmen, so wie in diesem Fall. Ich machte mir vorerst keine großen Hoffnungen, die Täter zu erwischen, da die Ermittlungen keine brauchbaren Ergebnisse brachten. An einem darauffolgenden Tag bekam ich von Kollegen aus St. Veit eine Mitteilung, dass ein Bursche vermutlich die Tageseinnahmen eines Gasthauses gestohlen habe. Der Mann war namentlich bekannt und auch sein verwendetes Fahrzeug schien in der Mitteilung auf.

Der Grund für diesen Verdacht lag darin, dass der vermeintliche Täter als letzter Gast bei der Theke saß. Kurz nach der Sperrstunde verließ er sehr rasch das Lokal und wenige Minuten danach suchte der Gastwirt verzweifelt die Brieftasche mit den Tageseinnahmen, die er hinter der Theke abgelegt hatte.

Nach menschlichem Ermessen konnte nur der letzte Gast die Brieftasche gestohlen haben.

Ich beteiligte mich an der Fahndung meiner Kollegen und konnte in den Abendstunden über Funk eine Erfolgsmeldung mithören.

Das Fahrzeug samt Person konnte auf der B 18 angehalten werden. Ich fuhr nach St. Veit und mein Kollege bereitete sich auf eine Einvernahme vor. Obwohl der Brieftaschendiebstahl mit den verübten Einbrüchen nicht identisch war, überlegte ich trotzdem, ob der Bursche auch die Einbrüche verübt haben könnte.

Ich verabredete mich mit meinem Kollegen und fuhr während der Einvernahme des Tatverdächtigen auf meine Dienststelle, um die gesicherten Spuren des Firmeneinbruches zu holen.

Während mein Kollege den Burschen ordentlich ins Verhör nahm, besah ich mir die Reifenmuster des verwendeten Pkw.

Wieder eine Situation, als ob ich ein Brieflos öffnen würde. Die abgenommenen Spuren vom Tatort zeigten offensichtlich eine genaue Übereinstimmung mit den Reifenmustern des Pkw.

Ich begab mich auf den Gendarmerieposten, wo mein Kollege gerade ein Geständnis bekam. Für die weitere Amtshandlung ein positives Signal, weil Täter, die gerade ein Geständnis ablegten, auch bereit waren, weitere Straftaten zu gestehen, die sie verübten. Der Ofen soll belegt werden, solange er noch warm ist.

Ich setzte mich zum vermeintlichen Täter, der nicht unsympathisch wirkte und derzeit arbeitslos war. Ein junger Mann mit Matura, der genau wusste, wann er verloren hatte.

Ich sprach ihn auf den Firmeneinbruch in Hainfeld an, den er vehement bestritt. Als ich ihm erklärte, dass die Reifenspuren von seinem Pkw auf dem Nachbarsgrundstück in der Tatnacht gesichert wurden und er mit einer Hausdruchsuchung rechnen müsse, zeigte er sich gesprächsbereit. Ich sagte ihm, dass ich Schuhe suchen würde, deren Sohlenabrücke ebenfalls auf dem Tatort gesichert wurden.

Bei einer freiwillig gestatteten Nachschau übergab mir Terzer die gesuchten Schuhe und das Sohlenmuster glich den Tatortaufnahmen aufs Haar. Er wusste natürlich, dass ich die Schuhe im Wohnhaus finden würde und beschleunigte den Erfolg durch seine Mitwirkung.

Wolfgang Terzer wurde weiter einvernommen, und kam anschließend zum Entschluss, auch diese Straftat zu gestehen. Terzer wohnte im Bezirk Baden, ging keiner Beschäftigung nach und ärgerte seine Mutter ständig durch die langen Phasen ohne geregelte Arbeit. Die Mutter war hoch anständig und verdiente ihr Geld als Lehrerin. Die Arbeit schien Wolfgang nicht zu gefallen, weshalb er auf dumme Gedanken kam, und Straftaten verübte. Wie ich ermitteln konnte, fuhr er auch mehrere Monate als Aushilfschauffeur bei einer Transportfirma, wo auch ein Einbruch verübt wurde. Aus dem Lkw, der damals von ihm verwendet wurde, fehlten die Arbeitshandschuhe, die auf einem Tatort gefunden wurden.

Nun gab Terzer auch diesen Einbruch zu.

Ich begann nun sehr genau zu ermitteln und konnte in Erfahrung bringen, dass er seinen Zivildienst im Bezirk Baden bei einem Rettungsdienst ableistete.

Die Rettungsleute hatten gute Beziehungen zur örtlichen Gendarmerie und Terzer kam sehr oft auf die Dienststelle, um von den Kollegen zur Kaffeejause eingeladen zu werden.

Die Besuche von Terzer waren bereits an der Tagesordnung und lösten deshalb keine Freude aus. Aus verständlichen Gründen wurde der Mann aber von seinen Besuchen nicht abgehalten, weil sich niemand die guten Beziehungen zur wohltätigen Organisation verderben wollte.

Als das Fehlen von Geld aus der Organmandatskasse des Gendarmeriepostens festgestellt wurde, herrschte unter den Kollegen große Bestürzung. Alle vermuteten einen Dieb in den eigenen Reihen und dachten nicht an die dauernden Besuche des Zivildieners.

Aus der Kasse der Rettungsorganisation fehlte in dieser Zeit auch ein namhafter Geldbetrag und niemand konnte sich erklären, wer für den Verlust verantwortlich war.

Als ich mit meinen Kollegen die Fälle neu aufrollte, ergab sich aus dem Tatbild nur ein Täter: Wolfgang Terzer.

Ich erstattete gegen den Mann auch bezüglich dieser Delikte eine Strafanzeige. Der Ausgang des Verfahrens ist mir nicht bekannt.

Die Ladendiebin

Meine Nachbarin Renate Jungwirth kam auf den Gendarmeriposten und erstattete die Anzeige, dass ihre Brieftasche gestohlen worden sei.

Sie erzählte mir, dass sie mit einer Freundin in einem Supermarkt einkaufen war. Sie ließ ihren Einkaufswagen, wo sie ihre Brieftasche abgelegt hatte, kurz unbeaufsichtigt. Als sie zurück kam, musste sie feststellen, dass die Brieftasche mit 2000,— Schilling gestohlen worden war. Ihre Freundin Maria Hochleitner konnte sie im Markt ebenfalls nicht mehr wahrnehmen.

Da Maria Hochleitner offenbar eine wichtige Zeugin war und für mich sogar ein begründeter Tatverdacht bestand, suchte ich die Frau zu Hause auf. Ich sagte ihr meine Vermutungen und fragte sie, wo wie während des Einkaufes mit ihrer Freundin hingekommen sei, da sie Renate Jungwirth nicht mehr sehen konnte.

Maria Hochleitner fuhr mir sozusagen mit dem A.. ins Gesicht und fragte mich lautstark, was ich mir überhaupt erlaube, sie für einen Brieftaschendiebstahl zu verdächtigen. Nach einer kurzen Befragung brach ich das Gespräch mit der Frau ab, da ich mir keine weiteren Erkenntnisse versprach.

Nach einigen Tagen wurde mir vom Postamt angezeigt, dass während der Geschäftszeit aus einer Vitrine ein neues Mobiltelefon gestohlen wurde. Ich erhielt die Handydaten und erstattete eine Anzeige gegen unbekannte Täter an das Bezirksgericht Hainfeld, als keine neuen Erkenntnisse vorlagen.

Nach einiger Zeit zeigte der Filialleiter eines Supermarktes an, dass seine Angestellte in einem Regal eine zusammengelegte Verpackung der Wurstabteilung fand. Auf der Verpackung war noch der Preiszettel, der für die Kassenabrechnung aufgeklebt worden war, vorhanden. Die Angestellte der Wurstabteilung konnte sich noch an den Namen der Kundin erinnern, welcher sie die Ware ausfolgte. Der Name war Maria Hochleitner. Die Frau war der Angestellten bekannt, weil sie täglich zahlreiche Fleisch- und Wurstwaren in beträchtlicher Höhe kaufte.

Die Kollegen fuhren sofort zu Frau Hochleitner und fanden die gesamte Ware, die auf der gefundenen Verpackung aufgedruckt war, im Wohnhaus vor. Die Frau gab auch sofort zu, die Fleisch- und Wurstwaren gestohlen zu haben.

Ich wurde mit den weiteren Erhebungen beauftragt und nahm mich der Sache an.

Bei einer ersten Einvernahme gab mir die Frau den Diebstahl zu. Nun begann ich mit den genauen Ermittlungen und stellte fest, dass Maria Hochleitner vor einiger Zeit als Opfer einer Straftat aufschien.

Bei einer Veranstaltung in der Schule wurden die Geldbörsen von drei Frauen gestohlen. Auch Frau

Hochleitner zählte damals zu den Opfern und ich hob mir die Akten aus.

Während der Veranstaltung wurde auch die Geldbörse von Frau Hochleitner mit Bargeld und Führerschein gestohlen. Der Führerschein wurde im Datensystem als gestohlenes Gut ausgeschrieben und die Anzeige gegen unbekannte Täter an das Bezirksgericht erstattet.

Bezüglich der bekannten Diebstähle wurde ohne mein Wissen ein Artikel in der Lokalpresse veröffentlicht. Damals schrieben die Zeitungen den Vorname und den Anfangsbuchstaben des Nachnamens..

Wegen des Artikels bekam ich vom Postamt den Hinweis, dass eine Person mit dem gleichen Vornamen am Tag, wo ein Handy gestohlen wurde, im Postamt war.

Ich bekam aufgrund eines Gerichtsauftrages die Imei- Daten des gestohlenen Mobiltelefons der Post und erfuhr, dass eine neue SIM- Karte für das Telefon bei einem Elektromarkt in St. Pölten gekauft worden war. Ich fuhr sofort nach St. Pölten und der Verkäufer zeigte mir die Ablichtung des Führerscheines der Person, welche die neue SIM- Karte kaufte und die Anmeldung vornahm. Es war der Führerschein von Maria Hochleitner, den sie bei mir als gestohlen gemeldet hatte.

Der Verdacht gegen die Frau erhärtete sich somit und ich beantragte einen Hausdurchsuchungsbefehl bei der Staatsanwaltschaft.

Nachdem ich den schriftlichen Befehl erhalten hatte, rief ich Frau Hochleitner an und bestellte sie unter einem anderen Vorwand auf die Dienststelle. Die Frau kam zur angegebenen Zeit auf den Posten und ich teilte ihr mit, dass ich einen Hausdurchsuchungsbefehl für ihr Wohnhaus erhalten habe, weil sie im Verdacht stehe, ein neues Mobiltelefon gestohlen zu haben. Ich forderte sie auf, das gestohlene Handy herauszugeben.

Maria Hochleitner zeigte sich sehr erzürnt und sagte mir, dass ihre Mutter bei ihr zu Hause sei. Falls sie die Gendarmerie zu sehen bekomme, erleide sie mit Sicherheit einen Herzinfarkt. Sie warnte mich eindringlich vor einer derartigen Maßnahme. Ich gab ihr zu verstehen, dass wir sehr vorsichtig bei solchen Aktionen vorgehen und auf jeden Fall einen Arzt zur Hausdurchsuchung beiziehen würden.

Die Frau sagte, sie habe keinen weiteren Diebstahl verübt und wir könnten die Hausdurchsuchung ohne Bedenken vornehmen.

Da Maria Hochleitner mit ihrem Pkw zur Dienststelle kam, teilte ich ihr mit, dass ich bei ihrem Fahrzeug mit der Durchsuchung beginnen möchte.

Ich sah sofort den sonderbaren Ausdruck in ihrem Gesicht und den zusammengekniffenen Mund. Als ich im Kofferraum des Fahrzeuges mit der Durchsuchung begann, sagte sie zu mir, dass es sowieso keinen Sinn mehr habe. Sie griff in das Handschuhfach und gab mir das Handy, welches sie im Postamt gestohlen hatte.

Nach einer weiteren Einvernahme und der erkennungsdienstlichen Behandlung, wo Fingerabdrücke und eine dreiteilige Personenaufnahme gemacht werden, erfuhr ich, dass sie eine Einvernahme mit mir nicht mehr wünsche.

Ich zählte offenbar nicht mehr zu ihren Gesprächspartnern. Ich erklärte mich natürlich mit dem Wunsch sofort einverstanden.

Jeder Mensch hat Personen, mit denen er sprechen kann, oder die er als Gesprächspartner ablehnt. Solche Entscheidungen sind auf jeden Fall zu respektieren, da nur anerkannte Ermittler auch den nötigen Erfolg bei den Einvernahmen erzielen können.

Bei meinen Kollegen gab die Frau noch ca. fünfhundert Ladendiebstähle zu. Auch der Diebstahl der Brieftasche meiner Nachbarin, den sie im Supermarkt verübte und die Diebstähle während der Veranstaltung waren dabei.

Die Frau war offensichtlich krank und ließ sich nach der Gerichtsverhandlung ärztlich behandeln. Nach der Anzeige ist Maria Hochleitner nicht mehr in Erscheinung getreten.

Der angegebene Schaden wurde von der Frau vollständig zurück erstattet. Ein Sachverhalt, der nur sehr selten vorkommt. Wahrscheinlich gibt es eine Krankheit, die als Kleptomanie bezeichnet wird und die bei manchen Personen einen pathologischen Trieb zum Stehlen erzeugen.

Mord in der Villa im Jänner 1998

Ich hatte mit einem Kollegen aus St. Veit Nachtdienst, als wir in den Morgenstunden über Funk zu einem Einsatz gerufen wurden.

Als Einsatzgrund wurde die Auffindung einer weiblichen Leiche in einer Villa in Hainfeld angegeben.

Wir fuhren zum Einsatzort und wurden dort schon vom Hausbesitzer erwartet. Er führte uns in eine Kellerwohnung wo auf dem Küchenboden blutüberströmt eine weibliche Leiche lag. Der Gemeindearzt war schon anwesend und erklärte, dass hier für ihn nichts mehr zu machen sei. Der Ehemann der Toten stand ebenfalls in der Küche und gab an, seine Frau hätte Selbstmord verübt.

Wir besahen uns die spärlich bekleidete Leiche und konnten zahlreiche Einstiche am Körper feststellen. Im Hals klaffte eine tiefe Schnittwunde, die einen Einblick bis zur Luft- und Speiseröhre zuließ. An den Händen konnten ebenfalls Stichverletzungen wahrgenommen werden.

Dem Tatbild nach mit Sicherheit kein Selbstmord, sondern Tötung durch Fremdeinwirkung.

Im Schlafzimmer hörten wir noch Kinder schreien, die von ihrer toten Mutter weggebracht worden waren.

Mein Kollege und ich hatten den gleichen Gedanken und sprachen gegen den Ehemann die Verhaftung aus.

Als wir ihm die Handschellen anlegen wollten, gelang uns dies nur bei einer Hand. Zoran Gregorovits begann sich nun heftig zu wehren und wir mussten ihn mit der Armwinkelsperre fixieren. Danach legten wir ihm mit Unterstützung des Gemeindearztes die Handschellen an.

Ich kannte den vermeintlichen Täter und seine Familie von diversen fremdenpolizeilichen Erhebungen.

Alle Familienmitglieder waren noch nie negativ aufgefallen und der Mann machte immer einen ruhigen Eindruck, wenn er seine Kinder von der Schule abholte.

Die Mord- und Tatortgruppe wurde noch vom Tatort aus mittels Handy verständigt und wir brachen Gregorovits auf die Dienststelle.

Als die Kollegen der anderen Abteilungen bereits anwesend waren, ersuchte Gregorovits, die Toilette aufsuchen zu dürfen.

Wir nahmen ihm die Handschellen ab und der Mann begab sich aufs stille Örtchen. Er verließ anschließend die Toilette, begann plötzlich zu rennen und steuerte auf unser im ersten Stock gelegenes Küchenfenster zu. Offenbar wollte er durch das geschlossene Fenster hechten und Selbstmord begehen.

Zum Glück erkannte ein Kollege die Lage und konnte Gregorovits kurz bevor er das Fenster erreichte, abfangen und festhalten.

Dieser Vorfall zeigte uns wieder, dass man keinem Täter trauen kann, auch wenn er sich noch so ruhig verhält. Niemand kann sagen, was im Kopf einer Person vorgeht. Eine Gendarmeriedienststelle war auch vom Sicherheitsstandard nicht danach eingerichtet, eine Person sicher zu verwahren und über eine gefangenenfreundliche WC-Anlage zu verfügen.

Bei Vernehmungen kam es immer wieder vor, dass Verdächtige randalierten, Einrichtungsgegenstände demolierten und Beamte verletzten. Einige Zeit war es daher üblich, aggressive Klienten an Heizungsrohre zu ketten, um eine einigermaßen gesicherte Vernehmung durchführen zu können.

Es mangelte auch an Beamten, die einen Festgenommenen fortwährend bei der Vernehmung überwachten. Hatte man mehrere Verdächtige festgenommen, war eine Sicherung oft nur sehr schwer möglich.

Das Anketten an Heizungsrohre, oder andere Arten der Fixierung wurde uns bald von Menschenrechtlern verboten.

Leider bekamen wir keine Anweisung, wie wir renitente und gefährliche Personen auf andere Weise davon abhalten können, gegen uns tätlich zu werden.

Die Leute am Grünen Tisch überlegten sich stundenlang, wie sie die Täter schützen und überaus menschenwürdig behandeln können. An uns Beamten verschwendeten die Menschenrechtler keine Zeit, um Strategien zu entwickeln, die uns vor Psychopaten schützen.

Die Personengruppe war auch nicht bei unseren Amtshandlungen dabei, wenn wir in den Nachtstunden gegen Randalierer und Alkoholikern mit Wutausbrüchen einschreiten mussten. Sie kannten die Täter nur von den öffentlichen Verhandlungen, wo die Angeklagten frisch rasiert, in dunklen Anzügen gekleidet mit kleinen Tränen auf den Wangen von Selbstmitleid geplagt vor den Richtern standen. Die rührenden Worte des Rechtsanwaltes und der

Hinweis, wie schlecht die Kindheit des Angeklagten war, versetzte die Geschworenen in einen Zustand des Mitleides.

Ich habe diese Sätze natürlich sehr spitz formuliert und wollte damit den Unmut der Beamten ein wenig zum Ausdruck bringen.

Nun aber wieder zur vorliegenden Straftat:

Am Nachmittag kamen Staatsanwalt und Richter, verzichteten aber auf einen Lokalaugenschein, da der Täter psychisch offenbar dazu nicht in der Lage war.

Bei den Ermittlungen stellte sich heraus, dass die unsichere Lage der Familie, ob sie als Flüchtlinge anerkannt, oder in ihr Heimatland abgeschoben werden, bei Gregorovits immer zu vermehrt auftretenden Depressionen führte.

Streitigkeiten mit seiner Gattin waren die Folge, bis in der Nacht eine solche Streitigkeit zum Mord führte.

Die Kinder hatten in einer Nacht Vater und Mutter verloren. Der Vater wurde bis zur Verhandlung in Untersuchungshaft behalten und anschließend in eine geschlossene Anstalt eingewiesen.

Heute ist Gregorovits schon lange wieder auf freiem Fuß und man kann nur hoffen, dass er keinen Rückfall erleidet. Die Kinder wurden im Kinderdorf untergebracht und können das traumatische Erlebnis vermutlich nie ganz vergessen.

Buntmetalldiebe

Seit der Preis für Altmetall, insbesondere für Kupfer und Aluminium stark anstieg, kam es immer wieder in unregelmäßigen Abständen zu diversen Diebstählen.

Die Straftaten wurden in manchen Jahren so massiv betrieben, dass ich hier nicht jeden einzelnen Fall beschreiben möchte, da ich sonst ein eigenes Buch schreiben müsste.

Für solche Diebesfahrten wurden fast immer Kastenwägen verwendet. Solche Transporter kontrollierte ich natürlich mit Vorliebe und dies waren keine fremdenfeindlichen Amtshandlungen, sondern nur nüchterne Überlegungen, die in meiner Dienstzeit oft zum Erfolg führten.

Die ungarischen Kastenwägen – zumeist Leihautos – wurden zur Abholung von Sperrmüll und anderen Gegenständen, welche die Österreicher nicht mehr benötigten, verwendet. Aufgrund der Vielzahl der Sperrmüllsammler wurde auch der Sperrmüll knapp und die Qualität der entsorgten Utensilien immer schlechter. In den Transportfahrzeugen saßen oft bis zu drei Ungarn, die auf diese Weise ihr Geschäft machen wollten.

Zählt man den Preis des Leihwagens und die Treibstoffkosten von Ungarn nach Österreich und zurück zusammen, so kann sich jeder ausrechnen, welchen Warenwert der Sammler hamstern musste, um einen positiven Geschäftsabschluss zu erhalten. Die meisten dieser Transporteure ließen deshalb gelegentlich hochwertige Fahrräder, Rasenmäher und anderes Gartengerät, das der Besitzer unbeaufsichtigt abgestellt hatte, in ihren Fahrzeugen verschwinden. Wir konnten bei unseren Kontrollen auch manchmal Gegenstände vorfinden, die sicherlich nicht weggeworfen, oder als Sperrmüll abgelegt worden waren. Die rechtmäßigen Besitzer noch während der Amtshandlung zu ermitteln, gelang uns nur, wenn das vorgefundene Fahrrad codiert war. Sonst mussten wir die Personen wieder ziehen lassen. Wir notierten uns zwar die Personal- und Fahrzeugdaten und machten von den Gegenständen mehrere Aufnahmen, sonst hatten wir aber keine Handhabe die Fahrzeuginsassen längere Zeit anzuhalten.

Die Österreicher waren anfangs auch froh, wenn ihnen der Sondermüll von Ausländern vor der Haustüre abgeholt wurde, da sie sich den Weg zur Sammelstelle der Gemeinde sparten. Die Leidtragenden waren die Gemeinden im Bereich der Grenzen, weil dort Kühlschränke, Fernseher, Autoreifen und anderer Müll neben den Straßen im Grünland entsorgt wurde. Die Sperrmüllsammler hatten bessere Altwaren entdeckt und bereits aufgeladene Gegenstände schnell entsorgt, um Platz für bessere Ware auf den Ladeflächen zu schaffen.

Leider sind sich die Österreicher nicht bewusst, dass sie eine strafbare Handlung begehen, wenn sie Sperrmüll an nicht befugte Personen übergeben. Der Abtransport von Müll ist nur einem dafür konzessionierten Gewerbetreibenden gestattet.

Die Metallliebhaber

An einem schönen Sommertag fuhr ich mit dem Dienstmotorrad auf der B 18 in Richtung Traisen. In Rainfeld kam mir ein Kastenwagen mit ungarischem Kennzeichen entgegen. Solche Fahrzeuge waren für mich immer eine Kontrolle wert und ich wendete sofort.

Anschließend überholte ich den Transporter und hielt ihn auf der Zufahrt zum Siedlungsgebiet an.

Als ich mir den Führerschein des Lenkers und danach die Fahrzeugpapiere aushändigen ließ, bemerkte ich sofort die übertriebene Höflichkeit des Ungarn. Wenn er mir ein Dokument übergab, verbeugte er sich jedes Mal ehrfurchtsvoll vor mir. Innerlich musste ich schon lachen, da ich eine solche Unterwürfigkeit nur aus Filmen und Theateraufführungen kannte. Das Verhalten und die Körpersprache zeigte deutlich ein schlechtes Gewissen. Ich wusste nur nicht, ob er geschmuggelte Zigaretten oder Diebesgut im Wagen transportierte. Dass ich durch die Anhaltung einen Treffer gelandet hatte, war mir aber sofort bewusst.

Wie bei meinen Kollegen vom Zoll eignete ich mir während der Dienstzeit vermutlich eine gute Menschenkenntnis an und vermochte Zeichen der Körpersprache richtig zu deuten. Praxisbezogene Seminare für Vernehmungstechnik halfen mir bei meinen Beobachtungen während einer Amtshandlung. Natürlich konnte ich keine hundertprozentigen Ergebnisse erzielen, aber meistens hatte ich einen guten Riecher, wie diese Begabung im Volksmund genannt wurde.

Der Zollbeamte im Flughafen erkannte auch von hunderten Passagieren den Schmuggler aufgrund seines Verhaltens. Manche Zeichen der Körpersprache kann man nicht unterdrücken. Bei Serientätern werden diese Anzeichen natürlich immer schwächer, da die Routine die Nervosität überwindet.

Hegte ich aufgrund der Körpersignale einer Person gegenüber einen Verdacht, so ergab sich schon das zweite Rätsel: Wo hatte der Täter das Diebesgut versteckt?

Bei kleinen Taschen und Gepäcksstücken war die Suche problemlos. Bei sehr kleinen Produkten wie Suchtgift, gestaltete sich die Suche nach dem Corpus Delicti schon wesentlich schwieriger. Solche Drogen waren oft in Gegenständen des alltäglichen Gebrauches versteckt und konnten erst nach längerer Suche ans Licht befördert werden.

Nun aber weiter zu meinem vorliegenden Fall:

Ich ließ mir die rückwärtige Türe öffnen und musste etwas Müll und eine Plane zur Seite räumen, bis ich zu einer größeren Menge Stromkabeln stieß. Es handelte sich offenbar um Kabelabfälle aus Kupfer, die jedoch niemand zum Müll wirft, da die Buntmetallpreise sehr hoch sind.

Es dauerte einige Zeit, bis ich in Erfahrung bringen konnte, dass der Ungar die Kupferabfälle in Traisen bei der EVN gestohlen hatte.

Nach der erkennungsdienstlichen Behandlung, wo die Person fotografiert und die Fingerabdrücke genommen wurden, erfolgte eine Einvernahme mit einem Dolmetsch. Danach konnte der Mann nach Hause fahren, weil die Strafakte laut Staatsanwalt, nach Ungarn abgetreten wird.

Ein weiterer Fall mit ähnlichem Hintergrund ereignete sich im Jahr 2006.

Ein Kollege, der neben der Bundesstraße 18 in Kaumberg wohnt, kam nachts nach Hause und bemerkte anschließend einen weißen Kastenwagen, der ihm verdächtig vorkam. Das Fahrzeug war neben der Bundesstraße abgestellt und Männer hantierten herum.

Er rief uns an und mein Kollege und ich fuhren einsatzmäßig in Richtung Kaumberg. An der besagten Stelle konnten wir kein Fahrzeug wahrnehmen und in unsere Richtung begegneten wir auch keinem Kastenwagen. Wir fuhren daher bis Altenmarkt durch und kehrten bei der Abzweigung zum Hafnerberg um. Bei der Retourfahrt sah ich in der Dunkelheit für einen Augenblick in einiger Entfernung von der Straße kurz einen Schimmer, wie wenn sich Licht in einem Gegenstand spiegelt.

Wir fuhren weiter und kehrten anschließend um. Wir verließen die Bundesstraße 18 und fuhren bis zum Radweg, wo wir den Streifenwagen parkten. Danach begaben wir uns bei völliger Dunkelheit auf dem Radweg in Richtung Kaumberg und erblickten bald einen abgestellten Kastenwagen. Da wir nicht wussten, wie viele Personen sich im Fahrzeug befinden, oder ob sich die Insassen bereits in der Umgebung aufhielten, um eine Straftat zu begehen, holten wir aus dem Bezirk Baden eine Streifenbesatzung zur Verstärkung.

Als die Kollegen eintrafen, öffneten wir von beiden Seiten gleichzeitig die Fahrzeugtüren und bemerkten zwei Männer. Während die Kollegen mit ihren Dienstpistolen sicherten, machte ich anschließend die Hintertür des ungarischen Fahrzeuges auf. Die Vermutung, es könnte sich bei den Insassen des Kastenwagens um Straftäter handeln, bestätigte sich. Sie hatten mehr als zwei Tonnen Messingstangen im Laderaum. Die Messingstangen im Gesamtwert von 10.000,— Euro hatten sie vorher vom Lagerplatz einer Firma in Kaumberg gestohlen.

Nun klickten für die beiden Ungarn die Handschellen und wir verfrachteten sie zur Polizeiinspektion nach Hainfeld.

Nach Einholung einer Festnahme-Anordnung fuhren wir mit den zwei Straftätern in die Justizanstalt St. Pölten, wo sie in Untersuchungshaft genommen wurden.

Die Ungarn hatten eine Reifenpanne, wobei auch die Felge beschädigt wurde. Als sie am Fahrzeug hantierten, beobachtete sie unser Kollege. Offenbar hatten die Ungarn kein passendes Werkzeug mit, um die Reifenpanne zu beheben. Der Kommissar Zufall war auf unserer Seite und wir konnten eine der zahlreichen Buntmetalldiebstähle klären.

Zivilcourage

In den Morgenstunden des 7. Jänner 2006 wurde ich vom Klingeln meines Telefons aus dem Schlaf gerissen.

Bevor ich das Gespräch entgegennahm, wusste ich schon, dass ich von meinen Kollegen zum Dienst geholt wurde. So zeitig riefen keine Verwandten oder Freunde bei mir an.

Ich wurde von einem Kollegen aus Lilienfeld kurz von einer Fahndung nach flüchtigen Straftätern in Kaumberg informiert.

Nachdem ich mich schleunigst in Schale geworfen hatte, fuhr ich mit dem Dienstfahrzeug nach Kaumberg. An diesem Wintermorgen hatte es eisige Temperaturen von weniger als -10 Grad. Überall lag Schnee und mich fröstelte, trotz meiner Winterkleidung.

Am Einsatzort in Kaumberg erzählten mir meinen Kollegen, dass sie während einer Streifenfahrt neben der Landesstraße einen weißen Kastenwagen mit ungarischen Kennzeichen bemerkten.

Eine Kontrolle ergab, dass die Insassen kurz vorher geflüchtet waren. Die weit auseinander gezogenen Schuhabdrücke im Schnee, ließen auf eine Flucht im Laufschritt schließen.

Im unverschlossenen Fahrzeug lagen Messingstangen, die offenbar von einer Firma in Kaumberg stammten und nach einem Einbruch gestohlen worden waren.

Im Schnee versteckt fanden wir noch eine größere Anzahl von Buntmetall, das offenbar von früheren Einbrüchen stammte und dort zur Abholung bereit gelegt worden war.

Den Spuren nach, hatten sich drei Personen vom Kastenwagen in Richtung Wald abgesetzt.

Wir forderten noch weitere Unterstützung durch Kollegen und einen Diensthund an.

Unser Diensthundeführer traf einige Zeit nachher mit seinem vierbeinigen Kollegen bei uns ein. Die Streifenbesatzungen verteilten sich in der Umgebung und das Schnüffeltier begann mit seiner Arbeit.

Es dauerte nicht lange und ich hörte im Funk die Erfolgsmeldung, dass ein Täter vom Diensthund aufgestöbert wurde und verhaftet werden konnte.

Also fehlten noch zwei Kundschaften und wir setzten die Suche fort. Stundenlang wurden die Straßen und Wälder von Kollegen abgesucht. Leider konnten wir keine weitere Erfolgsmeldung absetzen. Für eine genaue Durchsuchung des riesigen Gebietes hätte natürlich auch eine Hundertschaft von Beamten nicht ausgereicht.

Wir informierten aber auch die Anrainer und Bauern in der Umgebung von unserer Fahndung und brachen diese in den Nachmittagsstunden erfolglos ab.

Bald danach bekamen wir abermals einen Funkspruch. Die Bezirksleitzentrale rief uns zu einem Einsatz in Kaumberg, wo Jäger einen stark unterkühlten Ungarn wahrgenommen und angehalten hatten. Aufgrund der Fahndung glaubten die Jäger, einen der gesuchten Straftäter gestellt zu haben.

Nach etwas mehr als fünfzehn Minuten trafen wir auf der angegebenen Stelle ein, wo zwei Jäger mit ihrem Jagdhund einen jüngeren Ungarn bewachten.

Wie sich später herausstellte, war der Ungar der zweite Mann, den wir suchten. Das Bürschchen zeigte deutliche Anzeichen von Unterkühlung und war sicherlich froh, dass die Flucht ein Ende hatte. Er wärmte sich schnell auf und wurde mit seinem Kollegen in die Justizanstalt St. Pölten eingeliefert.

Den Namen des dritten Täters kannte wir auch, da es sich um den Fahrzeugbesitzer handelte, der sämtliche Papiere im Kastenwagen zurück ließ. Normalerweise sind die Kastenwägen, die von Sperrmüllsammlern und anderen Altwarenhändlern aus Ungarn benützt werden, lauter Leihfahrzeuge. Dadurch können die Lenker meistens nicht ermittelt werden, weil sie die Mietverträge unter falschen Namen abschließen.

Der Fahrzeugbesitzer traute sich natürlich nicht, den Kastenwagen bei uns abzuholen, da er mit einer Verhaftung rechnen musste. Wir hatten ja auch schon einen Haftbefehl auf seinen Namen bei uns liegen.

Dieser Fall zeigt auch deutlich, wie Zivilcourage zum Erfolg führen kann. Natürlich wird niemand dazu verpflichtet, den Helden zu spielen und sich selbst in Gefahr zu begeben. Die Jäger waren bewaffnet und der Ungar dachte wahrscheinlich nicht daran, Gegenwehr zu leisten. Für eine weitere Flucht fehlte ihm offenbar die körperliche Kondition. Er wäre von den beiden Jägern auch sicherlich eingeholt worden.

Die beiden Jäger erhielten im Jahr 2007 den Sicherheitspreis für ihre ausgezeichnete Mithilfe und Zivilcourage, die zur Verhaftung eines Einbrechers führte. Solche Leute würden wir mehr benötigen, da mir auch andere Vorfälle bekannt sind, über die man sich nur wundern kann.

Ein solches Geschehnis trug sich in Traisen zu, wo eine Hausfrau während der Nachtzeit durch

Geräusche aufmerksam wurde. Als sie aus dem Fenster blickte, sah sie Jugendliche, die gerade damit beschäftigt waren, einen Automaten, der an der Hausmauer befestigt war, aufzubrechen.

Die kluge Dame rief telefonisch ihre Nachbarin an und riet ihr, sie möge aus dem Fenster sehen. Dort würde sie Jugendliche bei einer bodenlosen Schweinerei beobachten können.

Die Nachbarin blickte aus dem Fenster und ärgerte sich auch über die Frechheit der Burschen. Ich erfuhr von der Wahrnehmung der beiden Zeugen erst, als ich die Tatortarbeit beim Automaten nach erfolgter Anzeige vornahm.

Auf die Idee, die Gendarmerie zu verständigen, kamen die beiden Frauen nicht. Der Gendarmerieposten wäre vom Tatort nur einige hundert Meter entfernt und zu dieser Zeit auch besetzt gewesen.

Manche Leute haben auch nicht die geringste Auffassungsgabe und kommen nicht auf die Idee, richtig zu handeln, wenn sie Zeugen einer strafbaren Handlung werden. Sie rufen jedoch an, wenn eine Kuhglocke läutet, oder der Nachbar seinen Pkw schräg parkt.

Hubschraubereinsätze

Jeder Beamte freut sich, wenn er mit dem Polizeihubschrauber des Innenministeriums einen Flug unternehmen darf.

Die Einsätze sind sehr teuer und nur unter bestimmten Voraussetzungen möglich. Auch der kleinste Landgendarm konnte einen Hubschrauber anfordern, wenn der Einsatz notwendig schien.

Bei mir wurde im Sommer vor einigen Jahren die Anzeige erstattet, dass neben der Landesstraße, die von der Bundesstraße 18 nach Kleinzell führt, nahe eines Waldstückes bei der Hainfelder Straße Kleidungsstücke samt Brieftasche und Bargeld gefunden worden waren.

Eine sehr merkwürdige Begebenheit, die zahlreiche Vermutungen offen ließ. Es konnte sich um die Utensilien eines Verbrechens, oder die Aktion eines Selbstmörders handeln.

Vorerst stellten wir eine Mannschaft für eine Suchaktion zusammen und wir durchsuchten das Gelände und den Wald im Bereich der Umgebung, wo die Kleidungsstücke und die Brieftasche gefunden wurden.

Auffällig war, dass die Brieftasche mehr als 1.000,— Schilling Bargeld enthielt, aber keine Papiere oder andere Zettel vorhanden waren. Der Verlustträger konnte somit von uns nicht ermittelt werden.

Da die Suchaktion kein Resultat brachte, forderte ich einen Hubschrauber an, der bald darauf eintraf. Ich bestieg mit meinem Kollegen das Luftfahrzeug und wies den Piloten in das Suchgebiet ein.

Ich hatte zwar schon einige Flüge mit einem Hubschrauber und zahlreichen „Touristenbombern" hinter mir, aber hier konnte ich die Gegend, die ich kannte, von oben sehen.

Da ein Bach in unmittelbarer Nähe war, suchten wir auch in diesem Bereich, da nicht auszuschließen war, dass die Person vielleicht in den Bach gefallen und ertrunken sein könnte.

Von geringer Höhe konnte ich bei der anschließenden Suche jeden Fisch im Wasser erkennen. Während wir in der Luft waren, kam ein Einsatzbefehl wegen einer Alarmfahndung. In St. Pölten hatten unbekannte Täter den Pkw eines Schmuckhändlers geplündert.

Wir flogen also nach St. Pölten und fahndeten erfolglos nach den Tätern. Nach einer Stunde musste der Pilot nach Wien zurück, da der Sprit knapp wurde.

Wir hatten an diesem Tag in beiden Fälle keinen Erfolg. Die Sache mit den Kleidungsstücken und der Brieftasche wurde in der nächsten Ausgabe der Lokalpresse gedruckt. Kurz nach dem Erscheinen der Zeitung meldete sich der Verlustträger der Gegenstände bei uns.

Kleinlaut ab er zu, dass er in der besagten Nacht größere Mengen an Alkohol konsumierte und anschließend auf der Landesstraße nach Hause wankte.

Da eine richtige Sommernacht war und hohe Temperaturen herrschten entledigte er sich seiner Kleidung. Nur mit der Unterhose begab er sich auf den restlichen Heimweg. Ihm war nicht mehr bekannt, dass in seiner Brieftasche auch noch Bargeld war. Hätte er den Hubschraubereinsatz bezahlen müssen, so wäre er mit den mehr als 1.000,— Schilling sicherlich nicht ausgekommen. Solche Einsätze werden aber nicht verrechnet, da sie von uns angefordert werden.

Ein Hubschraubereinsatz nach einem vermissten Kind war für die Hubschrauberbesatzung und für mich ein trauriges Erlebnis. Als wir im Bereich Hainfeld – Ramsau nach dem Kind suchten, bekamen wir über Funk die Meldung, dass das Kind im trüben Wasser eines Schwimmbeckens tot aufgefunden wurde.

Ich hatte in meiner Dienstzeit mehrere Vorfälle, wo Kinder in Flüssen oder Schwimmbädern ertranken.

Auch erwachsene Personen fielen dem Ertrinkungstod zum Opfer. Bei dieser Personengruppe war die Ursache immer der Alkohol und es handelte sich jeweils um amtsbekannte Alkoholiker. Manche ertranken dabei in Rinnsalen oder Bächen, die nur wenige Zentimeter Wasser führten. Fällt ein schwer Betrunkener mit dem Gesicht voran ins Wasser, so bedarf es nur mehr weniger Atemzüge, bis er bewusstlos wird. Selbst kann er sich aufgrund seines Rausches nicht mehr helfen und ertrinkt hilflos.

September 1994 Campingplatzeinbrecher

Es war wieder einmal soweit und unbekannte Täter hatten neun Wohnwagen auf dem Campingplatz in Hainfeld aufgebrochen. Es wurden sämtliche Elektrogeräte, Sat- Anlagen und Radios gestohlen. Der verursachte Schaden lag bei 60.000,— Schilling.

Mein Kollege Anton Höller und ich führten die Tatortarbeit durch. Es gab lediglich Werkzeugspuren und eine super Schuhspur.

Der Besitzer eines Wohnwagens hatte eine Stufe des Aufganges durch ein neues Holzbrett ersetzt. Auf dem Holzbrett konnten wir den Schuhabdruck eines Sportschuhs mit auffälligem Noppenmuster sichern.

Eine sehr schwache Ausbeute an Spuren, aber immerhin eine Kleinigkeit, die uns hoffen ließ.

Nach einer Woche kam eine Mutter mit ihrer zehnjährigen Tochter zu mir auf die Dienststelle. Das Mädchen erzählte mir von einer verdächtigen Wahrnehmung:

Als sie mit ihrer Mutter in Ramsau im Bereich einer Siedlung unterwegs war, sah sie zwei unbekannte Ausländer. Als die beiden Männer Mutter und Kind bemerkten, begannen sie zu laufen, sprangen in einen geparkten Pkw und fuhren in Richtung Landesstraße davon. Die Mutter notierte sich über Anraten ihrer Tochter das Kennzeichen.

Ich nahm die Aussage auf und legte sie vorerst zu den Akten.

Einige Tage danach wurde in Ramsau ein Einbruch in ein Wochenendhaus angezeigt. Die Hauseigentümer waren seit mehr als einer Woche nicht in ihrem Haus gewesen und der Tatzeitraum konnte daher nicht genau festgelegt werden. Da sich das Wohnhaus im angegebenen Bereich befand, wo das Mädchen und ihre Mutter die verdächtigen Männer beobachteten, bekam dieser Hinweis jetzt eine Bedeutung.

Wie ich bereits festgestellt hatte, war das Auto auf einen rumänischen Flüchtling aus Altenmarkt zu gelassen.

Ich besorgte mir einen Hausdurchsuchungsbefehl, den wir auch sofort vollzogen.

In der Flüchtlingsunterkunft war nichts Verdächtiges zu finden. Nur ein Paar Sportschuhe erregten unsere Aufmerksamkeit. Sie hatten genau das gleiche Noppenmuster, wie die Schuhspur, die wir auf dem Tatort in Hainfeld auf der Treppe sichern konnten.

Aufgrund des Tatverdachtes nahmen wir den rumänischen Flüchtling fest und führten anschließend die Einvernahme durch, wo der Mann alle Vorwürfe bestritt.

Wir holten ein kriminaltechnisches Gutachten ein, wo ein Spurenvergleich vorgenommen wurde. Aus dem Gutachten ging hervor, dass es bei der gesicherten Schuhspur mit hundertprozentiger Sicherheit um den rechten Sportschuh des Paares handelt, das wir gesichert hatten. Solche Gutachten mit einer hundertprozentigen Übereinstimmung bekamen wir nur selten. In diesem Fall handelte es sich um einen stark abgetragenen Sportschuh bei dem mehrere Noppen im Sohlenmuster fehlten und andere stark verformt waren. Die Spurenlage war daher so sicher, wie bei einem Fingerabdruck.

Der Festgenommene legte bei der Untersuchungsrichterin danach ein Geständnis ab, was in unseren Kreisen für Verwunderung sorgte. Sein

Mittäter hatte sich aber mit der gesamten Beute bereits nach Rumänien abgesetzt. Der Einbruch in das Wochenendhaus in Ramsau konnte somit auch geklärt werden.

Wie bereits gesagt: Die Täter können den Zufall in den Tatablauf einer Straftat nicht einbeziehen.

Der Zufall war, dass sich die beiden Täter nervös verhielten und wegliefen, als sie Mutter und Tochter in ihrer Nähe wahrnahmen. Hätten sich die Rumänen normal verhalten, wären mehrere Straftaten unaufgeklärt geblieben.

Nervenberuhigung

Dieser Vorfall ereignete sich im Winter 1982, als ich während des Journaldienstes nach Mitternacht durch die schrille Türglocke geweckt wurde. Zu dieser Zeit verrichteten wir einen vierundzwanzigstündigen Journaldienst und konnten uns während der Nachtzeit für einige Stunden aufs Ohr hauen.

Die Türglocke befand sich bei der Eingangstür zum Postengebäude. Ich öffnete das Fenster im ersten Stock und sah einen schwankenden Mann vor der Eingangstür. Ich fragte ihn, was er wolle und der offenbar Betrunkene grölte zu mir, ich soll ihn nach Hause fahren, da wir von seinen Steuergeldern bezahlt werden und er ein Recht darauf habe.

Ich erwiderte vorerst noch freundlich, er möge zu Fuß nach Hause gehen, weil wir kein Taxiunternehmen wären. Ich schloss das Fenster und der Vorgang wiederholte sich mehrmals. Ich öffnete jedes Mal das Fenster und ersuchte den Mann immer bestimmter, nach Hause zu gehen.

Es handelte sich wieder um einen Fall, bei dem es auf die Geschicklichkeit des Beamten ankam, um die Sache ohne Aufsehen zu beenden. Da der Mann viele Jahre älter war als ich, hatte ich auch einen gewissen Respekt und wollte keine groben Äußerungen von mir geben. Ich konnte mir die dauernden Ruhestörungen aber auch nicht länger gefallen lassen, da ich ja auch das Gesetz zu vertreten hatte.

Derartige Fälle stellten eine Verwaltungsübertretung dar und dafür sah das Gesetz eine Anzeige und nach erfolgter Abmahnung auch eine Festnahme vor.

Eine Festnahme und anschließende Verwahrung im Gemeindearrest, würde aber nur eine Verlagerung der Situation bedeuten.

Der Festgenommene könnte nicht mehr die Türglocke, sondern die Hausglocke die vom Arrest zum Journaldienstraum führte, verwenden.

Wir hatten solche Situationen schon mehrmals und der Klient hing die ganze Nacht fortwährend an der Glocke, die uns langsam zur Verzweiflung brachte. Eine solche Arrestglocke wurde nach dem Vorfall in Höchst, wo ein Festgenommener vergessen wurde, zwingend vorgeschrieben. Eine Vorschrift, die schon viel früher notwendig gewesen wäre, da der Insasse der Arrestzelle nur auf die Kontrollen der Beamten angewiesen war und sich sonst nicht bemerkbar machen konnte.

Die Gesetze sind für alle Staatsbürger gemacht, aber die Situationen sind immer verschieden und können vom Gesetzgeber nicht vorgeahnt werden. Es blieb also an mir hängen, wie ich die Situation in den Griff bekomme würde. Beim zehnten oder elften Sturmläuten hatte ich die Nase voll und mir kam eine rettende Idee.

Ich begab mich zum Kasten, wo unsere Aufräumerin ihre Utensilien verwahrte. Ich nahm mir einen Plastikkübel, füllte ihn mit kaltem Wasser und ging damit zum Fenster. Als der Mann wieder läutete, öffnete ich das Fenster, machte einen lauten Pfiff und als der Mann nach oben blickte, leerte ich ihm den Kübel mit kaltem Wasser ins Gesicht. Die Wirkung war spontan und erfolgreich. Nach einigen Sekunden stillen Verharrens und einem kräftigen „Brrrrr..." verließ der Störenfried die Eingangstür, schimpfte laut vor sich hin und rief mir zu, dass wir uns beim Volksanwalt wieder sehen würden.

Gut, zugegeben, ich hatte die Amtshandlung sicherlich nicht nach den Buchstaben des Gesetzes erledigt, aber offenbar sehr erfolgreich geführt. Der Erfolg zählt in jedem Fall zu den wichtigsten Bestandteilen des Dienstes. Ich ersparte dem Ruhestörer auch eine Anzeige, die ihm sicherlich einiges Geld gekostet hätte. Ich kannte den Mann persönlich und wusste, dass er betrunken immer wieder zu Ausschreitungen neigte, die er ohne Alkoholkonsum sicherlich nicht begangen hätte.

Ich sah die Person noch mehrmals, aber der Mann sprach mich bezüglich des nächtlichen Vorfalles niemals an. Ich denke, er sah mein Vorgehen auch als gerechtfertigt an und verzieh mir die kalte Dusche, die vermutlich auch wesentlich zu seiner Ausnüchterung beitrug.

Diensthundeeinsatz

Bereits bei Antritt des Nachtdienstes erklärte mir mein Kollege, dass wir nach einem Mann namens Wolfgang Schachner fahnden müssten, gegen den ein Haftbefehl wegen mehrerer Straftaten erlassen wurde. Während der Fahrt erzählte mir mein Nachtdienstbegleiter, dass sich der Gesuchte eventuell auf einem Bauernhof in der Nähe von St. Veit aufhalten könnte.

Ein Zufahren mit dem Streifenwagen während der Nachtzeit wollten wir nicht riskieren, da es zahlreiche Verstecke gab, die wir in der Nacht nicht durchsuchen konnten. Wir legten uns also neben der Waldstraße, die zum Bauernhof führt, mit dem Streifenwagen auf die Lauer. Das Kennzeichen und die Marke des Täterfahrzeuges waren uns bekannt.

Solche Fahndungen in Warteposition, auch Vorpasshaltung genannt, sind für jeden Beamten eine einschläfernde und eintönige Tätigkeit. Ich hätte in dieser Nacht lieber auf der Dienststelle Schreibarbeiten verrichtet, als auf einen Mann zu warten, von dem wir nur annahmen, er könnte sich in der Gegend aufhalten.

Mein Kollege und ich sahen dauernd auf die Uhr und der Gesprächsstoff war uns schon lange ausgegangen. Manchmal ertappte ich mich dabei, dass mir einige Sekunden von meiner Aufmerksamkeit fehlten, da ich jedes Mal kurz eingenickt war und mein Kopf sehr oft gegen die Nackenstütze, oder nach vorne fiel.

Wir schnaubten, gähnten und streckten uns immer häufiger, als wir in den Morgenstunden plötzlich die Scheinwerfer eines Tal fahrenden Fahrzeuges bemerkten. Es war noch völlig finster, als der Pkw bei unserem Standort vorbeifuhr. Wir waren zwar durch Sträucher einigermaßen abgedeckt, aber der Lenker musste den weiß lackierten Streifenwagen doch bemerkt haben.

Wir waren sofort hellwach, als wir beim Vorbeifahren das Kennzeichen ablesen konnten. Es handelte sich um das gesuchte Fahrzeug und mein Kollege startete sofort und wir nahmen die Verfolgung auf. Es ging in rasender Fahrt talwärts in Richtung Bundesstraße 18.

Die Chancen, das Fluchtfahrzeug einholen zu können, standen nicht sehr gut, da der Lenker einen gewissen Vorsprung hatte und unser Streifenwagen sicherlich nicht stärker motorisiert war, als der flüchtende Pkw.

Heute kam uns aber ein Zufall zu Hilfe, mit dem wir nicht gerechnet hatten. So wie das Wild, haben auch die Jäger manchmal das Glück auf ihrer Seite und sei es für nur sehr kurze Zeit.

Der sogenannte Erste Zug, der in den Morgenstunden nach St. Pölten fährt, half uns zu unserem Glück. Als der Flüchtige bemerkte, dass der Bahnschranken geschlossen ist, stieg er kräftig auf die Bremse, konnte sein Fahrzeug kurz vor dem Bahnschranken anhalten und sprang sofort aus dem Pkw.

Ich hatte die Beifahrertür schon geöffnet, noch bevor mein Kollege das Dienstfahrzeug angehalten hatte.

Ich sprang ebenfalls sofort aus dem Streifenwagen, sah den flüchtenden Mann noch kurze Zeit und schrie: „Halt, Gendarmerie! Sofort stehen bleiben!"

Als ich sah, dass der Mann meine Aufforderung offenbar nicht ernst nahm, gab ich mit meiner Dienstpistole einen Warnschuss in die Luft ab.

Der Flüchtende befand sich schon in völliger Dunkelheit und ich konnte ihn nicht mehr sehen.

Kaum hatte ich den Schuss abgegeben, hörte ich von der Gegenseite ebenfalls einen Schussknall und sah Mündungsfeuer blitzen.

Das war die erste Amtshandlung, wo auf mich geschossen wurde. Zu diesem Zeitpunkt dachte ich nicht im Entferntesten daran, dass ich in Gefahr sein könnte. Dies wurde mir erst nach einiger Zeit bewusst.

Der Täter verschwand jedenfalls in der Dunkelheit im Wald und wir lösten eine Fahndung aus.

Zu dieser Zeit hatten wir noch keine Schutzwesten im Dienstfahrzeug, was in diesem Fall ein schwerer Nachteil war, weil uns vom Abteilungskommandanten über Funk der Befehl erteilt wurde, die Verfolgung sofort abzubrechen.

Es dauerte natürlich einige Zeit, bis wir genug Beamte für die Durchsuchung des Waldes zur Verfügung hatten. Auch ein Diensthundeführer aus St. Pölten beteiligte sich an der Fahndung.

Die Suchmannschaften waren mit Sturmgewehren und Schutzwesten ausgerüstet, da der Täter eine Schusswaffe mitführte und offenbar vor deren Gebrauch nicht zurückschreckte.

Nach ein paar Stunden wurde die Suche erfolglos abgebrochen. Die Sache hatte nur einen Vorteil, wir kannten den Namen des flüchtigen Täters und wir hatten seinen Pkw. Wie in jeder Lebenslage hatte sich das Blatt schon wieder gewendet. Half uns die geschlossene Bahnschranke, so blieb uns der Erfolg wegen der Flucht des Täters doch verwehrt.

Ich ärgerte mich natürlich über die Flucht des Mannes und noch mehr, dass er auf mich geschossen hatte. Ob es sich um eine Schreckschusswaffe, oder eine scharfe Schusswaffe handelte, konnte ich zu diesem Zeitpunkt nicht wissen.

Wir tranken nach dem erfolglosen Einsatz noch Kaffee und hielten eine Besprechung ab, was wir als nächstes unternehmen könnten.

Der Diensthundeführer verabschiedete sich auch und ärgerte sich, weil sein Hund die aufgenommene Fährte nach mehr als einem Kilometer verlor. Im Wald ist dies auch nicht so leicht, weil zahlreiche Wildspuren die Täterspuren kreuzen und der Fährteneinsatz auch für einen Schäferhund sehr anstrengend ist.

Der Hundeführer war bereits weg, als wir ihn über Funk hörten. Er verfolge einen Mann in Richtung Gölsenfluss und ersuchte um Unterstützung.

Als der Kollege mit seinem vierbeinigen Helfer in Richtung Traisen fuhr, sah er einen Mann querfeldein gehen.

Als der Mann den Streifenwagen sah, begann er zu laufen. Der Kollege stieg aus und rief dem Flüchtenden nach, er soll sofort stehen bleiben, da er sonst den Hund nachschicken würde. Der Hundeführer war überzeugt, den geflüchteten Täter entdeckt zu haben.

Wie bei mir, machte der Täter keine Anstalten, der Aufforderung nachzukommen und lief weiter.

Erst als er merkte, dass ihn der Schäferhund nachhetzte, sprang er anschließend in die Gölsen, die in diesem Bereich von einer Stützmauer flankiert wurde und schwamm ans andere Ufer.

Der Hund sprang ebenfalls in den Fluss und verfolgte den Mann. In der Zwischenzeit gelangte der Hundeführer ans Gölsenufer und schrie den Täter zu, er möge stehen bleiben und sich nicht bewegen, wenn er nicht gebissen werden wolle.

Wolfgang Schachner hatte offenbar keine Kräfte mehr und stand wie eine Statue, als ihn der Diensthund stellte. Schachner ließ sich anschließend widerstandslos festnehmen.

Bei der Durchsuchung seines Pkw fand ich mehrere Patronen vom Kaliber 22lr und einige Platzpatronen eines anderen Kalibers. Auf die Frage, womit der auf mich geschossen habe, bekam ich keine Antwort und die weggeworfene Schusswaffe wurde niemals gefunden.

Selbstmord durch zwei Kopfschüsse

Im Mai des Jahres 1998 wurde ich an einem Morgen zu einem geparkten Pkw beordert, in dem sich ein schwer verletzter Mann befand.

Ich fuhr zum Tatort und traf fast gleichzeitig mit den Rettungsleuten des Roten Kreuzes dort ein.

Neben einer schmalen Straße in einem Waldgebiet stand das Fahrzeug. Auf dem Fahrersitz saß nach rechts gebeugt eine männliche Person, die stark hörbar röchelte. Im Inneren des Fahrzeuges war alles voll Blut und auf dem Boden im Fußraum lag eine Pistole, wo der Hammer gespannt war.

Kurz nach der Bergung des Mannes aus dem Fahrzeug traf auch schon der Notarzt ein und das Rettungsteam begann mit der Intensivbehandlung. Kurz darauf starb der Patient während der Behandlung.

Ich übernahm als zuständiger Kriminaldienst die Tatortarbeit und stellte Überlegungen an, wie sich die Tat abgespielt haben könnte.

Nachdem ich die Situation mit zahlreichen Lichtbildern aufgenommen hatte, widmete ich mich dem Innenraum des Fahrzeuges und der Pistole.

Es handelte sich um eine Walther PPK, Kaliber 7,65 mm. Die Pistole war entsichert, im Laderaum befand sich eine Patrone und im Magazin noch weitere vier Patronen. Der Hammer der Pistole war gespannt, so wie dies nach einer Schussabgabe üblich ist.

Im Innenraum des Pkw lagen insgesamt zwei Patronenhülsen. Eine im Fußraum und eine auf dem Beifahrersitz.

Die Lage war nicht klar, da vorerst nicht alle Spuren eindeutig zugeordnet werden konnten.

Ich besah mir die Leiche genau und dort waren im Kopfbereich zwei Durchschüsse erkennbar.

Ein Einschuss befand sich auf der Unterseite des Kinns, wo auch ein deutlicher Kontusionsring zu erkennen war. Ein Kontusionsring war die Folgeerscheinung von einem aufgesetzten Schuss und zeigte eine dunkle kreisrunde Hautverfärbung außerhalb der Einschussöffnung.

Das Projektil war jedoch bereits unterhalb vom linken Nasenflügel ausgetreten.

Auf der rechten Schläfenseite befand sich ebenfalls eine Einschussöffnung und gegenüber des Kopfes offenbar die Ausschussöffnung.

In der Dachbespannung des Pkw fand ich ein Einschussloch, welches das Projektil, das beim Nasenflügel ausgetreten war, verursacht hatte. Das zweite Projektil suchte ich vergebens. Es hätte ja die linke Seitenscheibe durchschlagen müssen, oder falls die Energie des Projektils zu schwach war, im linken Teil des Innenraumes gelegen haben. Vorerst eine Situation, die fragwürdig erschien.

Bei solchen Tatortsituationen muss von einem Selbstmord, aber auch von einem Tötungsdelikt ausgegangen werden.

Bei einem Tötungsdelikt müsste eine andere Person die Schüsse abgegeben haben. Im Fahrzeug selbst waren größere Mengen von Blut zu sehen. Der komplette Innenraum, die Windschutzscheibe und die Seitenscheiben waren mit feinen Blutspritzern übersät. Hätte eine zweite Person die Schüsse abgegeben, so hätte sie sich zumindest auf dem Beifahrersitz befinden müssen. Wäre dies so gewesen, dürften auf der Innenseite der rechten Seitenscheibe keine Blutspritzer vorhanden sein, da sie vom Körper des Täters abgedeckt worden wäre. Außerdem lag eine Patronenhülse auf dem Beifahrersitz. Ein aufgesetzter Schuss auf der Unterseite des Kinns deutet auch nicht auf Fremdeinwirkung hin.

Ich wollte die Selbstmordtheorie untermauern und holte mir meine Kollegen von der Tatortgruppe des Landeskriminalamtes zu Hilfe.

Gemeinsam führten wir in der Leichenhalle noch einmal eine genaue Totenbeschau durch.

Meine Kollegen nahmen auch eine Schusshandbestimmung vor.

Bei dieser Methode werden Chemikalien, die auf Pulverschmauch reagieren, auf die Hände des Opfers aufgetragen. Kurz darauf zeigt die Chemikalie eine Reaktion, wenn sie mit Pulverschmauch in Berührung gekommen war und verfärbt sich. Die verfärbten Folien werden gesichert und dienen als Beweis, dass die Person, oder Leiche vorher mit einer Schusswaffe geschossen hat.

Dieser Test verlief positiv und lieferte uns den letzten Beweis für einen verübten Selbstmord.

Der Staatsanwalt schloss sich unserem Ermittlungsergebnis an und gab die Leiche zur Beerdigung frei.

Wäre nicht die Gerüchteküche am Abend angeheizt worden, hätte der Tote seinen Frieden gehabt.

Doch am Abend rief ein Mann aus dem Umfeld der Gemeinde an und teilte mit, dass im Gasthaus die Gerüchte eines Mordes ihre Runde machten. Zu solchen Gerüchten wäre zu bemerken, dass schon

Leichen exhumiert wurden, weil die Leute in der Gemeinde und böse Nachbarn einen Mord vermuteten. Die natürlichsten Erklärungen über den Tod eines Menschen werden im Gasthaus bei jedem konsumierten alkoholischen Getränk merkwürdiger und rätselhafter, geheimnisvoller und mysteriöser. Bei Prominenten und manchen Tyrannen nehmen solche Gerüchte oft märchenhafte Formen an.

Elvis, Adolf Hitler, Lady Diana und andere Personen wurden von manchen Leuten lange nach ihrem Tod noch gesehen und natürlich einwandfrei erkannt. Die in der Presse angegebene Todesart war natürlich falsch und die Tatsachen wollten nur verschleiert werden, so wie am 11. September, wo die Anschläge natürlich vom Geheimdienst CIA und nicht von Terroristen ausgeführt wurden.

Da wir wussten, dass solche Gerüchte in einer Gemeinde nicht verstummen, verständigten wir den Staatsanwalt. Der Jurist war der gleichen Meinung wie wir und verfügte eine gerichtliche Obduktion.

Nach zwei Tagen kam der Gerichtsmediziner Prof. Dr. Breitler mit seinem Mitarbeiter in die Leichenhalle des Friedhofes, wo ich mich mit ihm traf.

Ich selbst war natürlich auch an der Leichenöffnung interessiert, da mir das Fehlen des zweiten Projektils nicht aus dem Kopf ging.

Der Gerichtsmediziner, den ich von vorangegangenen Obduktionen her kannte, galt als absoluter Fachmann auf seinem Gebiet. Ich schätzte den Doktor auch als Menschen sehr, da er immer freundlich und humorvoll war. Auch seinen Mitarbeitern gegenüber zeigte er ein kumpelhaftes Verhalten. Manche Gerichtsmediziner schätzten es nicht, wenn von unserer Seite zu viele Fragen gestellt werden. Dr. Breitler erklärte mir die einzelnen Schritte seiner Arbeit, führte in den Schusskanal vom Unterkiefer bis zum Nasenflügel eine Schusssonde ein und erklärte mir, dass dieser Schuss auf keinen Fall zum Tode führte. Das Projektil durchschlug den Unterkiefer, die Zunge und den Oberkiefer, wo es anschließend an der Oberlippe, unterhalb des Nasenflügels austrat.

Der Selbstmörder muss eine gewaltige Portion an Entschlossenheit gehabt haben, als er merkte, dass die Schussabgabe nicht zum Tode führte und wiederholte seine Tathandlung. Er setzte sich die Pistole an die Schläfe und drückte noch einmal ab.

Die Sektion des Schädels brachte nun ein klares Ergebnis, dass auch den Gerichtsmediziner erstaunte. Das Projektil hatte den Schädelknochen auf der rechten Schläfenseite, das Gehirn und den Knochen auf der linken Schläfenseite durchschlagen. Anschließend verursachte es noch eine kreisrunde Wunde in der Haut, was ich für einen Ausschuss gehalten hatte. Die Energie des Projektils war jedoch bereits so gemindert, dass die Kopfhaut nicht mehr durchdrungen werden konnte und nur mehr eine Wunde verursachte. Das Projektil wurde durch die elastische Kopfhaut wieder nach innen gedrückt und befand sich zwischen Schädelknochen und Haut.

Nun stand einwandfrei fest, warum ich nur ein Projektil sichern konnte.

Der Gerichtsmediziner schnitt das Gehirn in Scheiben und erklärte mir die Funktionen der einzelnen Teile.

Der Schuss durch den Kopf war absolut tödlich. Das Projektil verletzte jedoch keine Teile des

Gehirns, welche für die Atmung zuständig waren. Deshalb lebte der Mann noch so lange, bis er durch den enormen Blutverlust verstarb.

Ich möchte das Leid der Angehörigen und das Motiv für den Selbstmord nicht näher erklären. Die Selbstmörder sind bei ihren Taten in einem Ausnahmezustand und denken nicht an die Angehörigen.

Ich habe in meiner Dienstzeit zahlreiche Selbstmorde aufgenommen. Die Frauen und Männer, die freiwillig aus dem Leben schieden, griffen sehr oft zum Strick. Manche erschossen sich, nahmen Gift oder Schlaftabletten und einige warfen sich vor einen Zug.

Ein Jahr vor meiner Pensionierung wurde ich noch zu einer Zugleiche gerufen, die nahe eines Bahnüberganges vom Regionalzug erfasst und ca. 50 m weit mitgeschleift wurde. Die Frau war auf der Stelle tot und machte ihrer schweren psychischen Erkrankung auf diese Weise ein Ende.

Bei der Tatortaufnahme musste ich mich sehr beherrschen, um nicht einem Schaulustigen die Kamera aus der Hand zu schlagen, oder gar eine Ohrfeige zu versetzen, als ich bemerkte, wie der Mann mit seiner Digitalkamera Aufnahmen von der Leiche machte.

Ich sorgte dafür, dass die Leiche vorerst zugedeckt im Rettungswagen abgelegt wurde, um leichengeilen Zusehern den Morgen zu verderben. Manche Leute kennen keinen Anstand und sind für jede Pietätlosigkeit zu haben. Wahrscheinlich zeigte er dann seine Fotos bei einem gemütlichen Abend seinen Freunden und glaubt, dadurch Bewunderung zu ernten. Ich nahm auch einige Selbstmorde auf, wo unheilbar

Kranke ihre Schmerzen und Ängste nicht mehr länger ertragen konnten. Jeder Selbstmörder löste bei mir Mitleid aus. Ich musste natürlich auch die Reaktionen der Angehörigen mit ansehen und dies sorgte oft dafür, dass ich lange Zeit an die Amtshandlungen denken musste.

Ein an Krebs leidender Selbstmörder erschoss sich in der Duschkabine, um seinen Angehörigen die Reinigung der Wohnung zu erleichtern. Der Mann dachte sogar in seiner letzten Stunde an seine Familie. Eine rührende Geste und ein Beweis seiner Verbundenheit mit Frau und Kindern.

Telefonterror 1998

Es war im Jahr 1998, zu einer Zeit, als am Telefondisplay noch kein Anrufer aufschien und ein Handy völlig unbekannt war.

Frau Weber, eine ältere Dame, klagte uns ihr Leid und erzählte uns, dass sie immer wieder von Jugendlichen angerufen werde. Die Burschen klopften ordinäre Sprüche, deren Inhalt sie uns gar nicht nennen wollte, da sie sich schämte.

Die Anrufe erfolgten zu den unmöglichsten Zeiten und hatten immer den gleichen Inhalt. Sie habe jetzt nicht mehr die Nerven, diese Quälerei länger über sich ergehen zu lassen, da sie bereits an Schlafstörungen leide.

Es gelang meinen Kollegen, über die Post eine sogenannte Fangschaltung zu bekommen. Damit konnte man die Anrufe zurück verfolgen.

Nach kurzer Zeit bekam Frau wieder einen obszönen Anruf. Die Fangschaltung zeigte, dass die Verbindung von einer Telefonzelle in Rohrbach aus hergestellt wurde.

Mein Kollege fuhr sofort nach Rohrbach und verständigte mich über Funk.

Wir konnten eine Gruppe Jugendlicher in unmittelbarer Nähe der Telefonzelle antreffen. Die Daten der Burschen wurden notiert und anschließend erfolgte die Vernehmung.

Die Täter legten ein Geständnis ab und gaben Langeweile und Spaß als Motiv an.

Den Wortlaut der Gespräche möchte ich nicht wiedergeben, da ich sonst beim Schreiben einen roten Kopf bekäme.

Ich stamme noch aus einer Generation, wo Jugendliche in diesem Alter solche Ausdrücke nicht kannten. Wir Buben trugen noch die traditionellen kurzen Lederhosen im Sommer und im Winter die ledernen Knickerbocker. Wenn die Mädchen in der Schule auch noch eine Kleiderschürze trugen und schöne Zöpfe hatten, freute sich unser Naturgeschichtslehrer besonders.

Die Burschen und Mädchen werden immer früher geschlechtsreif und damit wird auch der Wortschatz im sexuellen Bereich durch Filme und Internet umfangreicher. Aber auch wir Beamten sollten mit der Zeit gehen.

Zur Zeit des Telefonterrors erfolgte gegen die Jugendlichen eine Anzeige wegen Körperverletzung. Die einzige Gesetzesstelle, wo die Tathandlung das Tatbild einigermaßen erfüllte.

Heute gibt es den Tatbestand der „Beharrlichen Verfolgung", der solche Delikte speziell auflistet und unter Strafe stellt.

Die Gruppe der Jugendlichen suchte Frau Weber zu Hause auf, entschuldigten sich und übergaben ihr einen Blumenstrauß.

Die Frau verzieh den Burschen, weil sie Reue zeigten und sich der Folgen ihrer Telefonate offenbar nicht bewusst waren.

Die Entschuldigung löste bei Frau Weber auch eine seelische Beruhigung aus und verdrängte ihren Ärger.

Oft wäre eine simple Entschuldigung bei den Opfern ein Akt der Reue und wird auch in fast allen Fällen anerkannt. Insbesondere im Jugendstrafrecht, wo die Täter die Hälfte der Strafdrohung erwartet, als die Erwachsenen, sind die Staatsanwälte und Richter zu milden Urteilen bereit.

Manche Täter kennen jedoch den Begriff Reue nicht, weil sie ihn in der Kinderstube nicht lernten. Auch Höflichkeit und sich zu entschuldigen, wenn einem ein Fehler unterlaufen ist, gehören bei manchen Menschen zu unbekannten Tugenden. Die Begriffe Höflichkeit, Anstand und Charakter gibt es nicht im Strafgesetzbuch.

Der Ausgang des Strafverfahrens gegen die Jugendlichen ist mir nicht bekannt, dürfte aber milde ausgefallen sein.

Der Baustellendieb

Am 17. Juni 1999 klingelte um 20:00 Uhr das Telefon auf meiner Dienststelle. Ich hob ab und eine männliche Stimme erstattete die Anzeige, dass ihm ein Autofahrer verdächtig vorkomme. Der Lenker hatte seinen Pkw mit einem melker Kennzeichen bei den Neubauten auf der Traisner Straße in Hainfeld angehalten und mit dem Einladen von Baumaterial begonnen.

Ich eilte nach dem Anruf sofort zum Streifenwagen und fuhr in rasender Fahrt zur Siedlung in der Traisner Straße. Bald sah ich den Pkw mit dem angeführten Kennzeichen. Der Lenker war gerade dabei, sein Fahrzeug in Betrieb zu nehmen. Ich hielt an und führte vorerst eine Fahrzeugkontrolle durch. Nachdem ich die Daten des Fahrers hatte, sah ich in den Innenraum und ließ mir auch den Kofferraum zeigen. Ich sah, dass das Fahrzeug mit Baumaterial vollgestopft war.

Der Lenker Ronald Wegerer erklärte mir, dass er vom Baupolier die Genehmigung hatte, altes Baumaterial von der Baustelle zu holen.

Ich ersuchte Ronald Wegerer zwecks Vernehmung auf die Dienststelle zu folgen.

Nachdem ich mir anschließend die Lügengeschichte vom Baupolier und der Genehmigung zur Abholung von Material angehört hatte, wurde meine Laune zusehends schlechter. Ich gab Wegerer zu verstehen, dass ich nicht zum Scherzen aufgelegt sei und seine Rechtfertigung frei erfunden wäre.

Wie sich bei der weiteren Vernehmung herausstellte, begann Wegerer im Jahr 1984 mit dem Bau eines Eigenheimes. Da er in den vorangegangenen fünfzehn Jahren jedoch aus Geldmangel über den Rohbau nicht hinauskam, stahl er Baumaterial von unbeaufsichtigten Baustellen.

Mir gab er natürlich nur den einen Diebstahl zu, bei dem er erwischt wurde. Das gestohlene Baumaterial hatte einen Gesamtwert von 3.680,— Schilling und wurde von mir beschlagnahmt. Ich erstattete gegen den Straftäter eine Anzeige an das Bezirksgericht und bin überzeugt, dass der geklärte Diebstahl nur ein Tropfen auf den heißen Stein war. Vielleicht hielt ihn die Anzeige vor weiteren Diebstählen ab.

Ob das Haus heute schon fertig ist, weiß ich nicht. Wenn das bisherige Durchschnittstempo bei der Bauaktivität eingehalten wurde, so ist Wegerer derzeit mit Dachdeckerarbeiten beschäftigt.

Es kann sicherlich kein gutes Gefühl sein, wenn das Eigenheim aus gestohlenem Baumaterial besteht. Die Beschaffung ist ja auch aufregender, als wenn die Ware im Baumarkt gekauft wird.

Ein feuchter Ausflug

Ich fuhr mit zwei älteren Kollegen während der Nachtzeit Funkpatrouille. Nach Mitternacht standen wir in Hainfeld und führten einige Fahrzeugkontrollen durch.

Ich hielt einen VW-Bus an, in dem sich mehrere gut gelaunte Männer befanden. Wie sich bei der Kontrolle herausstellte, waren nicht nur die Mitfahrer, sondern auch der Lenker offenbar stark alkoholisiert.

Einer meiner Kollegen sprach den Verdacht einer Alkoholisierung aus, worauf der Lenker aus dem Fahrzeug stieg, den Arm um meine Schulter legte und sich mit mir einige Schritte entfernte.

Er kicherte und flüsterte mir ins Ohr: „Herr Inspekta, heut hab` i ab bisserl zu viel getrunken."

Der Mann war offenbar bester Laune und glaubte in mir einen Beamten gefunden zu haben, dem er sein kleines Geheimnis anvertrauen konnte, ohne Folgen befürchten zu müssen. Ich achtete zwar seine Offenheit, forderte ihn aber trotzdem zu einem Alkotest auf, der positiv verlief.

Der Alkoholwert betrug weit mehr als ein Promille und der Führerschein war für einige Zeit weg.

Der Lenker nahm die Tatsache vorerst gelassen hin und entfernte sich mit seinen Kumpanen.

In den Morgenstunden kam er zu mir auf die Dienststelle und klagte mir sein Leid. Er fragte verzweifelt, wie er das rosa Dokument wieder bekommen würde und ich war überzeugt, dass er von seiner Frau zu Hause mehr Angst hatte, als von der Strafverfügung, die ihn erwartete.

Er fragte mich immer wieder, was er seiner Frau erzählen sollte, wenn er am Wochenende nicht mit seinem Pkw nach Hause kommt, da er ja keinen Führerschein habe.

Der Fahrzeuglenker stammte aus dem Burgenland und führte mit seiner Maurertruppe Arbeiten auf einer Großbaustelle durch. Am vorangegangenen Nachmittag besprachen die Männer den Ablauf des Abends nach Beendigung ihrer Arbeit. Sie schliefen in einer Unterkunft außerhalb des Stadtgebietes und waren alle der einstimmigen Auffassung, dass sie sich heute besaufen wollen. Da eine Sauftour mit dem Kraftfahrtzeug strafbar und gefährlich schien, beschloss die Gruppe, einen Fußmarsch in die Stadt zu unternehmen.

Nach mehreren Lokalbesuchen hatten die Maurer ihren Plan erfüllt und begaben sich betrunken auf den Heimweg.

Bei der Unterkauft angekommen, beschlossen sie jedoch, ein noch offenes Lokal in der Umgebung zu suchen, da in ihren Mägen noch Platz für Alkohol zu sein schien.

Alle waren bereits schwach auf den Beinen, aber trotzdem wurde das Firmenfahrzeug für den Trinkausflug in Betrieb genommen. Die Lokale hatten aber bereits geschlossen, da die Sperrstunde überschritten war. So beschloss die Gruppe, unverrichteter Dinge die Heimreise anzutreten.

Bei der Heimfahrt wurden sie von unserer Streife kontrolliert und der Führerschein eingezogen.

Ich persönlich hatte mit dem armen Maurer Mitleid, da der Beginn des Ausfluges ja gesetzestreu begann. Der Abschluss wurde jedoch unter Alkoholeinwirkung beendet und hatte keine positive Reaktion bewirkt. Zum Glück, handelte es sich nur um eine Verkehrskontrolle und um keinen Verkehrsunfall unter Alkoholeinwirkung. Ich kenne Fälle, wo alkoholisierte Fahrzeuglenker nach Verkehrsunfällen mit Personenschaden Haftstrafen verbüßen mussten. Die Geldstrafen und Zivilrechtsforderungen konnten sich auch sehen lassen und führten nicht selten zum finanziellen Ruin.

Der Alkohol verdrängt jedoch meistens die Vernunft und manche Person führt Handlungen aus, die nüchtern nicht vorgenommen worden wären. Nachträgliche Einsicht bringt leider keinen Erfolg, wenn bereits ein Schaden eingetreten ist.

Ladendieb mit Superhirn

Am 2. April 2003, um ca. 16.00 Uhr, bemerkte der Geschäftsinhaber eines Einkaufsmarktes, wie ein ausländischer Kunde fünf Rasierer bei der Kasse vorbeischmuggeln wollte. Der Mann wurde angehalten, konnte sich aber losreißen und vor dem Eintreffen der Kollegen flüchten.

Auf dem Parkplatz des Einkaufsmarktes konnte ein Pkw mit ungarischen Kennzeichen wahrgenommen werden. Das Fahrzeug wurde aus sicherer Entfernung observiert und fast drei Stunden später konnte der Fahrzeugbesitzer angehalten werden. Die Durchsuchung des Pkw brachte an die zweihundert Artikel zum Vorschein. Bei den Gegenständen waren Kosmetika, Batterien, Rasierer und zahlreiche Sachen, deren Herkunft der Ungar nicht erklären konnte.

Tibor Kestely wurde daher festgenommen und auf die Dienststelle gebracht.

Ich begann mit meinen Kollegen eine vorerst mühevolle Vernehmung mit einem Dolmetscher.

Kestely wollte offenbar von Diebstählen nichts wissen und gab vorerst nur die eine Tat zu, die ihm aufgrund der Zeugenaussage des Geschäftsinhabers eindeutig nachgewiesen werden konnte.

Plötzlich änderte der Mann völlig spontan seine Einstellung und erzählte von seinen Diebsfahrten nach Österreich. Er erklärte, dass der Ladendiebstahl ein einträgliches Geschäft sei und in seiner Heimatstadt gewisse Hehler auf die gestohlenen Waren bereits warten würden. Das Diebesgut wird zu fix festgelegten Preisen verkauft und sofort bezahlt.

Kestely gab zu, schon zahlreiche Diebsfahrten unternommen zu haben, jetzt aber aufhören zu wollen, da er seine Zukunft nicht in einer Strafanstalt verbringen wollte.

Am nächsten Tag fuhren mein Kollege Anton Höller, der Dolmetsch, Tibor Kestely und ich von Hainfeld bis nach Krems. Wir hatten die zweihundert Artikel im Kofferraum und der Täter zeigte uns insgesamt dreizehn Einkaufsmärkte, wo er an einem Tag die Waren gestohlen hatte.

Trotz unserer langen Dienstzeit wunderten sich mein Kollege und ich über das außergewöhnliche Gedächtnis unseres Klienten. Als ob der Mann im Kopf eine Festplatte eingebaut hätte, nannte er uns bei jedem der dreizehn Einkaufsmärkte die Artikel, die er gestohlen hatte.

Der letzte Einkaufsmarkt war die Billa in Krems und hier sagte er uns die letzten acht Artikel, die er ohne Bezahlung mitnahm.

Der Mann hatte sich bei seinen Ausführungen kein einziges Mal geirrt. Es war ihm möglich zweihundert Verkaufsartikel fehlerfrei auf dreizehn Tatorte zu fixieren.

Ich ließ ihm durch den Dolmetsch mitteilen, dass ein Auftritt in der Sendung „Wetten Dass" sicherlich von einem beachtlichen Erfolg gekrönt werden würde, da es nicht viele Personen mit einem derartigen Memory-Gedächtnis gebe.

Uns wunderte auch, dass uns Kestely zu allen Geschäften lotste, die er am Vortag aufsuchte. Ich als Österreicher kannte den Standort so manchen Einkaufsmärkte nicht. Die Ortskenntnis könnte natürlich auch von der Anzahl der Diebsfahrten stammen.

Mit der Zeit eignet man sich in jedem Beruf eine gewisse Fachkenntnis an.

Ich führte das Geständnis und die Mitarbeit bei der Aufklärung natürlich in meiner Anzeige an. Nach unserem Ausflug zu den einzelnen Geschäften brachten wir Kestely vorübergehend in die Justizanstalt St. Pölten, wo er mehrere Wochen in Untersuchungshaft blieb.

Ich hatte nach einigen Wochen eine Zeugenladung am Landesgericht, weil ich einen Flüchtling wegen einer gleichartigen Diebstahlserie angezeigt hatte und traf nach der Verhandlung Tibor Kestely, der gerade von Justizbeamten zu seiner Verhandlung geführt wurde. Obwohl er Handschellen trug, begrüßte er mich wie einen alten Freund und schüttelte mir die Hand. Ich betrat den Verhandlungssaal und hörte mir die Gerichtsverhandlung an. Da der Mann geständig war und auch selbst an der Aufklärung der Straftaten beigetragen hatte, wurde er nach der Urteilsverkündung frei gelassen. Er kam mit 6 Monaten bedingter Haft davon.

Bei meinen Vernehmungen wies ich die Tatverdächtigen immer darauf hin, dass ein Geständnis einen Milderungsgrund darstellen würde. Die cleveren Kandidaten machten auch davon Gebrauch, falls ich schon genug Beweise gesammelt hatte. Manche dumme Täter, die nicht wussten, wann sie die Runde verloren hatten, leugneten auch bei einer guten Beweislage und fassten deshalb oft eine höhere Strafe aus.

Jeder ist seines Glückes Schmied und kann selbst einen Beitrag zur Strafverminderung leisten, wenn er nur genug Hirn im Kopf hat.

Nach seiner Entlassung habe ich nie wieder etwas von Tibor Kestely gehört. Vielleicht hat er sein Versprechen, er werde den Beruf des Diebes an den Nagel hängen, ernst gemeint.

Ein Probeführerscheinbesitzer

Vor einigen Jahren fuhr ich mit dem Zivilstreifenwagen von Traisen in Richtung Hainfeld. Ich hielt mich fast genau an die Geschwindigkeitsbeschränkungen und fuhr im Ortsgebiet laut Tacho um zirka 10 km/h schneller als erlaubt. Damit wollte ich den nachfolgenden Verkehr nicht provozieren, oder zu unüberlegten Überholmanövern animieren. Im Zivilstreifenwagen sieht man natürlich die ungeschminkte Fahrweise der Autofahrer und so manche Übertretung, die man im Dienstfahrzeug mit Blaulicht und Firmenaufschrift nicht zu sehen bekommt.

Als ich mich auf der Bundesstraße 18 in einer 70 km/h-Zone mit Überholverbot bewegte, wurde ich von einem nachfahrenden Pkw sehr zügig überholt. Der Lenker fuhr anschließend auch über die Sperrlinie und ordnete sich entgegen der Bodenmarkierung ein. Er fuhr auf der Markierung zum Linksabbiegen gerade aus weiter.

Ich registrierte in kurzer Zeit zahlreiche Übertretungen, die nicht für eine Abmahnung vorgesehen waren.

Ich beschleunigte und fuhr dem Pkw in angemessenem Abstand nach. Als der Lenker dies bemerkte, trat er kräftig aufs Gas und wollte sich offenbar mit mir ein Privatrennen liefern. Solche Vorfälle sind mir von Erzählungen anderer Kollegen in Erinnerung. Manche Fahrzeuglenker können es offenbar nicht verkraften, wenn sich jemand an sie anhängt. Geschwindigkeit wurde bei manchen Personen oft mit Potenz verglichen und ein langsameres Fahrzeug konnte im Beisein der Freundin ein erniedrigendes Erlebnis darstellen.

Ich fuhr dem Fahrzeug also hinterher und beendete das grausame Spiel im Ortsgebiet von Hainfeld, als ich das Magnetblaulicht auf das Armaturenbrett stellte und kurz blitzen ließ. Der Lenker, ein Bursche mit Migrationshintergrund und einem Probeführerschein, dürfte vermutlich ständig in den Rückspiegel gesehen haben. Er fuhr sofort zum rechten Fahrbahnrand und hielt an. Ein Zeichen, dass er mich auf der Straße als Rivalen ansah und beim Rennen der Erste sein wollte.

Völlig falsche Grundvoraussetzungen für einen Lenker, der erst kurze Zeit den Führerschein besaß.

Eine saftige Geldstrafe, eine Nachschulung und eine Verlängerung der Probezeit erwarteten den jungen Mann. Er war vom Sieger im Straßenrennen sehr schnell zum Verlierer geworden.

Diese Phasen bei den Autofahrern gehören zu den gefährlichsten und dauern manchmal nur eine kurze Zeit an. Ich hatte aber auch Erlebnisse mit älteren Autofahrern, die dem Jugendalter offenbar nicht entronnen waren. Zahlreiche Verkehrsunfälle könnten vermieden werden, wenn die Straße nicht zum Austragungsort privater Machtbestätigungen geworden wäre. Illegale Privatrennen mit schweren Unfallfolgen sind jedem aus den Medien bekannt.

Die Zigarettenschmuggler

Am 11. November 2003 bekam ich über Funk eine Meldung, dass ich meinen Kollegen Stefan Breitler bei einer Amtshandlung mit Schmugglern in Ramsau unterstützen möge. Ich fuhr also einsatzmäßig mit einem Kollegen an den angegebenen Zielort. Als wir dort ankamen, erklärte mir Breitler, er habe eine Akte an der angegebenen Adresse erledigen wollen und dort zwei ungarische Pkw wahrgenommen, deren Insassen soeben Zigaretten aus den Fahrzeugen ausluden.

Da er sofort einen größeren Zigarettenschmuggel vermutete und alleine war, verfrachtete er die vier Personen, zwei Männer und zwei Frauen, in einen nahen Schuppen und sperrte sie dort bis zu unserem Eintreffen ein.

Wir durchsuchten die beiden Suzuki nun genau und fanden hinter den Seitenverkleidungen und sogar im Motorraum, der eigens dafür präpariert worden war, unzählige Stangen Zigaretten. Aus beiden Fahrzeugen konnten wir insgesamt 315 Stangen sicherstellen.

Wir verständigten die Zollfahndung und die Kollegen führten die weitere Amtshandlung. Die Besichtigung der beiden Schmugglerfahrzeuge ergab, dass die Schrauben der Seitenverkleidungen schon sehr stark abgenutzt waren, obwohl es sich um Neufahrzeuge handelte. Ein Indiz, dass auf zahlreiche Schmuggelfahrten hindeutete.

Im Motorraum befand sich bei beiden Pkw eine eigens für Warenablage angefertigte Metallkonstruktion, wo Zigarettenstangen während der

Fahrt gelagert werden konnten. Wir wunderten uns darüber, dass durch die Hitze im Motorraum und die auf dem Motorblock aufliegende Metallwanne die Schmuggelware während der Fahrt nicht Feuer fing.

Die verhängten Strafen konnten sich sehen lassen. Beide neuwertigen Kraftfahrzeuge wurden beschlagnahmt und für verfallen erklärt. Im Klartext heißt ein Verfall, dass beide Pkw versteigert werden und der Erlös der Republik Österreich zufällt. Die Fahrzeugbesitzer bekommen keinen Cent. Der doppelte Wert der Zigaretten wird auch als Geldstrafe verhängt.

Die Fahrzeugbesitzer versuchten danach noch mehrmals mit Rechtsanwälten aus Ungarn gegen die Maßnahmen Einspruch zu erheben, da sie noch mehrere Jahre Kreditrückzahlungen für die Pkw zu entrichten hatten. Die Einsprüche verhallten erfolglos, da sich der Staat nicht betrügen lässt.

Jedem Schmuggler sei gesagt, dass es natürlich oft gut geht, wenn jemand per Flugzeug oder Pkw Waren in den EU-Raum schmuggelt. Manchmal werden die Täter aber auch ertappt und die Maßnahmen sind drakonisch.

Die Zigarettenschmuggler, die sicherlich schon oft Zigaretten nach Österreich brachten und bisher keine Anstände hatten, machten ein gutes Geschäft. Die Glimmstängel sind nun mal in Ungarn weit billiger als in Österreich. Ziehen die Leute aber eine Bilanz, so geht diese für sie sehr schlecht aus. Rechnet man den Neuwert von zwei Pkws und die Geldstrafen zusammen, so können diese den Gewinn des Zigarettenverkaufes niemals ausgleichen.

Ich glaube nicht, dass die Gang nochmals ihr Glück mit dem Zigarettenschmuggel versuchte. Vielleicht sind sie auf eine andere Gaunerei umgestiegen.

Einbrecher mit Schusswaffe

Die Einbrecher machten uns wieder zu schaffen und die Aktenlade wurde immer voller.

Wir bekamen durch Zufall einen vertraulichen Hinweis, dass ein Flüchtling namens Adrian Mezvelia dauernd mit einer geladenen Pistole umherlaufen würde. Der Mann war uns bis zu diesem Zeitpunkt nicht aufgefallen und wir besprachen die Vorgangsweise der weiteren Amtshandlung. Wir wollten den Mann während den frühen Morgenstunden in seiner Unterkunft überraschen und eine Durchsuchung vornehmen.

Vom Betreiber der Flüchtlingsunterkunft besorgten wir uns einen Zweitschlüssel und umstellten gegen 5.00 Uhr des nächsten Tages das Gebäude.

Die Zimmertür wurde leise aufgesperrt und zwei Beamte betraten den Raum. Mezvelia lag schlafend in seinem Bett. Der Mann wurde am Oberkörper und den Beinen erfasst und mit einem Ruck aus dem Bett befördert. Dort auf den Bauch gedreht, mit einem Griff am Boden fixiert und die Handschellen angelegt.

Nach der besagten Pistole brauchten wir nicht lange zu suchen, da eine geladene Walther P38, Kaliber 9 mm unter dem Kopfkissen lag.

Mezvelia wurde vorerst auf den Gendarmerieposten gebracht und im Gemeindearrest verwahrt.

Wir konnten den Mann vorerst nicht einvernehmen, da uns einige Einbruchsdiebstähle zur Anzeige gelangten.

Auf einem Tatort hatte einer der Täter nach alter Tradition einen kräftigen Haufen Kot mitten auf dem Tisch einer Imbissbude hinterlassen.

Heute eine zwar ekelige, aber durchaus vielversprechende Spur, wo genug DNA-Material vorhanden ist.

Diese Handlungsweise gab es früher auf mehreren Tatorten, wurde aber nicht mehr praktiziert, als manche Täter dadurch überführt werden konnten.

Wie sich bald herausstellte, hatte unser Mezvelia in seiner Unterkunft tief und fest wie ein Säugling geschlafen, weil er erst kurz vor unserer Aktion von den Einbrüchen nach Hause gekommen war.

Der Tatverdächtige entpuppte sich als Steher und gab überhaupt keine Straftat zu. Bei den Ermittlungen konnten ihm nicht nur zahlreiche Einbrüche, sondern auch die Verwendung eines falschen Namens nachgewiesen werden. Solche Erfahrungen machten wir sehr häufig, da es zu dieser Zeit noch nicht möglich war, Personen, die sich unter verschiedenen Namen an mehreren Orten als Flüchtlinge anmeldeten, zu identifizieren. Heute dauert eine solche Überprüfung anhand der Fingerabdrücke mit dem Computer nur mehr Minuten.

Wir lieferten Mezvelia in die Justizanstalt ein und die Amtshandlung wurde so umfangreich, dass sie von Kollegen der Kriminalabteilung übernommen werden musste.

Es war auch nur glücklichen Umständen zu verdanken, dass Mezvelia bei seinen Einbrüchen niemals wahrgenommen, oder gestellt wurde. Seinem Charakter nach, hätte er sicherlich von seiner Schusswaffe rücksichtslos Gebrauch gemacht. Warum führt auch sonst ein Einbrecher eine geladene Pistole mit sich?

Manchmal ist es besser, einen Täter nicht am Tatort zu stellen und ihn in eine Zwangslage zu bringen, sondern erst nach einer verübten Tat, da gefährliche Affekthandlungen dadurch ausbleiben. Solche Affekthandlungen können beim Täter, aber auch beim Opfer oder bei der einschreitenden Exekutive vorkommen. Niemand ist in einer Stresssituation vor Fehlentscheidungen sicher, auch wenn man immer wieder diesbezüglich geschult wird.

Jeder junge Beamte muss sich auch den Gefahren bewusst sein, denen er sich in den Jahren seines Dienstes ausgesetzt ist. Ich beschrieb zahlreiche Beispiele, wie oft man mit bewaffneten Personen eine Amtshandlung führen muss. Es lässt sich ja nicht mehr feststellen, wie oft ich eine Amtshandlung führte, wo die Person bewaffnet war, die flüchtete, oder die wir bei einer simplen Verkehrskontrolle anhielten. Die Personen werden ja im Regelfall nur angefragt, wenn sie einem verdächtig vorkommen, oder Gegenstände im Fahrzeug liegen, die eventuell von einer Straftat stammen könnten.

Eine gewisse Vorsicht bei Kontrollen sollte nicht von Routine, Leichtsinn und Gutgläubigkeit verdrängt werden.

So mancher Kollege hat dafür in der Vergangenheit schon mit seinem Leben bezahlt.

Ein Anlassfall, wie es bei der Ermordung des Kollegen Habres war, lässt wieder neue Vorschriften entstehen, wo die Sicherheit beim Einschreiten im Vordergrund steht. Solche gut gemeinten Ratschläge lassen sich aber nur anfangs durchführen, da danach wieder der Alltag im Dienstbetrieb einkehrt. Rein personell ist es schon bei uns nicht möglich, nicht alleine einzuschreiten.

Schwerere Kriminalfälle, wie Tresoreinbrüche und Mordversuche, die früher nur von Beamten der Kriminalabteilung, jetzt Landeskriminalamt, bearbeitet werden durften, werden auch schon mal von gewöhnlichen Polizeibeamten erhoben.

Man muss jedoch eingestehen, dass sich die Ausbildung und das Material gegenüber den Siebzigerjahren grundlegend geändert und einen hohen Standard erreichte.

Die Aufklärung der Bevölkerung, die kriminalpolizeilichen Beratungsdienste, die Vorträge und die Berichte in den Median haben auch zur Verbesserung der Aufklärung beigetragen.

Obwohl ich mir bei den veröffentlichten Zahlen der Kriminalstatistik niemals sicher war, dass die Presseaussendungen auch tatsächlich stimmen, oder nur zur Beruhigung der Bevölkerung angegeben wurden, so konnte ich auch als kleiner Beamter die Richtigkeit nicht überprüfen.

Natürlich nahm ich die Aufklärungszahlen der Kriminalstatistik als Tatsache an, da der Bezirk Lilienfeld dabei immer im Spitzenfeld lag. Einige Male waren wir im Bundesland Niederösterreich an erster Stelle. Die überaus gute Aufklärungsarbeit hat natürlich einige Punkte, die meiner Meinung nach dafür ausschlaggebend waren. Unser Bezirk ist nicht sehr groß und hat eine ländliche Struktur. Auf dem Land halten die Leute noch besser zusammen, als in Großstädten. Die Bevölkerung kennt die Beamten ihrer Polizeidienststelle meistens nach dem Namen und hat dadurch ein besseres Verhältnis.

Die Nachbarschaft wird gepflegt und die Leute sind oft sehr aufmerksam, was uns bereits mehrere schöne Erfolge bereitete.

Die sogenannten Landgendarmen hatten noch Zeit, sich der angezeigten Straftaten anzunehmen und auch weiter zu verfolgen.

Kollegen in der Stadt sind oft nur mehr Aktenverwalter und haben für genaue Ermittlungstätigkeiten keine Zeit mehr.

Ein Einbrechertrio

Ich hatte mit einem Kollegen aus St. Veit Nachtdienst. Wir hörten über Funk, dass soeben in Schrambach drei Personen verdächtig in Erscheinung getreten waren.

Die Verdächtigen hätten sich laut einer Anzeige bei einer Firma im Bereich der Büroräume umher getrieben. Ein Einbruch sei wahrscheinlich, lautete der Funkspruch. Die Personsbeschreibung der drei Männer war aufgrund der Dunkelheit nicht sehr genau. Es wurde von zwei kleineren und einem großen, schlanken Mann gesprochen.

Mehrere Streifen wurden aktiviert und beteiligten sich an der Fahndung. Obwohl wir nicht gerufen wurden, weil wir offenbar vom vermeintlichen Tatort zu weit entfernt waren, beteiligten wir uns sofort an der Fahndung und bezogen bei Marktl auf der Bundesstraße 20 unseren Kontrollort.

Während der Nachtzeit herrschte nicht so viel Verkehr und wir kontrollierten die Fahrzeuge, die aus Richtung Lilienfeld kamen. Kurz darauf hörten wir über Funk die Meldung, dass eine Streifenbesatzung das Gebäude der besagten Firma kontrolliert habe, aber keine Einbruchsspuren entdeckt werden konnten. Für uns und die anderen Streifen war somit der Fahndungsgrund hinfällig.

Wir blieben aber trotzdem auf der Bundesstraße und kontrollierten weiterhin den Verkehr.

Nach kurzer Zeit hielt ich einen Pkw mit Kremser Kennzeichen an. Im Fahrzeug befanden sich drei männliche Personen, von denen zwei klein und der dritte schlank und groß waren.

Ich dachte sofort an die widerrufene Fahndung und begann die Fahrzeuginsassen mit simplen Fragen genauer auszuhorchen.

Die erste Frage betraf den Grund der Fahrt, worauf mir der Beifahrer antwortete, sie hätten eine Tante besucht. Auf die Frage des Namens der Tante, sahen sich die Insassen erwartungsvoll an und einer sagte, sie hätten die Mitzi-Tante besucht.

Diese Antwort war genau so, als wenn sie den Namen Meier genannt hätten.

Die Frage nach der Adresse ihrer Tante konnte keiner der Männer beantworten. Ich war schon nach der ersten Frage davon überzeugt, dass wir eine Gruppe von Straftätern angehalten haben. Welche Straftaten sie verübten, konnte ich noch nicht sagen.

Nun begannen wir das Auto zu durchsuchen. Im Handschuhfach fand ich ein Sackerl mit Banknoten und Hartgeld. Ich fragte, woher das Geld stamme und der schlanke Bursche erwiderte zornig, ob es leicht verboten sei, sein Geld im Handschuhfach zu verwahren.

Unter einem Sitz fand ich Gummihandschuhe, wie sie Ärzte und auch wir bei der Tatortaufnahme verwenden.

Die Frage, warum solche Handschuhe im Fahrzeug seien, beantwortete der schlanke Mann auch sofort. Er erklärte mir, dass er Masseur wäre und die Handschuhe für seine Arbeit benötige.

Jetzt hatte der Bursche meine Schmerzgrenze erreicht. Ich kannte keinen Masseur, der seine Kunden mit Gummihandschuhen massiert.

Als wir noch Handwerkzeug im Pkw fanden, dass auch für Einbrüche verwendet werden konnte, war die Lage für uns klar. Wir sprachen die Festnahme aus, holten eine zweite Streifenbesatzung und brachten die Burschen auf den Gendarmerieposten Lilienfeld.

Eine Anfrage im Computersystem ergab, dass der große schlanke Mann schon wegen zahlreicher Einbruchsdiebstähle in der Strafanstalt Stein eine längere Hartstrafe verbüßte. Die beiden anderen Männer schienen nicht auf.

Erfahrungsgemäß konnte ich den Mann, der in Stein seine Ausbildungszeit auf Staatskosten verbrachte, für die erste Vernehmung nicht gebrauchen, da nur dumme Sprüche zu erwarten waren und er unsere Vernehmungstechnik kannte. Solche Typen waren im wahrsten Sinne des Wortes: „Stein hart".

Für einen Vernehmungsbeamten stellte sich vor einer Einvernahme immer wieder die Frage, wie fange ich an und was kann ich dem vermeintlichen Täter vorhalten. Welche Trümpfe habe ich in der Hand, wie intelligent ist mein Gegenüber und hat er mit der Exekutive bereits Erfahrung.

Bei einer Einvernahme können seitens der Beamten auch Fehler gemacht werden, die später nicht mehr ausgebügelt werden können.

Man sollte auch vom bereits vorhandenen Wissen nicht zu viel bekannt geben, da für ein sogenanntes Nachhaken keine Asse mehr zur Verfügung stehen.

Auch bei Tätern sind die unterschiedlichsten Charaktere vorhanden und manche von ihnen sind auch sehr clever. Bei einer Einvernahme muss eines aber immer klar sein: Der Beamte führt die Vernehmung und der Täter gibt die Antworten, nicht umgekehrt.

Eine ruhige und ausgeglichene Atmosphäre sind die besten Voraussetzungen. Aggressivität und Spannungen sind auf beiden Seiten nicht Ziel führend.

Der Lenker des Täterfahrzeuges schien mir von allen Fahrzeuginsassen das schwächste Glied in der Kette zu sein.

Zu Beginn jeder Einvernahme ist es wichtig, nicht mit Fragen zum Tathergang zu beginnen. Will mich der Täter mit Lügen zupflastern, so legt er sich seine Lügengeschichte zurecht und wartet auf tatbezogene Fragen. Stelle ich aber vorerst Fragen, die seine persönlichen Verhältnisse, seine Hobbys und sein Umfeld betreffen, bringe ich ihn aus dem Konzept. Die beschriebene Vorbereitung ist natürlich kein Wundermittel, führte aber immer wieder zum Erfolg.

Ich holte mir noch in der Nacht den Lenker des Fahrzeuges, der natürlich keinen Führerschein besaß und teilte ihm mit, dass ich der Vernehmungsbeamte sei. Ein Fahrzeuglenker ohne Führerschein bedeutete für mich ein leichtes Druckmittel zu haben, um die Einvernahme meinen Wünschen nach zu gestalten. Es handelte sich um die erste Übertretung, die ich einwandfrei nachweisen konnte.

Als ich mir für die folgende Vernehmung ein gewisses Vertrauensverhältnis aufgebaut hatte, begann ich mit den ersten Befragungen in leichter Form. Der Bursche hatte Vertrauen zu mir, da ich ihm erzählte, dass ich sehr oft im Waldviertel sei, wo er zu Hause war. Diese Aussage entsprach auch den Tatsachen und er erzählte mir über sich und seine Angehörigen. Danach begann ich mit der intensiven Vernehmung und ich war sehr verwundert, da mir der

Mann zugab, sie hätten vorher in die Schule eingebrochen, woher das Geld aus dem Handschuhfach stammte. Sie hätten auch in die Firma in Schrambach einen Einbruch verübt und seinen mit einer Leiter in den ersten Stock im Bürogebäude eingestiegen. Die Kollegen bemerkten den Einbruch im ersten Stockwerk nicht, da die Täter die gefundene Leiter vom Tatort weggebracht hatten. In der Dunkelheit war von unten das aufgebrochene Fenster auch nicht als solches zu erkennen.

Ich konnte nicht so schnell schreiben, wie der Bursche seine Straftaten aufzählte. Ich glaube er war froh, sich ausreden zu dürfen. Er schilderte mir eine große Serie von Einbrüchen, die er mit den zwei anderen Fahrzeuginsassen bisher verübte. Die Tatorte reichten von Wien bis nach Niederösterreich. Er schilderte mir die Tatabläufe so präzise, wie sich nur der Täter kennen konnte. Ein wichtiger Beweis, falls das Geständnis vor, oder bei der Verhandlung widerrufen wurde.

Er gestand einen Einbruch in Wien in ein China-Restaurant, wo sie nicht viel Beute machten. Aus Zorn darüber gingen sie in die Küche, nahmen einige Kessel mit roter Soße und übergossen damit die Polstermöbel im Gastraum.

Für den Restaurantbetreiber ein riesiger Schaden, der durch keine Einbruchsversicherung gedeckt ist, da es sich um reinen Vandalismus handelte. Für solche Schäden ist eine eigene Versicherung nötig, die aber wegen der hohen Kosten in den meisten Fällen nicht abgeschlossen wird.

Bei einem weiteren Einbruch in eine Tankstelle im Waldviertel verletzte sich ein Mittäter an der

Hand und setzte Blutspuren auf mehreren Glassplittern, die beim Einschlagen einer Fensterscheibe auf den Boden fielen.

Nach der Straftat machte sich das Trio aus dem Staub. Plötzlich fiel dem verletzten Täter ein, dass er mit seinem DNA-Profil bereits in der Datenbank gespeichert war. Er pflegte den Beruf des Einbrechers ja schon längere Zeit und ersparte sich die lästigen Unannehmlichkeiten einer ordentlichen Beschäftigung. Jeden Tag der gleiche Tagesablauf. Der grässliche Wecker reißt einen aus dem guten Schlaf. Danach die stockende Fahrt durch den Frühverkehr zur Arbeit. Die lästige und zeitraubende Plage, die bösartigen Vorgesetzten und garstigen Mitarbeiter und diese Marter bis ins hohe Alter.

Der Einbrecher verdient einen Monatslohn, wenn er Glück hat, in wenigen Minuten, kann sich die Arbeitszeit selbst aussuchen und wird er erwischt, so kann er sich in der Haftanstalt ausruhen. In seinem Umfeld sind keine garstigen Mitarbeiter, sondern liebe Leute vom gleichen Schlag wie er. Während der Haft bekommt er wertvolle Tipps für seine weitere Berufslaufbahn und kann sich nach seiner Entlassung wieder voll seinem Beruf hingeben.

Wird ein solcher Typ im Sommer dienstlich benötigt, so ist Geduld angebracht, weil er gerade am Meer seinen Urlaub verbringt.

Keine lustigen Schilderungen, sondern raue Wirklichkeit, etwas sarkastisch formuliert.

Ich saß also mit dem Waldviertler bis in die Morgenstunden und schrieb fortwährend an seinen Aussagen. Er fragte mich bei der Einvernahme immer wieder, ob er danach nach Hause gehen könne. Ich wollte ihn nicht belügen und erklärte, dass dies der Staatsanwalt entscheiden müsse.

Natürlich wurde ein Haftbefehl für alle drei Personen erlassen und es erfolgte eine Einlieferung in die Strafanstalt St. Pölten. Die Anzahl und die Schwere der Straftaten machten diese Maßnahme erforderlich.

In den Morgenstunden kamen auch die Angehörigen meines Täters und wir unterhielten uns einige Zeit.

Die Leute waren mir gegenüber sehr aufgeschlossen, zeigten sich aber nicht erfreut, dass ein Familienmitglied zahlreiche Straftaten begangen hatte, obwohl sie es offenbar ahnten. Die dauernden nächtlichen Ausflüge waren ja nicht zu verheimlichen. Sie erkannten, dass sie ihren Verwandten längere Zeit nun in der Strafanstalt besuchen konnten.

Die Zigarettenkippe

Im Jahr 2003 begann eine Einbruchserie mit einem Büroeinbruch in Rohrbach. Die Täter drangen durch ein aufgebrochenes Fenster in das Bürogebäude einer Baufirma ein. Es wurden teure Geräte gestohlen und ein beträchtlicher Sachschaden angerichtet.

Bargeld fiel den Tätern nicht in die Hände.

Bei der Tatortaufnahme fand ich auf dem Boden des Büroraumes, wo die Täter einstiegen, unmittelbar hinter dem aufgebrochenen Fenster eine Zigarettenkippe, die ich sicherte.

Der Firmeninhaber erklärte mir, dass im gesamten Bürogebäude absolutes Rauchverbot herrsche und dieses auch strikt eingehalten werde. Außerhalb des Gebäudes lagen hunderte Zigarettenkippen, so wie dies auf allen Firmenarealen üblich ist, wo zahlreiche Arbeiter verkehren.

Rein theoretisch könnte die Zigarettenkippe auch im Profil einer Schuhsohle außerhalb des Bürogebäudes hängen geblieben sein. Nach dem Einsteigen löste sich die Kippe aus dem Sohlenprofil und blieb auf dem Boden liegen. Bei der Tatortarbeit müssen alle Möglichkeiten einkalkuliert werden. Es kann für eine gesicherte Tatortspur oft ganz einfache Erklärungen geben. Nicht immer muss ein Täter die Spur hinterlassen haben.

Vorerst brachten meine Ermittlungen keinen Erfolg und ich ließ die Zigarettenkippe auf DNA-Spuren untersuchen.

Die Spurenauswertung ergab ein eindeutiges Profil, aber ein Datenabgleich brachte kein Ergebnis, da das DNA-Profil in der Datenbank noch nicht aufschien.

Vorerst ein gutes Ergebnis, da es sich bei Einbrechern fast niemals um Eintagsfliegen handelt und bei dieser Art von Straftaten meistens andere folgten.

Wie schon ein Sprichwort sagt: Der Krug geht so lange zum Brunnen, bis er bricht. Ich kannte solche Fälle aus der Praxis und hoffte, der oder die Täter würden einmal einen Fehler begehen. Von solchen Fehlern lebte ich und war vorerst sehr zuversichtlich, dass die Straftat in nächster Zeit einer Klärung zugeführt werden konnte.

Meine Zuversicht schien aber nicht unter einem guten Stern zu stehen, da Einbruch auf Einbruch folgten.

Gasthäuser und Firmen im Gölsen- und Traisental waren Ziele der Einbrecher. Auf den anderen Tatorten konnten zumeist keine verwertbaren Spuren gesichert werden.

Firmen, wo zahlreiche Arbeiter und Angestellte beschäftigt sind, strotzen natürlich von Spuren, welche das Personal jeden Tag hinterlässt. Auf diesen Tatorten eine Täterspur zu sichern, gehört schon zu den außergewöhnlichen Zufällen in der Kriminalistik.

Die Täter stahlen alle wertvollen Gegenstände und brachen in den Firmenhallen auch noch die Getränkeautomaten brutal auf. Der Sachschaden war in allen Fällen sehr hoch. Außerdem wurden aus dem Büroräumen sämtliche Laptops mit Firmendaten gestohlen. Nicht von allen Daten wurden Sicherheitskopien angefertigt und der Datenverlust war für die Angestellten ein Desaster.

Die Straftaten schienen nicht enden zu wollen und die Erfolgsaussichten waren nicht gerade rosig.

Als ich eines Tages meinen Tagdienst antrat, hatte ich ein Schriftstück auf meinem Schreibtisch, das bei mir helle Freude auslöste.

Ich hatte eine Treffermeldung aus der DNA-Datenbank erhalten. Da auf dieser Treffermeldung aus Datenschutzgründen keine Namen genannt werden, sondern nur Zahlen aufscheinen, die in den Computer eingegeben werden müssen, stieg meine Spannung.

Es war wieder so ein spannendes Gefühl, wie wenn ich am Weihnachtsabend ein Geschenkpaket öffnen würde.

Mit jeder Zahl, die ich in die Blechmaschine eintippte, bekam ich einen höheren Pulsschlag. Meine Kollegen sahen mir bei der Zahleneingabe zu und kurz darauf konnte ich die Personaldaten des Spurenverursachers samt Lichtbild auf dem Bildschirm sehen.

Bei dem mutmaßlichen Täter handelte es sich um Armin Horvath, der mir persönlich bekannt war.

Horvath wurde von Kollegen einer Polizeidienststelle im Bezirk Wiener Neustadt nach einem versuchten Einbruch erkennungsdienstlich behandelt. Dabei wurde auch eine DNA-Probe abgenommen, die nun zum Erfolg führte.

Ich rief die Kollegen der Polizeiinspektion an und erkundigte mich nach der Straftat.

Der Beamte erzählte mir, dass sie vor mehreren Wochen während der Nachtzeit einen Alarm bekamen. Die Alarmanlage eines Baumarktes hatte einen Einbruchsalarm ausgelöst. Zum Glück waren in kurzer Zeit mehrere Streifenwagen beim Tatobjekt und kurz darauf kam auch ein Diensthund zum

Einsatz. Der Schäferhund wurde in die Verkaufshalle eingelassen und durchstöberte die Gänge. Kurz darauf verbellte er einen Mann, der sich in den Regalen versteckt hielt. Armin Horvath war in den Baumarkt eingebrochen und hatte den stillen Alarm ausgelöst.

Da Horvath zu diesem Zeitpunkt nur der eine Einbruchsversuch nachgewiesen werden konnte, erteilte der zuständige Richter keinen Haftbefehl und Horvath konnte nach erfolgter erkennungsdienstlicher Behandlung und Vernehmung die Dienststelle verlassen.

Leider muss ich an dieser Stelle den Kollegen eine kleine Rüge erteilen. Sie hatten uns in Hainfeld von der Straftat nichts erzählt und auch nicht angerufen. Hätten wir, wie in solchen Fällen üblich, eine telefonische Mitteilung erhalten, so hätten bei uns die Alarmglocken geläutet, weil wir eine ganze Serie von ungeklärten Einbrüchen hatten.

Ich war jedenfalls sehr froh, nun endlich zu wissen, wer die Straftaten bei uns verübt haben könnte. Mit Sicherheit konnte eine solche Feststellung erst nach Abschluss der Ermittlungen gemacht werden.

Für mich die idealen Voraussetzungen für die weitere Amtshandlung. Ich wusste, wer die Serieneinbrüche verübte und der Täter hatte von meinem Wissen keine Ahnung.

Ich besorgte mir aufgrund der Spurenlage einen Hausdurchsuchungs- und Haftbefehl. Beides bekam ich in kürzester Zeit und ich erkundigte mich, wo Horvath derzeit arbeitete. Ich erfuhr, dass er im Raume Schwechat bei einer Firma beschäftigt war und fuhr mit meinen Kollegen zur Arbeitsstelle.

Wir trafen Horvath an, zeigten ihm den Haftbefehl und brachten ihn auf die Dienststelle nach Hainfeld.

Während der Fahrt fragte er kein einziges Mal, warum er verhaftet worden sei und sprach auch sonst kein Wort. Das Verhalten zeigte das typische Muster eines Täters, der sich jetzt nur noch Gedanken darüber machte, wie er sich gut aus der Affäre ziehen konnte. Wahrscheinlich dachte er über Antworten bei seiner Vernehmung nach.

Als wir auf der Dienststelle waren, erklärte ich dem Mann, dass er im Verdacht stehe, zahlreiche Einbrüche verübt zu haben. Er soll nachher eine halbe Stunde nachdenken und danach erklären, ob er reinen Tisch machen wolle, oder die Aussage gleich verweigern möchte.

Vom Erzählen einer langen Lügengeschichte riet ich ihm ab, da wir uns nicht gerne verarschen lassen.

Horvath schien sehr ernst und sagte mir nach längerem Warten, dass er reden wolle.

Er gestand mir einen einzigen Einbruch, worauf ich ihm deutlich erklärte, dass ich die Vernehmung nicht fortsetzen wolle. Ein kleines Zuckerl für den Inspektor, damit er Ruhe gibt und auch einen Erfolg verzeichnen kann.

Ich ließ dem Mann noch ein wenig Zeit und fragte nun neuerlich, ob er alle Straftaten gestehen wolle, oder ob wir gleich mit der Hausdurchsuchung beginnen sollten?

Horvath entschuldigte sich und sagte, er wolle reinen Tisch machen. Ich hatte danach eine sehr gute Gesprächsbasis geschaffen und er gestand mir einen Einbruch nach dem anderen. Die Hausdurchsuchung war auch ein voller Erfolg und wir konnten Bargeld und zahlreiches Diebesgut beschlagnahmen. Die Laptops einer geschädigten Firma waren zur Freude der Angestellten auch bei den sichergestellten Gegenständen.

Horvath zeigte sich auch erleichtert über sein umfassendes Geständnis.

Eine Aussage schien mir besonders merkwürdig. Horvath fuhr mehrmals mit dem Fahrrad zu den Tatorten, da die Begutachtung seines Pkw abgelaufen war. Er hielt sich an die gesetzlichen Bestimmungen und wollte keine Verwaltungsübertretung begehen. Auf der einen Seite ein gesetzestreuer Bürger, auf der anderen ein Einbrecher, der sich nicht um die Gesetze kümmert. Eigentlich ein gravierender Widerspruch in seiner persönlichen Einstellung.

Der Grund für die Straftaten waren Geldmangel nach einer Scheidung und Schulden.

Horvath verständigte seinen Arbeitgeber von seiner Verhaftung per Telefon und wurde natürlich sofort gekündigt. Bei seiner Verhaftung erklärte uns der Bauherr, dass Horvath der beste Arbeiter war, der je bei ihm arbeitete. Er war über den Verlust des Mannes sehr erschüttert und stellte ihm das beste Zeugnis aus.

Horvath zeigte sich mir gegenüber sehr bestürzt, dass er nun auch seine Arbeit verloren habe. Er wisse nicht, wie er nach seiner Haftentlassung seine Schulden zurückzahlen könne.

Der Haftbefehl wurde nun vollzogen und der Täter, der alle Straftaten alleine verübte, in die

Justizanstalt St. Pölten eingeliefert. Ich fühlte mich irgendwie für Horvath verantwortlich, zumal er bei seiner Vernehmung sehr ehrlich war und einige Straftaten gestand, die ich ihm sonst nicht nachweisen konnte.

Ich fuhr also zu seiner Firma und sprach persönlich mit dem Firmenchef. Ich erzählte ihm vom Lob des Bauherrn und von der bevorstehenden Lage, falls die Rückzahlung der Schulden nicht weiter durchgeführt werden könne, wenn Horvath arbeitslos sei.

Der Firmenchef zeigte sich vorerst nachdenklich und machte mir danach den Vorschlag, Horvath nach seiner Haftentlassung wieder in seinem Betrieb aufzunehmen, was er auch machte.

Ich zählte Horvath nicht zu den normalen Einbrechern, wie ich sie kannte. Das Täterprofil eines Einbrechers zeigte oftmals, dass der Täter in die Kategorie der arbeitsscheuen Elemente einzustufen war.

Als Beilagen zeigten sich oft Alkoholismus, Drogensucht und asoziale Eigenschaften ab.

Bei Horvath sah die Sache anders aus. Er war ein fleißiger Arbeiter, der von seinen Vorgesetzten und Mitarbeitern geschätzt wurde. Dies ist natürlich kein Freibrief für einen Gesetzesbruch, aber es unterscheidet die Charaktere von Straftätern. Während die typischen Einbrecher nach ihrer Haftentlassung sofort wieder ihrem Gewerbe nachgehen, war Horvath durch die Untersuchungshaft geläutert und ich hatte bis zu meiner Pensionierung keine weitere Amtshandlung mit ihm.

Als ich einmal während des Verkehrsdienstes neben der Bundesstraße stand, fuhr er mit seinem

Pkw vorbei. Er hielt an, kam zu mir zurück und bedankte sich für meinen Einsatz bei seinem Chef, da er seine Arbeit wieder aufnehmen konnte, als er aus der Untersuchungshaft entlassen wurde. Ich freute mich über seine Dankesworte sehr und bin auch heute noch der Überzeugung: Straftäter sind nicht immer gleich und Einbrecher sind nicht gleich Einbrecher.

Der markante Schraubenzieher

Eines nachts hatte ich mit einem Kollegen aus Hainfeld Zivilstreife. Als wir durch Ramsau fuhren, bemerkten wir bei der Einfahrt zu einem Firmengelände einen Pkw stehen. Ich kehrte nach einer kurzen Wegstrecke um und fuhr zum Firmengelände zurück. Leider konnten wir den Pkw nicht observieren, da es die Geländebedingungen nicht zuließen.

Als wir zum Fahrzeug kamen, sahen wir vier männliche Personen außerhalb des Pkw. Wir trugen Uniform und die Männer zeigten sich überrascht, als sie uns als Polizisten erkannten.

Bei den vier Personen handelte es sich um Russen, die in Österreich um Asyl angesucht hatten. Ich holte über Funk eine zweite Streife zur Verstärkung, da ich im Kofferraum des Mercedes Schraubenzieher, Brecheisen und anderes Einbruchswerkzeug fand. Die Männer erklärten, sie wollten auf dem Firmengelände lediglich ihre Notdurft verrichten. Für die Notdurft braucht man natürlich auch ein

Brecheisen, falls der Zippverschluss klemmt. Als die zweite Streife eintraf fuhren wir gemeinsam mit den Russen auf die Dienststelle nach Hainfeld, um alle Personen im Computersystem genauestens zu überprüfen.

Ein Russe war dem System gut bekannt und der gestellte Asylantrag bereits abgelehnt worden. Da er sich weigerte, Österreich zu verlassen, wurde er in Schubhaft genommen. Dort vollzog er einen Hungerstreik und wurde wieder entlassen.

Die anderen Personen waren bereits wegen Vermögensdelikten vorgemerkt. Ich ärgerte mich, da wir sicherlich um einige Zeit zu früh kamen. Die Burschen hatten wahrscheinlich einen Einbruch in die Firma geplant und wurden durch unser Erscheinen von der Tat abgehalten.

Meistens treffen wir zu spät nach einer Straftat ein und manchmal zu früh, wie dieser Fall beweist.

Wir konnten den Russen vorerst keine Straftat nachweisen und begnügten uns mit einer Anzeige an die Bezirkshauptmannschaft, da keiner der Männer einen Führerschein besaß.

Das mitgeführte Werkzeug beschlagnahmte ich und erinnerte mich an einen Geschäftseinbruch in Hainfeld vor einem Tag. Dort waren die Täter in einen Einkaufsmarkt eingedrungen und hatten ein Fenster und auch die Bürotüren mit roher Gewalt aufgebrochen. Die Beute war gering, aber der verursachte Sachschaden enorm.

Ich überbrachte die auf dem Tatort gesicherten Spuren und die sichergestellten Werkzeuge der Kriminaltechnischen Untersuchungsstelle. Kurz darauf bekam ich die Mitteilung, dass ein sichergestellter Schraubenzieher eindeutig bei dem Geschäftseinbruch in Hainfeld verwendet worden war. Markante Kratzspuren am Türrahmen stammten eindeutig von diesem Werkzeug.

Ich freute mich natürlich sehr über das erhaltene Gutachten und erstattete gegen den einen Russen, der behauptete, das Werkzeug gehöre ihm, weil er damit arbeiten würde, eine Strafanzeige. Der Russe war natürlich nicht mehr greifbar und lebte sicherlich als U-Boot in Österreich. Ein Wermutstropfen war die Tatsache, dass wir zumindest die Fingerabdrücke und die Fotos im Polizeicomputer hatten. Der angegebene Namen beim Asylantrag war sicherlich falsch, so wie bei zahlreichen Personen, die unser soziales System gnadenlos ausnützen.

Ein besonders widerlicher Straftäter

Ein besonders widerliches Verbrechen gelangte im Jahr 2005 zur Anzeige.

Mein früherer Postenkommandant, der bereits seine Pension genoss, rief mich an und erzählte mir, dass er von seiner ehemaligen Wohnungsnachbarin eine interessante Geschichte mitgeteilt bekam.

Die alte Dame wandte sich an ihn und erzählte, dass vor einiger Zeit ein Mann an ihre Wohnungstür läutete und mit Bettunterlagen hausierte.

Als der Unbekannte erst in der Wohnung war setzte er die Frau psychisch unter Druck und überredete sie, ihm die Bettunterlagen abzukaufen. Er nannte einen horrenden Preis von mehr als 10.000,— Euro und ließ nicht locker, ehe die Frau in seiner Begleitung das Geldinstitut aufsuchte und ihm mehr als 10.000,— Euro in bar übergab. Der Täter wartete vor dem Geldinstitut und fuhr anschließend in unbekannte Richtung fort.

Die altersbedingt vergessliche Dame erzählte von dem Vorfall niemand. Erst als sich der Mann telefonisch bei ihr meldete und abermals Geldforderungen stellte, da die Frau seiner Aussage nach die erhaltene Ware nicht bezahlte, vertraute sich die Geschädigte dem pensionierten Beamten an.

Der Mann hatte ihr ein Datum genannt, an dem er das geforderte Geld abholen wollte.

Ich suchte die Dame auf und ersuchte sie, auf neuerliche Forderungen des unbekannten Mannes zum Schein einzugehen.

Ich holte mir mehrere Kollegen vom Landeskriminalamt zur Unterstützung und am Tag, wo die

Geldübergabe stattfinden sollte, hatten wir mehrere Zivilfahrzeuge in der Umgebung des Mehrparteienhauses postiert.

Der Täter rief die Frau noch mehrmals an und erkundigte sich, ob sie ihm das Geld wie vereinbart übergeben könne.

Wir warteten mehrere Stunden vergeblich, aber der Mann kam nicht zur Wohnung seines Opfers. Vielleicht traute er sich nicht, da er Lunte gerochen hatte.

Nach dem erfolglosen Einsatz führten wir eine Besprechung durch. Die einzelnen Streifenbesatzungen hatten alle Kennzeichen von Fahrzeugen, die im Beobachtungszeitraum zu den Häusern zufuhren notiert. Bei der Besprechung fiel einer Streifenbesatzung ein VW-Bus mit tullner Kennzeichen auf. Das Fahrzeug fuhr nahe an das Mehrparteienhaus heran und eine Frau und ein Mann stiegen aus. Das Pärchen besah sich die Anlage und betrachtete anschließend die Namensschilder bei den Hauseingängen. Zum Hauseingang, wo die Geschädigte wohnte, begaben sich die Beiden jedoch nicht.

Wir ließen alle Daten durch den Computer laufen und gaben die Auswertungslisten zu den Akten.

Nun begann ich mit der Kleinarbeit und holte mir vom Gericht die notwendigen Beschlüsse zur Auswertung der Telefondaten. Der Täter hatte die Geschädigte ja mehrmals angerufen.

Solche Straftaten empfand ich immer als besonders widerlich, da alten Leuten auf solche Weise ihre Ersparnisse abgeknöpft werden, die sie in ihrem Berufsleben oft hart erarbeitet hatten, um einen schönen Lebensabend zu verbringen.

Für Personen im mittleren Alter ist es oft nicht vorstellbar, dass sich jemand ohne Gewaltanwendung überreden lässt, seine Ersparnisse für einen wertlosen Artikel zu opfern. Alte und betagte Leute können ihre Entscheidungen oft nicht mehr genau überdenken und lassen sich nur durch psychischen Druck zu einer solchen Handlung überreden.

Das Täterprofil zeigt in solchen Fällen einen sehr schäbigen Charakter.

Bei meinen Ermittlungen konnte ich auch nur auf eine fast unbrauchbare Personenbeschreibung zugreifen, weil sich die Frau genaue Merkmale nicht merken konnte.

Bei der Auswertung der erhaltenen Verbindungsdaten musste ich feststellen, dass alle Anrufe zum Opfer an diesem Tag von verschiedenen Telefonzellen aus geführt wurden.

Nur ein Anruf kam von einem Handy und die Telefonnummer führte zu einer Adresse im Bezirk Tulln. Ich holte mir die gesamten Unterlagen und sah mir die Daten des VW-Busses an, der von meinen Kollegen bei der Observation beobachtet wurde.

Das Fahrzeug war auf die gleiche Adresse zugelassen, wie das Mobiltelefon, mit dem das Opfer einmal kontaktiert wurde.

Auch wenn ich nicht mit Nick Knatterton verwandt war, läuteten bei mir die Alarmglocken.

Ich hatte offenbar meinen Täter und seine Helferin gefunden. Nach vorsichtigen Erhebungen an der angegebenen Adresse musste ich bald feststellen, dass die Vögel ausgeflogen waren. Wir konnten also keinen Zugriff durchführen, was mich natürlich sehr ärgerte.

Aber Ärger gibt es in jedem Beruf und es kommen immer wieder gute Zeiten, wo man auch Erfolgserlebnisse verzeichnen kann.

Einige Tage später kam ich eines Morgens zum Dienst und sah im Computer eine Fahndung.

Dem Bericht nach hatte ein unbekannter Mann einer Frau im Bezirk St. Pölten ihre gesamten Ersparnisse in der Höhe von 150.000,- Euro durch den Verkauf von Bettunterlagen abgeknöpft.

Das Opfer erstattete keine Anzeige, da sie vor dem Mann Angst hatte. Die ergaunerte Summe war ja auch nicht gerade gering und das geerbte Geld schien für immer verschwunden.

Als der Täter das Opfer noch mehrmals aufsuchte und sie unter Druck setzte, einen Kredit für weitere Geldforderungen aufzunehmen, ging das Opfer in ihr Geldinstitut.

Die Frau sprach wegen eines Krediets vor und begann zu weinen. Die Angestellte fragte nach dem Grund ihrer Sorgen und brachte ihre Verwunderung zum Ausdruck, warum das Sparbuch bis auf den letzten Cent geplündert worden war. Ihr seien die Abhebungen schon verdächtig vorgekommen, aber sie konnte sich auf eine Beurteilung nicht einlassen, da dies nicht zu ihren Aufgaben gehörte.

Die Geschädigte erzählte der Bankangestellten nun die ganze Geschichte und erst jetzt begab sich die Frau zur Polizei.

Leider hatte sie vom Täter nur den Hinweis auf ein verwendetes Fahrzeug: Einen VW-Bus mit Tullner Kennzeichen. Ich las mir die Fahndung noch einmal durch und war überzeugt, dass es sich um den gleichen Täter handelte, wie in meinem Fall.

Ich rief die zuständige Kollegin an und teilte ihr mit, dass ich die Daten des vermeintlichen Täters bereits kenne. Die Frau Inspektor zeigte sich über meinen Hinweis sehr erfreut und ich besuchte sie danach auf der Dienststelle, um die weitere Vorgangsweise zu besprechen.

Da der Täter an seiner Adresse nicht angetroffen werden konnte, erfolgten von den zuständigen Beamten anschließend Kontrollfahrten. Schon bald hatten meine Kollegen Glück. Bei einer Streifenfahrt trafen sie gemeinsam mit dem Täter beim Haus ein.

Der Mann war im neuen schicken BMW-Cabrio unterwegs und musste sein Fahrzeug mit einem schlichten Dienstfahrzeug der Polizei tauschen. Seine teure Armbanduhr wurde von einer Klammer der Handschellen verziert.

Der Mann wurde in Haft genommen und in die Justizanstalt St. Pölten eingeliefert. Aufgrund eines Rundschreibens kam noch eine gleichartige Straftat ans Tageslicht.

Wir waren jedoch überzeugt, dass die bekannten Verbrechen nur die Spitze eines Eisberges waren.

Keines der Opfer erstattete aus eigenem Antrieb eine Anzeige. Teilweise aus Scham über den Reinfall, teilweise aus Angst vor dem Täter und teilweise wegen der altersbedingten Vergesslichkeit und bereits begonnener Demenz.

Der Täter selbst ging keiner geregelten Arbeit nach und lebte auf großem Fuß. Die Leasingraten für sein Cabrio beliefen sich auf eintausend Euro pro Monat.

Für eine Anklage gegen seine Frau wegen Beihilfe reichten die erbrachten Beweise nicht aus.

Der Täter beauftragte sofort einen namhaften Rechtsanwalt mit seiner Vertretung und bezahlte ihn vermutlich mit dem ergaunerten Geld. Vorerst bestritt er die Tathandlungen entschieden, entschloss sich aber anschließend die Geldeinhebungen zu gestehen. Er sagte aber, dass er die Frauen nur um die Gewährung eines Krediertes ersuchte. Eine Betrugshandlung wollte er nicht begehen.

Die vorgefundenen Bettunterlagen in allen drei Fällen zeigten jedoch ein anderes Tatmuster.

Schon der Vater des Täters war wegen gleicher Delikte bereits mehrmals verurteilt worden und hatte seinen Sohn auf diesem Gebiet ordentlich ausgebildet und geschult.

Betrachtet man die Tathandlungen, so sind sie zwar verwerflich, aber vom Gesetzgeber mit einer geringen Strafdrohung versehen, obwohl der Schaden beträchtlich war. Falls jemand einen bewaffneten Banküberfall begeht und wahrscheinlich – wie die Statistik beweist – auch erwischt wird, kann er sich für mehrere Jahre von seiner Familie verabschieden.

Soviel ich weiß, wurde aus dem Vermögen des Täters eine Schadensgutmachung durchgeführt. Ob alle Geschädigten ihren Schaden ersetzt bekamen, ist mir nicht bekannt und auch die Strafhöhe habe ich nicht erfahren, da wir zu diesem Zeitpunkt vom Gericht noch keine diesbezügliche Mitteilung bekamen. Wichtig war für mich, dass der Täter ausgeforscht werden konnte und in Zukunft bei der gleichen Masche leichter zu finden war.

Der Schaden und die Anzahl der Opfer könnte in solchen Fällen gemindert werden, wenn immer gleich eine Anzeige erstattet werden würde. Personen im Umfeld der Opfer sind auch gefragt, da diese oft Hinweise erhalten, die sie nicht ernst nehmen und als Einbildung abtun.

Die Täter selbst sind Spezialisten und kennen die Schwächen und Neigungen alter Menschen. Sie suchen sich ihre Opfer nach dem Zufallsprinzip und oft im Telefonbuch, wo sie nach alten Vornamen Ausschau halten. Bei den Männern sind Adolf, Horst, Heinrich und Hermann oft der Hinweis, dass es sich um Personen handelt, die im Krieg zur Welt gekommen sind und heute schon ein gewisses Alter haben.

Der Neffentrick, der schon hinlänglich bekannt ist, dem aber noch immer zahlreiche ältere Menschen zum Opfer fallen, gehört zu einer solchen Masche. Der Trick mit den Frauen aus dem Osten und einer Erbschaft, wo die Formalitäten im Voraus bezahlt werden müssen, ist schon alt, zeigt aber immer noch Wirkung.

Besuche von Veranstaltungen des Kriminalpolizeilichen Beratungsdienstes wären für Senioren empfehlenswert. Leider werden solche Informationsabende nur nach bereits erfolgten Betrugshandlungen besucht.

Die Täter hätten auch nicht so leichtes Spiel, wenn bei solchen Anrufen sofort Anzeige erstattet werden würde.

Jeder kann seinen älteren Angehörigen immer nur zur besonderen Vorsicht raten. Wichtig ist in jedem Fall, dass unbekannte Personen auf keinen Fall in das Haus, oder die Wohnung gelassen werden. Eine einfache Sicherheitskette und ein Handy in Griffweite sind schon gute Möglichkeiten einem solchen Delikt vorzubeugen.

Mir ist in unserem Bereich kein Fall bekannt, wo sich der Täter bei eingehängter Sicherheitskette gewaltsam Zutritt verschafft hätte.

Auch die Täter kennen ihre Grenzen und die Strafdrohungen, wenn bei einer Tat Gewalt angewandt wird.

Die meisten Straftäter wollen mit wenig Risiko möglichst viel Geld, oder Wertgegenstände erbeuten. Die Anwendung von Gewalt ist natürlich auch ein Mittel zur Durchsetzung eines solchen Zieles. Gewaltlose Delikte sind viel häufiger zu verzeichnen und im ländlichen Raum im Vordergrund.

Der Amokläufer

Ich verrichtete am 4. September 2008 Kriminaldienst als ich einen Funkspruch mithörte. In Traisen hatte ein Mann auf dem Betriebsgelände der Voest Alpine einen Mitarbeiter angeschossen. Der bewaffnete Täter sollte sich noch auf dem Gelände befinden.

Bei solchen Funksprüchen erübrigten sich weitere Fragen, sondern hier galt es schnell und zielbewusst zu handeln, um weitere Straftaten zu verhindern.

Ich ergriff mit schnell eine Maschinenpistole aus dem Waffenraum, eilte zum Zivilstreifenwagen und fuhr einsatzmäßig zum Tatort. Die Fahrt verlief ohne Zwischenfälle und alle Verkehrsteilnehmer machten mir Platz, als sie das Folgetonhorn hörten.

Solche Einsatzfahrten waren nicht immer gefahrlos, da ich mich an Situationen erinnere, wo manche Autofahrer völlig unangebracht reagierten, als sie das Einsatzfahrzeug bemerkten. Da waren Fahrzeuglenker, die uns überhaupt nicht beachteten und nicht die geringste Reaktion bei Wahrnehmung von Blaulicht und Folgetonhorn zeigten. Solche Mitmenschen waren mir lieber, als solche, die panikartig reagierten.

Da gab es Verkehrsteilnehmer, die voll in die Bremsen stiegen und in unübersichtlichen Kurven abrupt anhielten, wenn sie das Einsatzfahrzeug bemerkten.

Glücklicherweise reagiert aber die größte Anzahl der Fahrzeuglenker vorbildlich, wie an diesem Tag. Die Lkw-Lenker zählen zu der Gruppe, die genau wissen, wie sie sich zu verhalten haben, weil sie offenbar die nötige Erfahrung und Routine besitzen.

Als ich bei der besagten Firma eintraf, legte ich die unhandliche Schutzweste an und begab mich auf das Gelände.

Ich sah einen Streifenwagen und ein Dienstmotorrad. Neben den Fahrzeugen hielt sich ein schmächtiger Mann auf, der eine Pistole in der Hand hielt. Meine beiden Kollegen, die zuerst am Tatort waren und noch keine Schutzweste anlegen konnten, weil sie unvorbereitet auf den Täter trafen, standen geduckt hinter dem Streifenwagen.

Ich zielte vorerst längere Zeit mit der Maschinenpistole auf den Kopf des Täters, da ich befürchtete, er könnte auf meine Kollegen das Feuer eröffnen. Auf die kurze Distanz hätte ein Angriff sicherlich verheerende Folgen gehabt.

Die Pistole des Mannes zeigte jedoch auf den Boden und ich war erleichtert, da ich nicht gezwungen war, auf den Mann zu schießen. Hätte der Amokläufer die Schusswaffe erhoben und auf meine Kollegen gezielt, wäre ich gezwungen gewesen, ihm einen Kopfschuss zu verpassen. In einer solchen Situation sind Schussverletzungen in anderen Körperregionen nicht zielführend, da dem Täter noch genügend Zeit bleibt, seine Pistole noch mehrmals zu benützen. Selbst ein Schuss in das Herz führt nicht unmittelbar zum Tod und lässt noch mehrere Sekunden für Körperreaktionen offen. Dies wurde mir von einem Arzt erklärt, mit dem ich über Schussverletzungen und Notwehrsituationen sprach.

Der Täter bewegte sich auf der Stelle und das daneben befindliche Bürogebäude und die Werkshallen wurden evakuiert, damit keine unbeteiligten Personen gefährdet werden.

Nach einiger Zeit trafen die Männer der Cobra bei uns ein und übernahmen die Amtshandlung.

Da der Täter offenbar nicht aufgeben wollte und ein Gespräch mit ihm keinen Erfolg brachte, wurde ein Zugriff geplant.

Vor dem Zugriff zogen sich die Kollegen und ich aus dem Gefahrenbereich zurück.

Es war für einen Exekutivbeamten mit Freude anzusehen, wie der Zugriff erfolgte.

Ein Diensthund sprang um die Ecke und verbiss sich in den Arm des Täters, wo er die Pistole hielt. Der Amokläufer fiel um und der Hund zog an seiner Hand, bis die Kollegen den Täter am Boden fixieren konnten.

Der Einsatz war somit positiv erledigt und nun begannen die Ermittlungen.

Der 49-jährige Täter wurde von der Rettung in das Krankenhaus Lilienfeld gebracht, wo die Bissverletzung versorgt wurde.

Das Opfer, das einen Durchschuss des linken Armes erlitt, konnte nach ambulanter Behandlung aus dem Krankenhaus entlassen werden.

Wie sich jetzt herausstellte, hatte die Pistole des Amokläufers Ladehemmung. Die beim ersten Schuss abgefeuerte Patronenhülse wurde aufgrund von Materialermüdung — es dürfte sich um sehr alte Munition gehandelt haben — aufgerissen und verkantete sich im Laderaum. Dadurch wurde die Hülse nicht ausgeworfen und auch keine neue Patrone zugeführt. Hätte es keine Ladehemmung gegeben, wäre sicherlich ein Blutbad angerichtet worden. Der

Täter hatte noch zahlreiche Patronen in den Hosentaschen und rief vor der Tat Zeitungsmedien an. Er verkündete, dass sie sofort zur Firma nach Traisen kommen sollen, da sie dort Sachen erleben, die sie noch nie gesehen hätten.

Die Mitnahme von zahlreichen Patronen unterstrich auch die Vermutung, dass der Psychopath in der Firma auf mehrere Personen schießen wollte. Als Grund für den Amoklauf erklärte der Mann, er habe sich ungerecht behandelt gefühlte, als er im Betrieb arbeitete.

Wahrlich ein Grund, um mit Waffengewalt einen Mordanschlag zu begehen. Die Gründe für Amokläufe sind für normale Menschen unerklärlich. Dafür sind sie auch so gefährlich, da niemand erahnen kann, was sich im Kopf des Täters zusammenbraut. Manche Aussagen, die diese Personen gegenüber ihren Mitmenschen machen, werden nicht als gefährlich eingestuft und erkannt. Erst nach erfolgter Tat suchen die Medien nach Schuldigen und deuten frühere Hinweise als Ankündigungen zu solchen Taten.

Eine Problemlösung, oder Erkennung von Amokläufen im Vorfeld wird es aber vermutlich niemals geben.

2009 Die betrügerischen Autokäufer

An einem Nachmittag rief mich ein Kollege vom Landeskriminalamt an und teilte mir mit, dass bald ein junger Mann auf unsere Dienststelle kommen werde, den Betrüger Bargeld abknöpften.

Der Anzeiger erklärte dem Kollegen vom Landeskriminalamt, es handle sich um eine große Betrugssache, wobei ihm ein Schaden von 10.000,— Euro entstand. Er wollte, dass die Ermittlungen, wegen der Höhe des Schadens, von Beamten dieser Abteilung durchgeführt werden.

Für den Anzeiger war die Schadensumme offenbar hoch genug, um hochrangige Kiberer auf die unbekannten Täter anzusetzen. Für die Kollegen in St. Pölten war der Schaden offenbar zu gering, um tätig zu werden. Die Kollegen der Betrugsabteilung hatten mit Tätern zu tun, die Schäden in Millionenhöhe verursachten. Es kam dabei immer auf die Stellung des Opfers an, wie sich der finanzielle Schaden auf sein gesamtes Vermögen auswirkte. Für manche Leute waren 10.000,— Euro keine große Summe und für andere ein kleines Vermögen.

Wie mein Kollege voraussagte, kam bald nach dem Telefongespräch ein Markus Hopfner auf die Dienststelle und er schilderte mir sein Problem.

Hopfner fand eines Tages hinter dem Scheibenwischer seines Pkw einen Zettel, auf dem die Mitteilung stand, dass sein Auto für einen Höchstpreis gekauft werden würde. Obwohl Hopfner nicht die Absicht hatte, sein Fahrzeug zu verkaufen, erweckte der Zettel seine Aufmerksamkeit. Er interessierte sich für ein Angebot und rief bei der angegebenen

Telefonnummer an. Eine Stimme mit ausländischem Akzent riet ihm zu einem Treffen in einem Lokal im Bereich des Wiener Westbahnhofes.

Markus Hopfner wollte es genau wissen und machte sich mit dem Mann am anderen Ende der Leitung eine Zeit aus, wo sie sich treffen wollten.

Hopfner fuhr nach Wien, suchte das Lokal auf und traf anschließend zwei Männer ausländischer Herkunft. Die beiden Rumänen erklärten Hopfner, sie würden in Österreich Autos kaufen und mit einem großen Gewinn in Rumänien an den Mann bringen. Nach einem weiteren Treffen schlugen die Männer Hopfner vor, er möge sich doch am Autogeschäft und am saftigen Gewinn beteiligen. Der junge Mann ließ sich blenden und zahlte bei mehreren Treffen in Wien die stattliche Summe von 10.000,- Euro als Teilhaberprämie. Nachdem sich die Männer längere Zeit nicht mehr bemerkbar machten und auch Anrufe bei der angegebenen Telefonnummer keinen Erfolg brachten, reifte bei Hopfner der Verdacht, er könnte Betrügern aufgesessen sein.

Da er vor seinem Besuch auf der Dienststelle in Hainfeld offenbar von der Arbeit und dem Engagement der Beamten der zuständigen Dienststelle nicht sehr überzeugt war, begab er sich doch zu mir, da er sonst keine Hilfestellung erwarten konnte.

Ich führte nach dem Gespräch die Einvernahme durch und musste bald feststellen, dass der Anzeiger auch nicht die geringsten Vorsichtsmaßnahmen beachtete hatte.

Der Mann übergab den beiden Männern Bargeld, ohne ihre Identität zu kennen. Er hatte für die Geldübergabe kein Schriftstück angefertigt. Er vertraute unbekannten Personen Bargeld an, ohne eine Sicherheit dafür zu bekommen. Der Mann war sehr gutgläubig und glaubte, andere Menschen besitzen die gleichen Charaktereigenschaften wie er. Mit bösartigen Menschen hatte er bis heute offenbar keinen Kontakt und kannte die Geschichten nur von Zeitungsberichten.

Die Vernehmung selbst verlief mehr als erfolglos, da Hopfner über die Täter nur vage Angaben machen konnte. Er kannte nicht einmal ihre Namen und konnte mir auch nicht sagen, mit welchen Vornamen sie sich gegenseitig angesprochen haben.

Auf die Frage, ob er wisse, mit welchem Fahrzeug die Täter zu den Treffen kamen, bekam ich leider nur den Hinweis, dass sie einen BMW verwendeten. Vermutlich war das Fahrzeug in Wien zugelassen. Genau wisse er es aber nicht.

Die beiden Täter konnte Hopfner wenigstens einigermaßen beschreiben. Der Hinweis, es handelte sich um Ausländer, half mir auch nicht weiter. Es wäre leichter gewesen, es hätte sich um Österreicher gehandelt, da solche Straftäter in Wien auf die Einwohnerzahl gerechnet, vermutlich leichter zu finden wären. Diese Bemerkung ist natürlich ironisch gemeint.

Ich bekam mit der Beschreibung des einen Täters auch den Hinweis, dass er ein auffallendes Gebiss hatte. Goldkronen bei den zwei Schneidezähnen, neben den Eckzähnen links und rechts, oben und unten, waren eine besondere Auffälligkeit.

Ich versprach dem Anzeiger, dass ich alles unternehmen werde, um die Täter zu ermitteln und konnte seinem Gesichtsausdruck entnehmen, dass ich ihn von meinem Versprechen nicht ganz überzeugen konnte.

Tatsächlich war es die längste Amtshandlung, die ich während meiner gesamten Dienstzeit führte. Die Ermittlungen erstreckten sich auf ein Jahr und die Schriftstücke füllten einen ganzen Ordner. Wichtig bei solchen Ermittlungsarbeiten ist, dass der Diensteifer nach einigen Monaten nicht einschläft, auch wenn vorerst keine positiven Resultate vorliegen.

Natürlich war ich mit dem Fall nicht täglich beschäftigt, sondern kümmerte mich laufend um neue Erkenntnisse neben den anderen Tätigkeiten des Dienstbetriebes.

Ich begann anfangs mit den wenigen Hinweisen, die mir zur Verfügung standen.

Ich schrieb eine Fahndung mit den Personenbeschreibungen der Täter und der Vorgangsweise an alle Polizeidienststellen in Wien und Niederösterreich.

Die Fahndung brachte keinen Erfolg, da ich nicht einen einzigen Hinweis bekam.

Gleichzeitig beantragte ich bei Gericht eine Rufdatenrückerfassung für die Rufnummer des einen Täters, mit dem der Geschädigte in Kontakt war. Die Rufnummer war nicht mehr aktiv, da sich der Täter offenbar ein anderes Handy zugelegt hatte. Heutzutage ein Aufwand, der nur wenig Geld kostet und den Zugriff auf weitere Telefondaten unmöglich macht.

Ich bekam die Rufdatenauswertung mit insgesamt mehr als 1.500 Telefongesprächen, die vom Täterhandy aus geführt, oder eingegangen sind.

Ein wirklich fleißiger Ausländer, der in Österreich einen regen Fahrzeughandel betreibt, keinen

Cent Steuern und Sozialabgaben bezahlt und auch noch unsere Staatsbürger betrügt.

Der einzige Gewinn für Österreich ist die Erneuerung des Guthabens auf dem Wertkartenhandy.

Ich begann also in mühevoller Kleinarbeit, die Telefonteilnehmer der Reihe nach anzurufen und sie zu fragen, ob sie den Telefoninhaber kennen und seinen Namen wissen.

Bereits nach einigen Duzend Anrufen war mir klar, dass der Telefoninhaber das Handy ausschließlich zum Autohandel verwendete. Ich bekam immer die gleichen Antworten auf meine Fragen.

Vorerst wurde über einen Autoverkauf gesprochen und wenn der Autobesitzer Interesse zeigte, kamen nach Vereinbarung zwei bis drei Ausländer und besahen sich den Pkw. Bei allen Verkaufsgesprächen, wo ein Verkauf wahrscheinlich schien, machten sich die Ausländer über das Kaufobjekt her. Ein Mann besichtigte den Motor und der andere kroch in das Innere des Fahrzeuges. Übereinstimmend gaben mir die Zeugen an, dass der Mann beim Motor sofort auf ein schweres, technisches Gebrechen des Fahrzeuges hinwies. Im Ausgleichsbehälter befand sich an der Oberfläche Wasser, das auf einen Motorschaden schließen lässt. Der Preis wurde sofort gedrückt und die Käufer bedrängten den Autobesitzer verbal und lautstark zum Verkauf des Wagens. Der Preis wurde gesenkt, das Auto bar bezahlt und die Ausländer verschwanden.

Nach mehreren Monaten Ermittlungsarbeit trat ich noch auf der Stelle und konnte keinen Erfolg verzeichnen. Ich fand aber eine Telefonnummer, die in regelmäßigen Abständen immer wieder aktiv und passiv im Rufdatenverzeichnis aufschien. Ich nahm an, dass es sich um eine Person handelt, die mit dem gesuchten Handyinhaber gut befreundet sein musste, oder zumindest an den dubiosen Autogeschäften beteiligt war.

Ich überlegte, wie ich an diese Person herankommen konnte. War der Anschlussinhaber ein Bekannter des Täters, so bekam ich sicherlich keine Auskunft, wenn ich mich mit Polizei meldete.

Ich überlegte mir daher eine List. Mein Kollege Anton Höller rief bei der Telefonnummer an und gab sich als Fahrzeugbesitzer aus, der seinen Pkw verkaufen wollte. Der Ausländer am anderen Ende der Leitung zeigte mäßiges Interesse. Als Köder hatten wir meinen Pkw der Marke Toyota Picnic angepriesen. Der Autokäufer kannte diese Fahrzeugtype offenbar nicht und fragte, ob es sich um ein Allradfahrzeug handelt. Nur mit Mühe konnte das Aussehen meines Pkw erklärt werden und der Ausländer gab an, sich das Fahrzeug ansehen zu wollen.

Wir vereinbarten einen Termin und als Treffpunkt nannten wir einen Ort in Kaumberg.

Natürlich konnte ich mir von meinen Kollegen zahlreiche Hänseleien anhören, die sich auf mein Fahrzeug bezogen.

Um den Dienstbetrieb manchmal lustiger zu gestalten und Farbe in den Alltag zu bringen, kam es ab und zu vor, dass wir gegenseitig die Qualität unserer Autos negativ beschrieben. Wer die dümmsten Ausdrücke verwendete, hatte die Runde gewonnen. Spaß ist ein wichtiger Faktor und führt auch dazu, die Kameradschaft zu heben.

Am Tag der Besichtigung fuhr ich mit meinem Pkw nach Kaumberg und entfernte die Kennzeichen. Der Geschädigte Hopfner saß hinter dem Vorhang eines Raumes im angrenzenden Haus und hatte freie Sicht auf meinen Pkw. Er sollte die Autokäufer genau sehen können und mitteilen, ob einer der Täter dabei sei.

In der Umgebung hatten wir einige Zivilstreifenwagen vom Landeskriminalamt postiert, um auf alle unvorbereiteten Aktionen reagieren zu können.

Die Autokäufer waren pünktlich und es kamen drei Rumänen mit einem Mercedes, der ein deutsches Kennzeichen trug.

Der Männer besichtigten meinen Pkw und konnten ihr Kaufinteresse nicht mehr bekunden, da wir uns zu erkennen gaben.

Hopfner erkannte keinen der drei Männer und ich war am Anfang meiner Weisheiten angelangt.

Wir brachten die drei Rumänen nach Hainfeld, um sie als Zeugen zu vernehmen.

Einer der sympathischen Burschen sagte mir sofort, er könne nicht lesen, nicht schreiben und wisse überhaupt nichts. Der zweite Mann war von ähnlicher Qualität und hatte die gleiche sympathische Ausstrahlung. Der Fahrzeuglenker erklärte mir, er komme fallweise von Deutschland nach Österreich, um Autos zu kaufen.

Den Anschlussinhaber der Telefonnummer, mit dem er mehr als fünfzig Gespräche führte und den ich verzweifelt suchte, kenne er nicht.

Natürlich völliger Unsinn und auch schlecht gelogen, aber das Gegenteil konnte ich ihm auch nicht beweisen.

Nach dem üblichen Schreibkram mussten wir die drei Rumänen wieder zu ihrem Fahrzeug bringen und ziehen lassen.

Ich versuchte aber nochmals mein Glück. Ich rief den Rumänen an, der den Mercedes lenkte und der meinen Pkw besichtigte. Ich nannte ihm abermals die gesuchte Telefonnummer und sagte, dass ich von dieser Person eine Auskunft benötige. Nun sagte mir der, offenbar nicht über Maturaniveau verfügende Rumäne den Namen des Anschlussinhabers. Sein Landsmann namens Radulescu wohnte in Wien, in der Walgasse.

Die gleiche Adresse hatte ich schon von einem kontaktierten Autoverkäufer bekommen, der an dieser Adresse eines Mehrparteienhauses einen Kaufvertrag unterschrieb. Der Name auf dem Kaufvertrag war unleserlich und die Adresse fingiert gewesen, so wie bei anderen Kaufverträgen, die mir bei meinen Ermittlungen vorgelegt wurden.

Nun hatte ich endlich eine Person, die auch einen Namen und eine Wohnadresse hatte.

Ich schrieb Radulescu eine Ladung und begab mich mit einem Kollegen auf die zuständige Polizeiinspektion nach Wien.

Radulescu, der nicht weit von der Inspektion weg wohnte, kam mit zwei Frauen zur Einvernahme. Eine Frau schickten wir nach Hause, da eine Vertrauensperson als angemessen erschien.

Radulescu war eine äußerst unsympathische Erscheinung, korpulent und ein gelangweilter Gesichtsausdruck unterstrich das negative Bild. Bereits nach den ersten Worten sah ich zu meiner Freude die Goldkronen in seinem Gebiss. Genau, wie sie der Geschädigte mir beschrieben hatte. Hopfner befand sich natürlich in einem Nebenraum, da ich ihn für eine etwaige Gegenüberstellung auch auf die Polizeiinspektion gebeten hatte.

Ich begann mit der Vernehmung und sagte, was Gegenstand der Amtshandlung sei.

Radulescu gab an, nicht zu wissen, was wir eigentlich von ihm wollen, da er unserer Theorie nicht folgen könne. Er sprach gut Deutsch und lebte seit Jahren in Wien. Auf ihn waren drei Autos von teuren Marken zugelassen und er erklärte uns, sein Vater in Rumänien würde für seinen Lebensunterhalt aufkommen.

Wie sich die Zeiten ändern. Früher wurden die Leute in Rumänien von ihren Angehörigen in Österreich unterstützt, damit sie ein besseres Leben führen können. Heute scheint es umgekehrt. Die reichen Rumänen sorgen für den Unterhalt ihrer Angehörigen in Österreich.

Ich sprach Radulescu auf seine Goldkronen an und gab zu verstehen, dass der Geschädigte bei seiner Anzeige auf diese Besonderheit hinwies. Er bestritt jeglichen Zusammenhang und sagte, zahlreiche Menschen würden Goldkronen haben.

Ich holte Hopfner für eine Gegenüberstellung und er erkannte Radulescu sofort als einen der Täter wieder.

Der Rumäne behauptete, er habe Hopfner noch nie in seinem Leben gesehen. Die Lügengeschichten störten mich jedoch nicht weiter, da die Beweislage durch die Aussage des Geschädigten kräftig untermauert wurde. Auf die zahlreichen Telefonate mit dem Täterhandy angesprochen erklärte mir Radulescu, er habe nicht mit diesem Telefonanschluss telefoniert, da er dieses Handy nur einmal ausgeborgt habe und auch nur einmal verwendete. Wem die Anschlussnummer gehöre, wisse er nicht mehr.

Radulescu hatte vor einigen Wochen in Wien eine Anzeige erstattet, weil ihm durch unbekannte Täter ein Schaden zugefügt wurde. Auf dem Vernehmungsprotokoll hatte der genau die gleiche Telefonnummer als seine angegeben, von der er behauptete, dieses Handy nur einmal verwendet zu haben.

Ich hatte nun für eine Anzeige genügend Beweise gesammelt, um Radulescu als einen der Täter zu überführen. Obwohl zahlreiche Personen den zweiten Täter kennen mussten, stieß ich auf eine Mauer des Schweigens.

Radulescu wurde vom Gericht zu einer bedingten Haftstrafe und zur Bezahlung von achttausend Euro Schadensgutmachung verurteilt. Meine Mühe hatte sich also gelohnt und ich konnte der Gerechtigkeit zum Erfolg und einen Österreicher zur teilweisen Begleichung seines Schadens verhelfen.

Die Treibstoffdiebe

An einem Morgen im Jänner 2008 wurde eine Anzeige erstattet, dass bei mehreren geparkten Lkw in Kaumberg Treibstoff abgezapft und gestohlen wurde.

Bei den herrschenden Treibstoffpreisen war diese Anzeige kein Einzelfall.

Ich machte mich also mit meinem Kommandanten auf den Weg zum Tatort. Dort angekommen, mussten wir feststellen, dass bei zahlreichen Lkw die versperrten Tankdeckel aufgebrochen und Dieseltreibstoff in größerer Menge gestohlen worden war.

Die Täter dürften bei der Tatausführung jedoch gestört worden sein, da sie einen Treibstoffkanister auf dem Tatort zurück ließen. Außerdem steckte in einem aufgebrochenen Dieseltank noch ein gemusterter Gartenschlauch, der zum Abzapfen des wertvollen Saftes verwendet wurde.

Ein ausländischer Lkw-Lenker hatte die Nacht in seinem Fahrzeug verbracht, aber von den Straftaten nichts bemerkt.

Meine Tatortarbeit konzentrierte sich nun auf den zurückgelassenen Treibstoffkanister und auf den Gartenschlauch. Ich legte eine Akte an und hoffte auf ein positives Resultat bei der Spurenauswertung.

„Kommissar Zufall" und die Aufmerksamkeit meiner Kollegen der Polizeiinspektion Hainfeld kamen mir entgegen, um den Fall zu klären.

Die Beamten des Nachtdienstes hörten mehrere Tage nach den Treibstoffdiebstählen einen Funkspruch, wo nach einem ausländischen Pkw gefahndet wurde. Beim Funkspruch nannten die Kollegen der zuständigen Dienststelle auch das Kennzeichen und die Fahrzeugmarke des gefahndeten Fahrzeuges. Die Insassen standen im Verdacht, im Bezirk Melk mehrere Lkw-Einbrüche verübt zu haben. Bei der Tatausführung verlor ein Täter den Zulassungsschein seines Pkw.

Solche Fahndungen hörten wir fast jeden Tag und auch nachts waren Fahndungshinweise auf Personen oder Fahrzeuge keine Seltenheit.

Meine Kollegen notierten sich das Kennzeichen und setzten ihre Streifenfahrt fort.

Sie staunten nicht schlecht, als ihnen der besagte Pkw auf der B 18 plötzlich entgegenkam.

Nach einer kurzen Verfolgung konnte der Pkw angehalten und die Insassen festgenommen werden. Die Durchsuchung des Tatfahrzeuges verlief positiv und zahlreiches Diebesgut konnte sichergestellt werden.

Die Kollegen aus dem Bezirk Melk freuten sich, genauso wie meine Kollegen aus Hainfeld, über den Fahndungserfolg.

Wie bei solchen Tatortaufnahmen üblich, fertigten die zuständigen Kollegen zahlreiche Lichtbilder von den Tätern und dem Tatfahrzeug an.

Beim nächsten Dienst wurde mir die erfreuliche Amtshandlung zur Kenntnis gebracht und die Lichtbilder gezeigt.

Als ich die Fotos des Tatfahrzeuges besichtigte, stutzte ich plötzlich. Auf dem Lichtbild, das den Innenraum des Kofferraumes zeigte, sah ich einen Gartenschlauch liegen. Das Muster erinnerte mich an den sichergestellten Gartenschlauch in Kaumberg. Ich holte mir den Schlauch aus dem Kofferraum des

Tatfahrzeuges und verglich ihn mit meinem Muster. Schon bei oberflächlicher Betrachtung konnte ich feststellen, dass die abgeschnittenen Schlauchenden an einer Seite wie die Faust aufs Auge zusammenpassten. Ich hielt beide Schlauchenden zusammen und fertigte Lichtbilder an. Als Beweissicherung sandte ich die Schläuche an die Kriminaltechnik und holte mir ein Gutachten ein.

Das Gutachten bestätigte meinen Verdacht und lieferte den Beweis, dass das Schlauchende des sichergestellten Gartenschlauches bei den Dieseldiebstählen in Kaumberg mit Sicherheit zum Gartenschlauch im Tatfahrzeug gehörte. Der Gartenschlauch wurde laut Gutachten offenbar mit einem Messer getrennt und zeigte einwandfrei identische Schnittmerkmale auf.

Aufgrund des Gutachtens konnte jeder Richter natürlich nur den Beweis erbringen, dass der Gartenschlauch im Fahrzeug der Lkw-Einbrecher mit dem Schlauchteil des zurückgelassenen Teiles bei den Treibstoffdiebstählen identisch war und vom gleichen Produkt stammte.

Das Pünktchen auf dem I brachte mir das DNA-Gutachten von den zurückgelassenen Gegenständen auf dem Tatort der Treibstoffdiebstähle.

In diesem Gutachten stellte der Mediziner zwar fest, dass auf dem Gartenschlauch und dem Benzinkanister sogenannte Mischspuren vorhanden waren, die Wahrscheinlichkeit des DNA-Musters betrug aber eine Möglichkeit von 1 zu 7 Millionen. Die Treffermeldung des DNA-Profils bezog sich auf einen der festgenommenen Täter.

Betrachtet man die Spurenauswertung, so bedeutet dies, dass der festgenommene Täter mit der Wahrscheinlichkeit der Bevölkerungszahl von Österreich, der Verursacher der DNA-Spur war. Zieht jemand den Gartenschlauch als weiteren Beweis für die Täterschaft heran, so ist auch für einen nicht juristisch gebildeten Staatsbürger ein eindeutiger Beweis für eine Täterschaft gegeben.

Meine Arbeit bestand oft aus dem Zusammensetzen zahlreicher Mosaikstücken. Oft gelang es meinen Kollegen und mir nicht, das gewünschte Muster der Anklagebehörde zu liefern. Wir waren von unseren Beweisen oft überzeugt. Die Gerichte schlossen sich unseren Erkenntnissen aber nicht immer an, weil die Suppe zu dünn gekocht war.

Sehr oft konnten wir aber gute Erfolge erzielen, weil die erbrachten Beweise für ein Strafverfahren ausreichend schienen und auch zur Verurteilung führten.

Gericht und Staatsanwaltschaft mussten sich auch auf eindeutige Beweise verlassen, so wie dies in einem Rechtsstaat vorgesehen ist. Es soll ja auch kein Unschuldiger verurteilt werden.

Die Straftaten von Kaumberg, wo Treibstoff gestohlen wurde, waren jedenfalls einwandfrei geklärt. Leider konnten die Täter mangels Vermögens nicht zur Schadensgutmachung herangezogen werden.

Ich kenne auch nicht viele Fälle, wo Schadenersatzforderungen bei Einbrüchen erfolgreich waren. Bei Körperverletzungen konnten solche Geldforderungen oft zielführend eingebracht werden, da die Täter einer geregelten Arbeit nachgingen und die Tathandlung aus der Situation heraus erfolgte und nicht vorgeplant war.

Der gebissene Einbrecher

Es war in den Morgenstunden des 19. Juli 2010, als mich ein Anruf aus dem Schlaf weckte. Schon beim Erwachen dachte ich an einen Einsatz, da mich sonst niemand zu solcher Stunde anrief.

Meine Kollegen aus Lilienfeld holten mich zum Dienst, da ein Einbrecher festgenommen werden konnte.

Ich sollte die Tatortarbeit durchführen und an der Amtshandlung mitwirken.

Ein ausländischer Kriminaltourist aus Rumänien hatte gegen 3.00 Uhr in ein Kaufhaus eingebrochen und einen stillen Alarm ausgelöst. Der Alarm ging zum Kaufhausinhaber, der den Innenraum des Geschäftslokales zusätzlich auch mit einer Kamera überwachte. Der Geschäftsmann sah auf seinem Monitor, wie der Täter die Tabakwaren aus den Regalen nahm und teilte seine Beobachtungen per Telefon laufend der Bezirksleitzentrale mit. Der Einbrecher zeigte keine Hast und fühlte sich offenbar sehr sicher.

Zum Glück befand sich zum Tatzeitpunkt eine Hundestreife der Polizei im Bezirk und war vom Tatort nicht weit entfernt. Mehrere Streifenwagen rasten zum Tatort und umstellten das Gebäude.

Der Diensthund begann mit seiner Arbeit und bald darauf hörten die Kollegen den Täter laut schreien. Der vierbeinige Kollege hatte den versteckten Rumänen aufgestöbert und als sich dieser offenbar wehrte, kräftig gebissen. Unser Kriminaltourist hatte mit einer solchen Aktion nicht gerechnet und ließ sich nach dem Hundeeinsatz festnehmen.

Leider kam bei der Aktion ein Kollege dem Täter auf engstem Raum zu nahe und wurde auch gebissen. Nicht nur die Kollegen, sondern auch der Hund stand bei seinem Einsatz unter Strom und kannte bei seiner Arbeit keine Gnade.

Die Bisswunden beim Kollegen verheilten bald und auch der Täter trug keine bleibenden Schäden davon.

Der Rumäne hatte seinen Pkw weit vom Tatort entfernt geparkt. Er selbst trug bei der Tatausführung einen Rucksack bei sich, der mit verschiedenen Einbruchswerkzeugen ausgestattet war. So fand ich eine mechanische Vorrichtung, womit Schließzylinder gezogen werden können. Solche Werkzeuge werden speziell für Einbrecher angefertigt und auf vielen Tatorten verwendet.

Bei dem Mann handelte es sicherlich im einen Profi, der von Straftaten seinen Lebensunterhalt bestreitet. Die Amtshandlung wurde von Kollegen des Landeskriminalamtes übernommen und der Rumäne begab sich auf Staatskosten für einen längeren Aufenthalt nach St. Pölten, wo er ein schönes Zimmer mit vergitterten Fenstern bezog.

Mein letzter Dienst

Ich hatte meinen letzten Dienst im September 2010 angetreten. Der Tag wurde von mehreren Gefühlsregungen beeinflusst. Ich freute mich auf meine Pensionszeit, dachte aber auch an meine Kollegen, die ich nur mehr spontan treffen würde.

Ich dachte auch darüber nach, wie viel Zeit ich im Dienst verbrachte und welche lustigen und traurigen Erlebnisse ich hatte. Doch der Tag war noch nicht zu Ende, als wir vormittags einen Funkspruch erhielten. Wir wurden nach Kleinzell beordert, wo es zwischen einem Motorradlenker und einem Lkw-Zug zu einem Verkehrsunfall kam.

Mein Kollege Norbert Böckl und ich fuhren zum Unfallort. In einer scharfen Rechtskurve war ein Motorradfahrer in einen entgegenkommenden Lkw-Zug gefahren.

Als wir ankamen, sah ich das Motorrad unter dem Lkw liegen. Der Motorradfahrer wurde gerade von der Besatzung des Rettungshubschraubers Christophorus II reanimiert.

Der Lenker war wegen nicht angepasster Fahrgeschwindigkeit auf die linke Fahrbahnseite gekommen und in den Gegenverkehr gerast.

Nach etwa einer halben Stunde gaben die Helfer ihre Bemühungen auf und den Abtransport des Mannes übernahm die Bestattung.

Obwohl ich in meiner Dienstzeit als Rettungssanitäter und Exekutivbeamter sehr viele Tote gesehen habe, bedrückte mich dieser Verkehrsunfall sehr. Ich hatte mit meinem ruhigen Dienstausklang gerechnet und nicht mit einem tragischen Verkehrsunfall zum

Abschluss. Wie mir die Kollegen mitteilten, war der Motorradlenker verheiratet und die Witwe sagte, als ihr die Todesnachricht überbracht wurde, es musste ja einmal so kommen. Sie kannte ihren Mann als Schnellfahrer, der ein großes Risiko auf sich nahm, um den Geschwindigkeitsrausch voll zu genießen.

Ich möchte an dieser Stelle kein Urteil abgeben, warum manche Leute den Tod als erkennbares Risiko akzeptieren, nur um sich der Raserei hinzugeben.

Der letzte Dienst zeigte wieder einmal den Alltag eines Polizisten. Die Einsätze und Amtshandlungen konnte man sich nicht aussuchen. Diese wurden von anderen Faktoren bestimmt.

Am 1. Oktober 2010 trat ich meinen Ruhestand an und glaubte, nicht mehr an schrecklichen Vorfällen teilhaben zu müssen.

Am 1. Februar 2011 rief mich mein ehemaliger Chef zu Hause an und teilte mir mit, dass unser Kollege Andreas Hasler bei einer Suchaktion im Bezirk Baden angeschossen wurde.

Hasler verbrachte seine Praxisausbildung bei uns auf der Polizeiinspektion Hainfeld und ich schätzte ihn als jungen aufgeschlossenen Kollegen und Freund.

Vorerst waren auch die Pressemitteilungen diesbezüglich nicht besorgniserregend, da Andreas ansprechbar war und es den Anschein hatte, er würde den Anschlag überstehen.

Am nächsten Tag bekam ich abermals einen Anruf, wo mir gesagt wurde, dass Andreas soeben seine Verletzungen erlegen sei.

Vorerst konnte ich nicht realisieren, dass mein Kollege nicht mehr am Leben war. Tiefe Trauer und Betroffenheit überkamen mich und prägten die nächsten Tage und Wochen. Natürlich nahm ich auch an der Beerdigung in St. Veit teil, wo eine große Anzahl von Kollegen und hochrangigen Persönlichkeiten Andreas die letzte Ehre erwiesen.

Ein schwacher Trost für die Angehörigen und Freunde des Verstorbenen.

Die Fälle der letzten Jahre zeigten uns, dass die gefährlichsten Situationen nicht durch Terroristen, Gotteskrieger, Bankräuber oder anderen Extremisten hervorgerufen wurden, sondern durch vorerst völlig harmlos scheinende Bürger. Kleine Streitigkeiten im Familienkreis, harmlos scheinende Amtshandlungen und Schwierigkeiten mit Behörden lassen manchen Mitbürger zum Mörder werden. Wie soll jemand solche drohenden Gefahren im Vorfeld erkennen? Wird eine Situation lebensbedrohlich, sind Reaktionen meist erfolglos und erfolgen zu spät, weil sie nicht richtig eingeschätzt werden.

Die Täter sind immer im Vorteil, weil sie wissen, was sie als nächstes tun und danach handeln. Wir sind durch unsere Uniformen gekennzeichnet und tragen unsere Waffen offen und für jedermann sichtbar. Gefährlich sind die Personen, deren Waffen verdeckt getragen werden und deren böse Absichten man nicht erkennt.

In Gmünd musste ein Kollege sein Leben lassen, weil ein Einwohner Rache an der Behörde üben wollte, die ihm sein waffenrechtliches Dokument zu entziehen beabsichtigte. Die Kollegen, die zuerst am Einsatzort eintrafen und vom Täter beschossen wurden, dachten, es handle sich um eine Schreckschusswaffe. Die Situation wurde nicht richtig erkannt und völlig falsch eingeschätzt. Der Vorfall spielte sich vor der Bezirkshauptmannschaft am helllichten Tage ab.

Ein weiterer Beamter, der mit dem Dienstfahrzeug am Einsatzort eintraf und von der Gefährlichkeit des Täters nichts wusste, hielt vor der Bezirkshauptmannschaft an. Der Täter ging zum Streifenwagen und feuerte aus kurzer Distanz einen Schuss ab. Er traf den Kollegen tödlich in die Brust. Ein schrecklicher Vorfall für die Familie und Kollegen des getöteten Beamten. Der Schütze verübte nach der Tat Selbstmord und konnte nicht mehr zur Verantwortung gezogen werden.

Auch mich traf diese Todesmeldung, da ein Kollege sein Leben lassen musste. Meine Schwiegereltern lebten in Gmünd und ich hatte zu dieser Stadt natürlich einen guten Kontakt.

Heute steht an der Stelle des feigen Mordes ein Denkmal für den getöteten Kollegen. Eine völlig unnötige Tat, die bei zahlreichen Leuten tiefe Betroffenheit und Trauer auslöste.

Ich selbst bin auch der Meinung, dass eine Schusswaffe im Privatbereich eine besondere Gefahr darstellt. Ein Schuss ist schneller abgegeben, als ein körperlicher Angriff, oder eine Attacke mit einer anderen Waffe.

Kollege Habres wurde erschossen, weil er einen Mann kontrollieren wollte, der gerade illegal eine Faustfeuerwaffe kaufte und diese in einem Plastiksackerl mitführte, als er zu seinem Fahrzeug ging. Die Personenkontrolle endete für den Kollegen tödlich, da der Mann sofort schoss und Habres tötete. Auch hier gab es eine Verkettung von unglücklichen Umständen. Habres hatte einen Diensthund, den er an diesem Tag bei seiner Streifentätigkeit leider nicht mitführte. Wäre der Schäferhund bei der Dienstverrichtung dabei gewesen, hätte der Täter wahrscheinlich eine andere Reaktion gezeigt und mein Kollege wäre noch am Leben.

Ich nahm, wie zahlreiche Beamte aus Niederösterreich, an der Beerdigung teil und es überkam mich eine tiefe Betroffenheit und Trauer, als der Sarg in die Grube versenkt wurde. Die Frage nach dem WARUM beschäftigte mich noch lange Zeit. Bei den Ermittlungen gab es keine brauchbaren Ergebnisse.

Nach längerer Zeit konnte der Täter ausgeforscht und seiner gerechten Strafe zugeführt werden. Der Mann hatte noch einen zweiten Mord auf dem Gewissen. Für die Angehörigen und auch für mich eine erleichternde Nachricht, obwohl die Tat dadurch nicht rückgängig gemacht werden konnte.

Gegen manche Angriffe kann man sich nicht schützen und leider müssen immer wieder Kollegen für ihre Dienstverrichtung ihr Leben lassen.

Leichte Schutzwesten, die in anderen Ländern von Polizisten bei jeder Dienstverrichtung getragen werden, könnten das Risiko stark vermindern. Der Preis für die Sicherheit der Beamten schreckt jedoch die Politiker ab. Ich kann solche Entscheidungen nicht verstehen, da für sinnlose Bauvorhaben und Projekte Millionen ausgegeben werden. Ich kann hier einige Umbauten von Gendarmerieposten nennen, die nach teurer Renovierung geschlossen wurden. Niemand ist vollkommen und die Fehleinschätzung von Politikern kostet eben einmal mehr, als die Fehlkalkulation eines Normalbürgers.

Das richtige Maß beim Einschreiten zu finden, ist auch eine sehr schwierige Aufgabe.

Reagiert man voreilig und zu radikal, sind Notwehrüberschreitung, ein Disziplinarverfahren, negative Meldungen in den Medien, wo natürlich sofort ein Urteil gefällt wird und andere Maßnahmen zu erwarten.

Reagiert man zu schwerfällig und langsam, kann es unter Umständen das Todesurteil bedeuten. Wird ein Beamter von einem Straftäter getötet, verstummen die Nachrichten bereits nach kurzer Zeit.

Wird ein Straftäter von einem Beamten erschossen, so sind Demonstrationen, Fernsehdiskussionen und wochenlange negative Berichterstattungen zu erwarten.

Wir wurden zwar laufend bei unseren Ausbildungen in Form eines Einsatztrainings auf solche Situationen vorbereitet, aber es gibt nur ähnliche Verhaltensbilder und keine gleichen Tatabläufe. Außerdem ist der Beamte gezwungen, binnen Sekunden die richtige Entscheidung zu treffen. Wie sich oft nachträglich herausstellte, konnten manche Beamten in führenden Positionen im Vorfeld nicht die richtigen Anweisungen geben, obwohl dazu genügend Zeit gewesen wäre. Wie soll dann ein einfacher Beamter sekundenschnell über einen Schusswaffengebrauch entscheiden?

Wird eine gefährliche Situation vorgeführt und zehn Personen sehen sich die Szene an, so wird jeder einzelne Mensch eine andere Beurteilung abgeben, da er die Geschehnisse auf seine Weise sieht und jeweils anders beurteilt. Dies kann jeder nachvollziehen, wenn er einer Personengruppe ein Bild zeigt und sich anschließend von jeder Person unabhängig das Gesehene erklären lässt.

Für uns gab es bei den Schulungen auch genaue Hinweise, dass ein Täter nicht zu lange in Bauchlage fixiert werden darf, damit keine Atemnot eintritt. Solche und andere Schulungsthemen wurden uns ständig gelehrt und waren auch sehr wichtig.

Vielleicht gibt es bald ein Lehrbuch für Straftäter, worin vermerkt ist, dass auf Polizisten nicht eingeschlagen werden soll, da auch diese komisch gekleidete Personengruppe Schmerzen verspürt und Frau und Kinder zu versorgen hat.

Zum Glück ist bei uns in Österreich die Schwerkriminalität eher eine seltene Erscheinung und Mord und Totschlag gehören nicht zur Tagesordnung.